MAXIM WAHL

DAS SAVOY

SCHICKSAL EINER FAMILIE

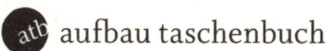

aufbau taschenbuch

MAXIM WAHL

DAS
SAVOY

SCHICKSAL
EINER FAMILIE

ROMAN

 aufbau taschenbuch

MIX
Papier aus verantwor-
tungsvollen Quellen
FSC® C083411

ISBN 978-3-7466-3577-4

Aufbau Taschenbuch ist eine Marke
der Aufbau Verlag GmbH & Co. KG

1. Auflage 2020
© Aufbau Verlag GmbH & Co. KG, Berlin 2020
© Maxim Wahl, 2020
Gesetzt aus der Sabon durch die LVD GmbH, Berlin
Druck und Binden CPI books GmbH, Leck, Germany
Printed in Germany

www.aufbau-verlag.de

Dank an Uschi

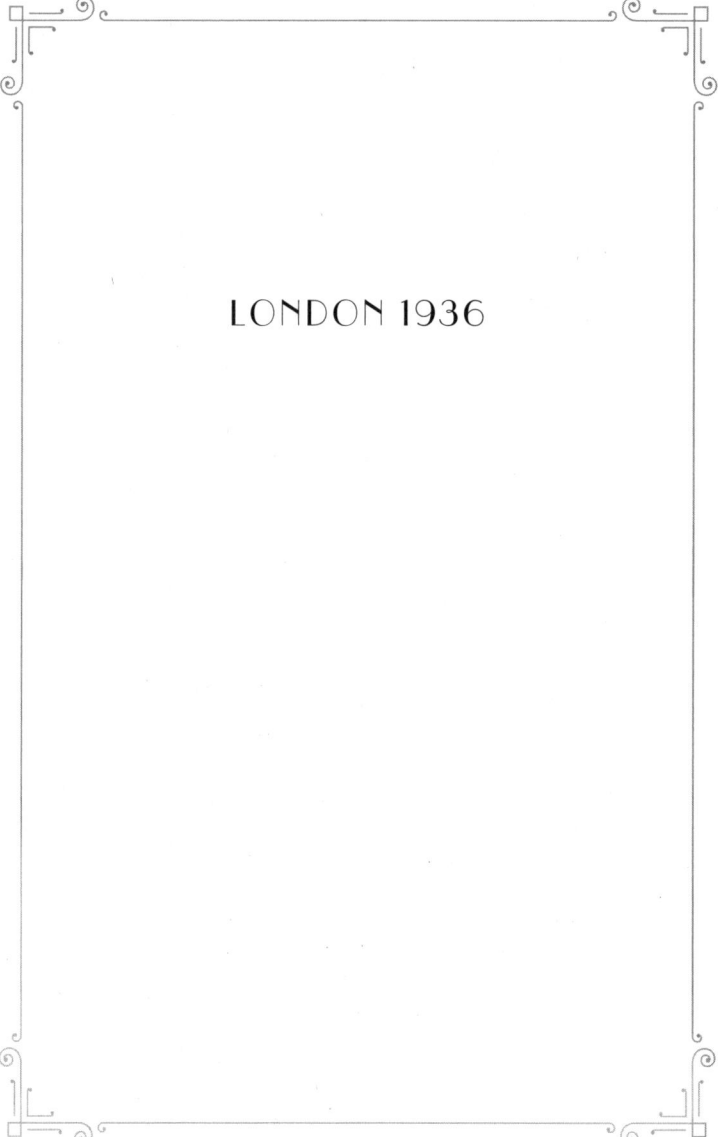

LONDON 1936

1

Die Geliebte

Halblanges kastanienbraunes Haar, das souveräne Lächeln, ein flaschengrünes Kleid, so sah sich Violet auf der Titelseite der Gesellschaftszeitung, die viele Gäste in der Lobby in den Händen hielten. Sie fand ihr Gesicht häufig in Magazinen. Violet war eine Frau, über die man sprach. Anders als auf der Fotografie trug sie heute ein schlichtes Kostüm in Dunkelbraun und erwartete ihren Gast.

Umgeben von vielen Menschen in der großen Eingangshalle des Savoy, fühlte sich Violet doch vollkommen allein. Rund um sie schimmerte poliertes Messing, brach sich das Tageslicht im geschliffenen Glas der Schwingtüren, marmorverkleidete Säulen erhoben sich zu beiden Seiten. Sie war Besitzerin dieses Hotels, sie war Arbeitgeberin und anerkannt in ihrer Zunft, ein Vorbild für Frauen, bewundert von Männern, und war schrecklich allein. Wäre es nach ihren Wünschen gegangen, hätte sie im Kreis von Gleichgesinnten gewirkt und sich in diesem *Wir* mit anderen, in diesem Miteinander bestens aufgehoben gefühlt. Doch die First Lady des Savoy zu sein bedeutete ein anderes Schicksal. In dem traditionsreichen Hotel, unweit der Themse gelegen, war es ihr bestimmt, einen Alltag zu leben, wie sie ihn sonst von Männern kannte. Violet war eine junge Frau, gerade erst dreißig geworden, und so genoss sie es, sich mit einer gleichaltrigen Frau zu treffen, die nichts mit dem Hotel und seinen Zwängen zu tun hatte.

Sie begrüßte ihren japanischen Gast und führte Miss Ayumi in den *Golden Pavillon,* den größten Speisesaal des Hauses. Es wurde noch kein Lunch serviert, die Flügeltüren schlossen sich hinter ihnen wieder. In der Weite des Saales nahmen sie an einem Tisch nahe des Fensters Platz.

Miss Ayumi war eine außergewöhnlich schöne Frau, sie trug ihr schweres Haar zu einem schlichten Knoten gewunden. Tagsüber zeigte sie sich mit dezentem Make-up, abends hatte Violet sie schon grellweiß geschminkt gesehen. Heute strahlte Ayumi nicht so sehr die reizvolle Unnahbarkeit aus, für die Violet sie bewunderte, sie befand sich in einem beängstigenden Zustand der Starre.

»Soll ich die Polizei verständigen, Miss Ayumi?«, fragte Violet, nachdem die Japanerin ihr geschildert hatte, was vorgefallen war.

»Die Polizei ändert nichts«, antwortete die Japanerin in jenem leichten Ton, der kaum etwas über ihre Gefühle verriet.

»Dieser Mann tut Ihnen Dinge an, die in unserem Land streng bestraft werden.«

»Fujiwara-san ist mein *Danna*«, entgegnete Ayumi. »Mein Sponsor. An seiner Seite reise ich durch die Welt und biete meine Dienste an.«

»Selbst wenn Mr Fujiwara Ihr angetrauter Ehemann wäre, dürfte er nicht solche … Praktiken von Ihnen verlangen. Ich bin … Verzeihen Sie, ich weiß so wenig darüber. Im Grunde weiß ich nichts über Ihre Welt.«

Violet und die Japanerin waren keine Freundinnen. Die Position der Hoteldirektorin verlangte die höfliche Abgrenzung von ihren Gästen. Doch die beiden Frauen waren einander nähergekommen, da Miss Ayumis Begleiter, der japanische Geschäftsmann Mr Fujiwara, seit einem Monat im Savoy residierte.

Das Entscheidende hatte Violet bereits begriffen: Eine Geisha war keine Prostituierte. Diese Annahme wäre eine schlimme Beleidigung gewesen. Eine Geisha sah sich als Bewahrerin der traditionellen japanischen Künste, sie trat bei Festen und größeren Dinners auf und unterhielt die Anwesenden durch Gesang, Tanz und niveauvolle Konversation. Die Kosten für die Dienste einer Geisha richteten sich nach ihrer Arbeitszeit und wurden durch die Zahl der abgebrannten Räucherstäbchen bestimmt. Manche Geishas hielten sich einen Danna, der für einen Teil ihrer Lebenshaltungskosten aufkam. Eine Geisha zu sponsern, galt für den wohlhabenden Japaner als Statussymbol.

Ayumi nahm einen Schluck Tee, ihr Kimono rutschte hoch, rasch zog sie den Ärmel wieder über ihr Handgelenk. Violet hatte die Blutergüsse und Schwellungen jedoch vorhin schon bemerkt. Allein die Andeutung der Prozedur, von der Ayumi gesprochen hatte, ließ in Violet eine Wut aufsteigen, die sie in letzter Zeit häufiger an sich feststellte. Dabei war ihre Wut ein Paradoxon. Schon die kleinste Ungerechtigkeit an Frauen nahm Violet als Bestätigung für die unwürdige Position, in der sich die Frau im 20. Jahrhundert immer noch befand. Andererseits verkörperte sie selbst den Beweis dafür, dass die Vormachtstellung des Mannes nicht mehr absolut war. Ihre ersten dreißig Jahre hatte sie in der Zuversicht durchlebt, dass Männer zwar vom Mars und Frauen von der Venus stammten, dass ihr Konflikt jedoch ein kreatives Aufeinanderprallen war, von dem beide Seiten profitierten. Erst seit Violet dazu gezwungen gewesen war, in der Nachfolge ihres berühmten Großvaters die Leitung des vielleicht schönsten Hotels in London zu übernehmen, hatte sich ihre Sichtweise auf das Leben verändert. Violet war das Sinnbild des Savoy geworden. Diese Erkenntnis schwebte als Schatten über ihr, der sie auf Schritt und Tritt verfolgte.

Bevor sie Ayumi eine entsprechende Antwort gab, entstand eine Unruhe im *Golden Pavillon*, die für Violet normal, für die Japanerin jedoch überraschend war. Arturo Benedetti, der musikalische Leiter des Savoy, betrat das Podium und bat sein vierzigköpfiges Orchester zu einer Probe. Der Maestro nützte die Vormittagsstunden, um das abendliche Programm einzustudieren, mit dem die Gäste während des Dinners unterhalten werden sollten.

»La mia directrice!«, rief Benedetti, als er Violet in der Mitte des leeren Saales entdeckte. »Wir stören Sie doch nicht?«

»Im Gegenteil, Arturo, halten Sie nur Ihre Probe ab, sofern wir Sie nicht stören«, gab Violet lächelnd zurück.

Mit der Grandezza eines Florentiners verbeugte sich Benedetti und gab den Musikern den Einsatz. Eine schwungvolle Melodie aus *Cavalleria rusticana* ertönte, die im Kontrast zu dem ernsten Thema stand, das Violet mit der Japanerin besprach.

»Sie müssen diesen Mann verlassen, Ayumi. Es gibt keine Rechtfertigung, die ausreichen würde, Mr Fujiwaras Verhalten zu entschuldigen.«

»Fujiwara-san ist ein kluger, rechtschaffener Mann, durch den ich die halbe Welt bereist und viel Schönes erfahren habe.« Beide Frauen sprachen mit erhobener Stimme, um das fröhlich orgelnde Orchester zu übertönen.

»Wenn er solche Dinge von Ihnen verlangt, ist er ein kranker Mensch«, widersprach Violet. »Er fesselt Ihren Oberkörper auf die Beine, bis Sie sich nicht mehr bewegen können, und dann trampelt er auf Ihnen herum?«

»Es ist eine Liebestechnik, die im alten Japan angewandt wurde, eine Form von Unterwerfung, die …«

»Hören Sie um Gottes willen auf, Ayumi. Wir haben über diese Art von Männern schon einmal gesprochen. Sie sind nur dann in der Lage, ihre Angst vor Frauen zu überwinden, wenn sie die Frauen dafür bestrafen, dass sie kostbar, schön und reizvoll sind. Was diese Männer tun, hat mit Liebe nichts gemein.«

Laut und grell standen Violets letzte Worte in der Stille des Raumes. Benedetti hatte das Musikstück unterbrochen.

»Nein, meine Herren, hier steht ein Des«, korrigierte er die Holzbläser. »Was ich aber von Ihnen höre, ist ein D.« Er hob den Taktstock. »Ziffer sieben, nur das Holz.«

Ein trauriges Lächeln überflog das Gesicht Ayumis. »Es gibt bei uns Unterschiede zwischen Mann und Frau, die in der Welt des Westens gänzlich unbekannt sind. *Onnarashii,* das Weibliche, umfasst unser gesamtes Verhalten, sogar unsere Art zu sprechen. Japanische Frauen sprechen absichtlich mit hoher Stimmlage. Sie verwenden häufig Höflichkeitsformen, *onna kotoba,* das sind Frauenworte. *Otokorashii,* die männliche Welt, basiert auf einer anderen Tradition. Und weil mir diese Tradition vertraut ist, weiß ich, Fujiwara-san liebt und ehrt mich auf eine ganz besondere Weise.«

»Es gibt keine Rechtfertigung für das, was Mr Fujiwara tut«, entgegnete Violet über die Töne der Holzbläser hinweg. »Er erregt sich an Ihrer Unterwerfung. Egal, aus welchem Kulturkreis Sie stammen, egal, ob Männer solche Dinge seit Jahrhunderten bei Ihnen tun, Sie dürfen es sich nicht länger gefallen lassen. Sie sind in London, Ayumi, wir schreiben das Jahr 1936. Was Mr Fujiwara von Ihnen verlangt, gehört ins Mittelalter. Sie müssen es stoppen, bevor es zu spät ist, bevor Mr Fujiwara Ihnen noch wirklich etwas antut.«

»Des, Des, Des, maledetto!« Benedetti unterbrach abermals. »Bitte nur die Klarinette allein.«

»Sie haben mir erklärt, was der Name Ayumi bedeutet«, fuhr Violet fort.

Die Japanerin musterte ihr Gegenüber. »Ayumi bedeutet *den eigenen Weg gehen*.«

Als ob damit alles gesagt wäre, hob Violet die Arme. »Ihren Weg gehen, Ayumi, wählen Sie Ihren eigenen Weg. Sie müssen diese krankhaften Zustände beenden.«

Die Japanerin senkte den Blick und dachte eine Weile nach. »Gut«, sagte sie schließlich. »Sie haben recht, Violet. Ich will es tun. Aber auf traditionelle Weise.«

Als hätte Ayumis Antwort auch die Unstimmigkeit im Orchester beseitigt, stimmten die Musiker jene strahlende Melodie an, in der Hoffnung, Aufbruch und das Glück der Liebe zum Ausdruck kamen. Durch diese Klänge fühlte sich Violet an Ereignisse erinnert, die trotz ihrer Jugend Ewigkeiten zurückzuliegen schienen.

Wenig später schwangen die Flügeltüren in den *Golden Pavillon* auf und dreihundert hungrige Menschen drängten an die Tische mit den Blumenarrangements, dem kostbaren Porzellan und dem Silberbesteck.

Während Violet an der Seite Ayumis den Speisesaal verließ, bemerkte sie einen Stammgast, den sie seit Jahren ins Herz geschlossen hatte. Emil Lilienthal, Besitzer eines Wiener Modesalons, stieg zweimal im Jahr im Savoy ab. Gerade befand er sich im Gespräch mit Judy Wilder, die verwandtschaftlich so etwas Ähnliches wie Violets Tante war und im Hotelbetrieb ihre rechte Hand. Judy trug ein blaues Kostüm mit raffiniertem Pelzbesatz, der sich vom Kragen bis zur Taille zog. Der Rock war figurbetont und die Absätze ihrer Schuhe von beeindruckender Höhe. Lilienthal ließ es sich nicht nehmen, auf Violet zuzueilen und ihr die Hand zu küssen. Sie wechselte ein paar Worte mit dem Wiener und winkte Judy zu. »Sehen wir uns nachher bei dir?«

»Einverstanden.« Judy gestattete Mr Lilienthal, sie zu der Nische zu eskortieren, die für die Geschäftsleitung reserviert war.

Nachdem Violet sich von Miss Ayumi verabschiedet hatte und zu ihren Pflichten zurückkehrte, dachte sie, wie froh sie war, dass Judy ihr bei der schwierigen Aufgabe beistand, das Hotel durch die ungewisse Gegenwart zu steuern. Obwohl sie Judy täglich sah, fiel es Violet immer wieder auf, wie sehr sich die schmale Person in den letzten Jahren verändert hatte. Früher hatte man über Judy Wilder gesagt, sie sehe *frisch und natürlich* aus und damit gemeint, sie tue wenig für ihr Äußeres. Früher hatte sie ihr Haar zum Dutt geschlungen, heute erschien Monsieur Patrice zweimal die Woche, um Judys Frisur zu machen. Früher war sie meist unauffällig als bewundernde Gattin ihres Mannes im Hintergrund geblieben. Dieses Bild hatte sich gründlich gewandelt. Heute war es Henry, der Sohn von Sir Laurence, den man kaum noch an der Öffentlichkeit sah. Judy dagegen half Violet, wo sie konnte. Sie kümmerte sich um die Bestellung, Lieferung und die Abrechnung, während Violet sämtliche Repräsentationspflichten übernommen hatte, Konflikte schlichtete und die Linie des Hauses vorgab.

Früher hatte Violet gefürchtet, es müsse über kurz oder lang zum Erbfolgestreit im Savoy kommen, zu einem Krieg, in dem Henry, einziger Sohn des Patriarchen, auf seine angestammten Rechte pochen würde. Henry hätte ins Feld führen können, dass Violet zwar der Liebling ihres Großvaters sei, zugleich aber nur dessen uneheliche Enkelin war. Überraschenderweise hatten Henry und Judy keine Front gegen sie gemacht, sondern sich den neuen Verhältnissen angepasst. Es war eine Situation, in der jeder gewann.

Ein letzter Blick zurück: Judy und Mr Lilienthal setzten sich und schlugen die Menükarten auf.

»Garmisch war wunderbar.« Lilienthal holte seine Brille aus dem Etui. »Man kann gegen die derzeitigen Zustände sagen, was man will, eines muss man den Deutschen lassen, organisieren können sie. Die Winterspiele sind abgelaufen wie am Schnürchen. Meine Frau und ich waren zum Skilaufen in Kufstein und haben den Austragungsort mehrmals besucht. – Für mich bitte das Lamm«, sagte er zum herangeeilten Kellner. »Und eine Flasche Burgunder, Grand Cru, wenn Sie haben. Sie schließen sich doch an, Mrs Wilder?«

»Ein kleines Glas gerne«, antwortete Judy, und zum Kellner gewandt: »Für mich wie immer.«

»Sie können sich den Jubel nicht vorstellen«, fuhr Lilienthal fort, »als die Athleten ins Olympiastadion einmarschierten und geschlossen wie ein Mann den rechten Arm zum Gruß erhoben. Ein wunderbares Bild, wirklich, ich muss sagen, sehr erhebend.«

»Mr Lilienthal, ich verstehe Sie nicht.« Zurückgelehnt saß Judy da, die Hand an die Stirn gehoben, als ob sie sich vor der Sonne schützen müsste. »Als Henry und ich kürzlich in Berlin waren, schlug uns der Antisemitismus an jeder Straßenecke entgegen. *Für Juden kein Zutritt* war das Schild, das wir am häufigsten gelesen haben.«

»In Garmisch habe ich nicht ein einziges davon gesehen.«

»Natürlich nicht, weil die Deutschen sie abmontiert haben. Sie fürchten, dass der Rest der Welt ihre Sommerspiele boykottieren könnte.«

Der Kellner öffnete den Grand Cru und ließ Lilienthal probieren. »Ich bin weder blind noch naiv, liebe Mrs Wilder. Natürlich sind die Verhältnisse in Deutschland schwierig. Aber ich bin in erster Linie Geschäftsmann und erst in zweiter Linie Jude. Ein Geschäftsmann sollte die Zeichen der Zeit erkennen, zugleich aber zwischen den Zeilen lesen. Die Olympischen Spiele wurden bereits 1931 an das Deutsche Reich vergeben, als Herr Hitler noch Wahlkampfreden in Bierzelten gehalten hat. Reichskanzler Hindenburg war damals der Schirmherr von Olympia. Außerdem haben die Athleten im Stadion nicht den Arm zum Hitlergruß erhoben, sondern zum olympischen Gruß, dem saluto romano, der ganz ähnlich aussieht. Sie sehen, wenn man die Dinge in die richtige Perspektive rückt, erhält man ein Bild, das nicht ganz so grell und überzeichnet ist, wie es die antideutsche Propaganda gerne malt.« Nachdenklich, als ob er seinen Worten nicht ganz trauen würde, blickte Lilienthal in sein Glas.

Schließlich stieß er mit Judy an. »Bedauerlicherweise kam das Vereinigte Königreich nicht mit allzu vielen Medaillen nach Hause. Einmal Gold und einmal Silber, wenn ich richtig gezählt habe.«

»Britischer Sport findet auf dem Rasen statt«, erwiderte Judy lächelnd. »Das Herumtoben in Eis und Schnee überlassen wir den Teutonen.« Sie nippte und stellte ihr Glas ab. Du armer Teufel, dachte sie, versuchst das Gute im deutschen Aufbruch zu sehen. Du glaubst, wenn du dich assimilierst, wirst du in deinem kleinen Österreich die Weltenwende unbeschadet überstehen. Sie musterte das freundliche, ein wenig verhärmte Gesicht des Wieners. Du bedauernswerter, dich selbst betrügender Israelit. Wann wirst du begreifen, dass kein Gras mehr für euch wächst, kein Vogel für euch singt, dass eure Zukunft längst verspielt ist?

»Was hat Sie nach Berlin geführt?« Lilienthal bemühte sich, den heiteren Konversationston von vorhin wieder aufzunehmen.

»Vorwiegend Geschäfte.«

»In Berlin sollte man sich aber noch für andere Dinge

Zeit nehmen. Eine großartige Stadt«, setzte er hinzu, während ihm das Lamm serviert wurde.

»Wir haben Freunde getroffen.« Judys Hand glitt am Pelzbesatz ihres Kostüms entlang. »Sehr liebe alte Freunde.«

»Ah, das sieht wirklich wunderbar aus.« Lilienthal drapierte die Serviette im Westenausschnitt und nahm den ersten Bissen.

2

Ein treuer Diener seines Herren

Neunzehnhundertsechsunddreißig, dachte Violet ange-sichts der modernen Linien in Judys Büro, ein Drittel des Jahrhunderts hatten sie schon durchlebt. Judy hatte die dunklen Möbel, die Henry bevorzugte, hinausgeworfen und eine helle Täfelung gewählt, Birke oder Lindenholz, auch ihr Schreibtisch bestand daraus. Der Spiegel über dem Konsolentisch war riesig, wirkte aber nicht so, da sein Rahmen aus durchsichtigem Glas bestand. Fließend ging das helle Holz in die elfenbeinfarbenen Lederbezüge der Sitzgarnitur über.

Violet setzte sich. Einen Krieg hatten sie durchgestanden, eine Revolution gesehen, sie hatten miterlebt, wie die Werte der alten Welt verschwunden und durch neue, härtere Gesetze ersetzt worden waren. Als eines von wenigen Ländern behauptete sich England immer noch als Monarchie. King George V. war vor wenigen Monaten gestorben, alle Segenswünsche galten seinem Nachfolger, Edward VIII. An vielen anderen Schauplätzen Europas hatten Zaren, Imperatoren und Könige abdanken müssen. Was das Jahrhundert sonst noch bringen würde, war unabsehbar.

»Wenn es nur keinen Krieg gibt.«

An Judys überraschtem Blick erkannte Violet, dass sie ihren Gedanken stimmhaft ausgesprochen hatte.

»Wie meinst du?«

»Ach, nichts.« Violet strich über das weiche Leder und überlegte, wie sie Judy umstimmen könnte. »Ich mag mir das Savoy ohne Mr Sykes gar nicht vorstellen.«

Judy schenkte Wermut ein und brachte Violet ein Glas. »Der gute Sykes hat wirklich seine Schuldigkeit getan. Die paar Jahre, die er noch hat, sollte er seinen wohlverdienten Ruhestand genießen.«

Aber wenn du Mr Sykes das Savoy wegnimmst, raubst du ihm seinen Lebensinhalt.«

»Du übertreibst ein bisschen«, lächelte Judy. »Er ist

einfach zu alt für die Aufgabe des Chefbutlers. Der Job erfordert enorme Umsicht und robuste Kräfte. Beides lässt Mr Sykes seit einiger Zeit vermissen.«

Judy hatte recht, Violet wollte es nur nicht zugeben. »Dabei bemüht er sich so, sein wahres Alter zu verbergen.«

»Es sind Fehler gemacht worden, gravierende Fehler, Vi. Ständig hat Sykes etwas am Herzen, immer häufiger ruht er sich aus.«

»Er muss …« Violet überlegte. »Er muss fast achtzig sein.«

Mit einem Lächeln gab Judy zu erkennen, dass dies der springende Punkt war. »Deshalb kann und darf man Mr Sykes nicht länger zumuten, ein dreistündiges Galadinner im Stehen zu absolvieren, bis sich die Herren an der Tafel zu Zigarren und Brandy zurückziehen.«

»Für die Beaufsichtigung der großen Dinners gibt es natürlich Jüngere«, stimmte Violet zu.

»Was hältst du davon, wenn du jemanden kennenlernst, der mir wärmstens empfohlen wurde? Dieser Mann wäre ideal, um Mr Sykes zu ersetzen … oder sagen wir, um ihn zu entlasten.«

»Du hast bereits Bewerber für seine Nachfolge kommen lassen, obwohl wir uns nicht einig sind, dass Sykes gehen muss?« Der Wermut schmeckte Violet nicht, sie stellte ihn beiseite.

»Selbstverständlich geschieht nichts ohne deine Einwilligung«, räumte Judy ein. »Andererseits hast du mir den Auftrag gegeben, stets vorauszudenken.«

Judy meinte es gut, dachte Violet. Nur weil sie ein inniges Verhältnis zu dem alten Chefbutler hatte, bedeutete das nicht, dass er diesen Posten für immer ausfüllen konnte. Der liebe, gute, strenge Mr Sykes hatte Violet buchstäblich auf seinen Armen gewiegt. Damals, als sein Haar noch schwarz und sein Gang noch jugendlich gewesen war, hatte sie sich jederzeit an ihn wenden können, auch während der schlimmen Zeit, als sie mit vier Jahren ihre Mutter verlor, die Tochter von Sir Laurence. Violets Vater, der ewig erfolglose Komiker, war kurz darauf ebenfalls aus ihrem Leben verschwunden. Damals war Mr Sykes Violets *Nanny* gewesen, zugleich ihr freundlicher Onkel und ihr Freund. Wahrscheinlich hatte auch er den Ausschlag gegeben, dass Violet im Savoy bleiben durfte. Ihr Großvater hatte Zweifel gehabt, ob es richtig für ein Kind sei, im Labyrinth dieses Hotels aufzuwachsen. Mr Sykes hatte dafür gebürgt, dass es dem kleinen Mädchen an nichts fehlen sollte. Wenn er selbst keine Zeit hatte, um auf sie zu schauen, war sie in die Obhut mütterlicher

Zimmermädchen gekommen. Er hatte ebenfalls dafür gesorgt, dass Violet schon mit fünf Jahren Französisch- und Deutschunterricht bekam. Es fiel ihr schwer, diesen guten, treuen Mann ins Ausgedinge zu schicken.

»Wer ist dieser Bewerber, den wir uns ansehen sollten?«, fragte Violet.

Judy trat einen Schritt näher. »Er heißt Timothy Cordle und dient bei Lord Trentham. Du weißt, das Anwesen der Trenthams ist riesig, und die Festivitäten des Lords sind exotisch und aufwendig. Bei einem solchen Herrn als Chefbutler zu bestehen, will schon etwas besagen.«

»Na gut. Ich werde ihn mir irgendwann ansehen.«

»Das trifft sich blendend.« Judy kehrte zum Schreibtisch zurück. »Lord Trentham ist gerade unser Gast. Cordle dürfte also hier im Haus sein.«

Violets Augen wurden schmal, sie ließ sich gegen die Lehne sinken. »Willst du damit sagen, ich soll mich für deinen Kandidaten entscheiden, bevor wir überhaupt mit Mr Sykes gesprochen haben?«

»Es ist reiner Zufall, dass Trentham zurzeit hier wohnt«, beschwichtigte Judy.

»Wirklich?« Violets Ton war scherzhaft, aber sie ließ Judy spüren, dass eine Portion Wahrheit in ihren Worten steckte. »Ist es nicht eher ein Schachzug der raffinierten

Judy Wilder, die mich in dem Glauben lässt, dass ich in diesem Haus die wichtigen Entscheidungen treffe?«

»Ich fürchte, wir müssen noch über eine andere Entscheidung sprechen, Vi. Und sie wird dir noch mehr wehtun, als Mr Sykes in den Ruhestand zu schicken.«

»Was ist es?«

»Wir müssen die Stelle endlich nachbesetzen.«

»Die … Stelle?« Etwas im Innern zwang Violet, nicht gleich zu verstehen, was Judy meinte.

»Es geht jetzt nicht mehr anders. Dein Haus bricht allmählich auseinander. Ständig sind wir nur daran, das Schlimmste zu verhindern. So kann es nicht weitergehen. Es tropft durch die Zimmerdecken, die alten Heizungsrohre klopfen nachts so laut, dass die Gäste sich beschweren. So etwas darf es im Savoy nicht geben. Am schlimmsten steht es um die Elektrik. Unsere Anlage stammt aus dem Jahr 1912! Moderne Stromanlagen leisten ein Vielfaches unserer antiquierten Kiste. Wir müssen das jetzt in Angriff nehmen, Vi, wir müssen Stockwerk für Stockwerk sperren und endlich mit den Renovierungsarbeiten beginnen. Wir brauchen gute Klempner, fähige Elektriker und Heizungsmonteure. Aber vor allem brauchen wir jemanden, der die Umgestaltung beaufsichtigt und von der Behörde abnehmen lässt. Wir müssen John endlich ersetzen, Vi. Bitte verzeih, dass ich dir das so offen ins Gesicht sage. Aber die Zeit ist reif.«

»John ersetzen?«, wiederholte Violet leise. Man konnte niemanden ersetzen, der tot war, dachte sie. Natürlich war es möglich, einen Hausmechaniker zu engagieren. Seit der Wirtschaftskrise suchten Hunderttausende qualifizierte Männer Arbeit, aber einen Freund, einen Geliebten, einen Lebensmenschen konnte man nicht ersetzen. Johns Tod lag nun bereits zwei Jahre zurück, trotzdem wurde es für Violet nicht leichter, daran zu denken.

»Du hast recht«, antwortete sie dennoch. »Willst du mir diesbezüglich auch Vorschläge machen?«

»Einverstanden.« Judys Blick war offenherzig. »Ich werde mich heute noch umtun.«

Violet stand auf. Bevor sie in die Öffentlichkeit des Hotelbetriebs zurückkehrte, wollte sie gewohnheitsmäßig einen Blick in den Spiegel werfen. Sie zuckte zurück. Violet konnte ihrem Gegenüber nicht in die Augen sehen. Diese Frau war schuld an Johns Tod. Kein Gericht der Welt würde Violet jemals dafür anklagen. Sie selbst war ihr eigener Richter. Sie allein wusste, was sie getan hatte.

»Bevor du gehst …« Judy tauchte in ihrem Spiegelbild auf. »Da der Butler schon einmal im Haus ist, wollen wir Mr Cordle nicht rasch heraufbitten?« Gelassen und freundlich schaute Judy ihr über die Schulter. »Er wird dir gefallen. Ich glaube, er könnte sogar Mr Sykes gefallen.«

Alles vergeht, dachte Violet und wandte sich vom Spiegel ab. Ich muss John hinter mir lassen, aber ich habe keine Ahnung, wie.

Judy griff zum Telefon und ließ sich mit der Suite von Lord Trentham verbinden.

Timothy Cordle justierte die Hosenträger seines Herrn. In der Rechten hielt Lord Trentham den Reisebericht über die koreanische Halbinsel, den er mit Spannung las, in der Linken eine Tasse Jasmintee. Die Körpermitte überließ der Lord seinem Butler.

»Zu stramm, Timmy«, murmelte Trentham, ohne den Blick von dem Buch zu nehmen.

»Verzeihung, Mylord.« Cordle lockerte die Spangen der Hosenträger ein wenig, trat zur Seite und brachte Lord Trentham die leichte graue Weste, die an einem kühlen Apriltag wie heute zwar nicht angebracht war, doch Trentham bestand darauf. Mit geschickten Bewegungen gelang es dem Butler, den Lord einerseits in die

Weste schlüpfen zu lassen, ohne dass Trentham andererseits seine Lektüre unterbrechen oder die Tasse absetzen
musste. Während Cordle die Westenknöpfe schloss, ging
er ein wenig in die Knie. Es wäre ihm ungehörig erschienen, auf gleicher Augenhöhe wie sein Dienstherr zu stehen.

»Wann werden Sie im Savoy antreten, Timmy?« Nach
einem Schluck Tee leckte sich Trentham die Lippen, Zeichen für Cordle, die Tasse zu übernehmen und dem
Herrn die Serviette zu reichen. Der Lord tupfte sich über
den Mund.

»Ist die Stelle offiziell schon ausgeschrieben, Sir?« Der
Butler nahm die benützte Serviette entgegen.

»Offiziell? Das kümmert mich nicht.« Der Lord entfernte sich vom Butler, obwohl Cordle gerade auf die
Knie ging, um ihm die Gamaschen über die Schuhe zu
streifen. Lord Trentham trat an den Rauchertisch und
öffnete die Zigarrenschatulle. »Ich habe Judy Wilder erklärt, dass Sie zu haben wären. Sie zeigte sich hocherfreut
darüber. Das versteht sich auch von selbst, einen Besseren
als Sie wird das Savoy nicht finden.«

»Vielen Dank, Sir.« Cordle befand sich im Zwiespalt.
Er hätte aufspringen und dem Lord die Zigarre präparie-
ren müssen, andererseits verharrte er, die rechte Gama-

sche in der Hand, immer noch auf den Knien. »Verzeihen Sie, dass ich nochmals davon anfange, Sir, aber meinen Sie nicht, dass ich Ihnen auf der Reise durch Asien von größerem Nutzen sein könnte?«

»Natürlich, Timmy, und ich werde Sie auch schmerzlich vermissen.« Der Lord schloss die Schatulle wieder, öffnete stattdessen ein flaches Silberetui und entnahm ihm eine Zigarette. »Aber ich halte Sie für zu kostbar, um Ihr Leben in der Position eines Kammerdieners zu fristen.«

»Eine Position, die ich in Ihrer Nähe als höchst erstrebenswert erachte«, getraute sich Cordle einzuwerfen.

»Ich weiß, nichts geht über Ihre Treue und Loyalität.« Der Lord ließ den Blick über den Rauchertisch schweifen. Ein Streichholz war nirgends zu entdecken. »Aber ich möchte, dass im Leben etwas aus Ihnen wird, Timmy. Deshalb ist die Stelle des Chefbutlers im Savoy genau das Richtige für Sie.«

Geschmeidig, dabei schnell wie der Blitz, kam Cordle auf die Beine, zauberte eine Schachtel Schwedenhölzchen hervor und gab seinem Herrn Feuer. »Wann erwarten Sie die Antwort von Mrs Wilder?«

»Ich erwarte keine *Antwort*«, entgegnete Lord Trentham mit leichtem Stirnrunzeln. »Ich gehe von einem prompten Vollzug aus.«

»Verzeihen Sie, Sir.« Um dem Stirnrunzeln, einer der schärferen Unwillensäußerungen des Lords, zu entgehen, sank Cordle auf die Knie und brachte die Gamasche dort an, wo sie hingehörte. Dafür musste der Lord für einen Augenblick den Fuß heben, Cordle griff ihm stützend unter die Schuhsohle.

Das Telefon klingelte. In der labilen Position, in der sich Herr und Diener befanden, war es keinem möglich, zum Hörer zu greifen. Es klingelte ein zweites und drittes Mal. Die Gamasche saß, Cordle ließ den Fuß des Lords los und eilte zum Apparat.

»Suite von Lord Trentham? – Ich will nachsehen, ob Seine Lordschaft zugegen ist.« Cordle hielt die Sprechmuschel zu. »Mrs Wilder, Sir«, rief er leise und prononciert.

Ohne Eile kam Trentham näher. »Also ist es so weit. Jetzt müssen Sie sich entscheiden, mein Lieber.« Mit zur Seite geneigtem Kopf blieb der Lord vor dem Butler stehen. »Sie haben mir auf die bestmögliche Weise gedient, Timmy. Wir hatten gute Jahre miteinander, nicht wahr?«

»Die schönsten meines Lebens, Mylord. Darf ich Ihnen nochmals vorschlagen, mich als Reisebegleiter in Erwägung zu ziehen?«

Mit erhobenem Zeigefinger gab der Lord zu erkennen,

dass die Entscheidung gefallen war. »Ich werde Japan bereisen, China und sogar die mongolische Steppe. Möglicherweise bin ich jahrelang unterwegs. Nein, wie heißt es so schön: *Bring das Heu in die Scheuer, solange die Sonne scheint.*«

»So heißt es wohl, Mylord.«

»Nun denn, Timmy: Bring das Heu in die Scheuer.«

»Wie Sie wünschen, Mylord.« Cordle erlaubte sich, zu lächeln, und machte dabei eine leichte Verbeugung. Trentham nahm den Telefonhörer entgegen.

»Liebe Mrs Wilder«, rief er etwas zu laut. Der Lord konnte sich noch nicht an den Gedanken gewöhnen, dass die Schallwellen seiner Stimme auf elektrischem Wege in andere Räume geleitet wurden. Er hatte nach wie vor die Angewohnheit, die Distanz zu einem Gesprächspartner am Telefon durch Schreien verringern zu wollen. Er lauschte einen Moment, dann zwinkerte er Cordle ungewohnt leutselig zu. »Mein Butler? Ja, richtig, wir hatten darüber gesprochen.«

3

Die Vorbereitung

Violet betrachtete die Sintflut. Der Haupthahn war längst abgedreht worden, trotzdem floss das Wasser ungehindert durch den Korridor. Der stahlblaue Teppich, über den manche Gäste beim Darüberlaufen staunend bemerkten, dass er jedes Geräusch schluckte, hatte sich in einen unterseeischen Algengarten verwandelt. Mr Sykes trug Gummistiefel zum Frack. Er hatte Violet ebenfalls ein Paar davon mitgebracht, doch er kam zu spät. Sie hatte ihre Pumps ausgezogen und band das knöchellange Kleid hoch. Barfuß arbeitete sie sich durch das Wasser auf die Quelle des Unglücks zu.

»Wollen Sie nicht die Stiefel nehmen?« Sykes stakste hinter ihr her. »Sie könnten sich etwas eintreten, Miss Violet.«

»Ist die Feuerwehr schon unterwegs?«, rief sie über die Schulter. »Wo ist der Mann, der es entdeckt hat?«

»Sie laufen direkt auf ihn zu.« Sykes folgte, so schnell er konnte. »Die Feuerwehr müsste in ein paar Minuten …«

Violet hörte ihn nicht mehr. Ein beängstigendes Geräusch nahm sie gefangen. Überall gluckerte und tropfte, floss und rann es, als befände man sich in einer Tropfsteinhöhle. Violet betrat die Tydlehoff-Suite. Bis zu den Waden im Wasser watend betrachtete sie das Bild der Zerstörung. Die Stehlampen waren umgestürzt und erloschen, durch den Schirm der einen floss ein schmutzig brauner Sud. Aufgequollen lagen die Sitzkissen der Chaiselongue im Wasser, zwei Gemälde mit Jagdmotiven waren von der Wand gefallen und trieben obenauf. Servietten mit dem Monogramm des Savoy schwammen vorbei, eine Teebüchse war aufgegangen, Earl Grey und Darjeeling vermischten sich zu einer trüben Brühe. Violet watete ins Bad. Erstaunlicherweise war hier fast alles trocken geblieben. Die Wanne war leer.

»Woher …« Sie holte tief Luft. »Woher ist all das Wasser gekommen?«

Ein junger Mann saß auf dem Deckel der Toilette. »Miss Mason.« Er stand auf, machte sich aber nicht die Mühe, vor seiner Chefin die Uniformjacke zu schließen.

»Otto? Was machst du denn hier?«

»Ich sollte der Lady von zweihundertfünfzehn Besorgungen aufs Zimmer bringen. Da habe ich bemerkt, dass Wasser bei der Tür austrat.« Auch er hatte die Schuhe ausgezogen und die Hosenbeine hochgekrempelt.

»Bei dieser Tür?« Violet wandte sich zum Badezimmereingang.

»Nein, vorne, bei der Zimmertür.«

»Wie konnte das passieren?« Sie kehrte in den Living Room zurück.

Otto und Violet waren alte Bekannte. Der junge Mann aus Bayern hatte unter Sir Laurence zur gleichen Zeit als Liftpage angefangen, als Violet in die Geschicke des Hotels verstrickt worden war. Jahrelang hatte Otto Gäste im Fahrstuhl auf und abgefahren, doch inzwischen war er zum *Supervisor* aufgestiegen und beaufsichtigte die Liftpagen sämtlicher Aufzüge. Schon als Halbwüchsiger hatte Otto flott ausgesehen, mittlerweile war er zu einer männlichen Augenweide herangewachsen. Unter den Hotelgästen gab es Damen, die sich von Otto nicht nur ihre Pakete aufs Zimmer bringen ließen. Violet hatte davon gehört, wollte derlei aber gar nicht zu genau wissen. Ein Heer von Zimmermädchen, Köchinnen und Gesellschaftsdamen hatten während der Jahre für Otto geschwärmt, Violet billigte auch das. Solange Ottos Arbeit und die der Mädchen nicht darunter litt, belebte es die Atmosphäre des Hotels.

»Erzählen Sie schon, Otto. Wo kam das Wasser her?«

Mit platschenden Schritten folgte er ihr. »Es ist bei den seitlichen Ritzen zur Tür herausgekommen. Ich bin auf dem Korridor gestanden, habe geklopft und gerufen. Es wäre nicht das erste Mal, dass jemand vergessen hat, das Badewasser abzudrehen. Als sich niemand meldete, habe ich meinen Hauptschlüssel benutzt.«

»Du bist im Besitz eines Generalschlüssels?«, fragte Violet überrascht.

»Ich habe einen, weil ich doch manchmal in die Zimmer muss, um …« Otto haspelte.

»Schon gut. In diesem Fall war das gewissermaßen unsere Rettung, dass du hineinkonntest. Du hast also aufgeschlossen – und dann?«

»So einfach war das nicht. Sehen Sie, die Tür geht nach innen auf. Sie ließ sich auch mit dem Schlüssel nicht öffnen, also habe ich mich mit aller Kraft dagegengestemmt. Die Flut schoss mir förmlich entgegen. Das Wasser stand knietief in der Suite. Leider war es zu spät, die Tür wieder zu schließen. Alles ergoss sich auf den Flur und immer weiter und ...«

»Wo könnte das Wasser hergekommen sein?«, rief Violet mit geballten Fäusten.

Otto zeigte zur Decke. Über dem offenen Kamin befand sich ein großes Loch. »Ich nehme an, dort oben steht ein Wasserspeicher. Er muss geplatzt sein.«

Verdammter alter Kasten, verdammtes runtergekommenes Luxuskarussell, dachte sie, das sich Tag für Tag und Nacht für Nacht weiterdrehen musste, obwohl man es längst hätte abschalten und reparieren müssen. Es hatte Zeiten gegeben, als das Savoy das erste Hotel Londons gewesen war, in dem elektrische Aufzüge zwischen den Etagen surrten, eines der ersten, wo sich die Gäste über ein Badezimmer *en-suite* freuen durften. Hier hatte Claude Monet von seinem Zimmer aus die Themse gemalt, hier hatten gekrönte Häupter, Premierminister und Regierungen gespeist, hier war das Pfirsich-Melba-Dessert erfunden worden. Mittlerweile wirkte das Haus erschöpft, verbraucht und ausgelaugt, es war im höchsten Grad renovierungsbedürftig. John hatte Violet bereits vor Jahren davor gewarnt, dass das Innenleben des Hotels veraltet sei.

Was musste geschehen? Mit wem konnte Violet offen

darüber sprechen? Nicht nur, was die Sanierung betraf, wer gab ihr einen Rat, der das Ganze erfasste, das große Ganze, das sie mehr und mehr aus den Augen verlor? Für einen Moment wünschte sie sich, ihr Leben von außen betrachten zu können. Was war inzwischen aus Violet Mason geworden, wohin führte ihr Weg? Die Richtung, aus der sie einmal gekommen war, hatte ihr eine andere Zukunft vorgezeichnet. Wenn sie damals nicht in die Fußstapfen ihres Großvaters getreten, sondern am Theater geblieben wäre, wenn sie beim Radio weiter ihr Glück versucht hätte, wo stünde sie dann heute? Wenn sie sich für Max, den Chefredakteur der BBC, und gegen das Hotel entschieden hätte, was wäre dann gewesen? Sie ließ den Kopf sinken, die nächste Frage fiel ihr schwer. Was wäre wohl geschehen, wenn sie John, ihren Geliebten, seine eigene Entscheidung hätte treffen lassen, statt ihm die ihre aufzudrängen?

Violet wusste, zu wem sie gehen musste. Weniger um Fragen beantwortet zu bekommen, sondern um die Kraft und Ruhe zu finden, die sie brauchte, um sich dem Schlamassel zu stellen, in den das Savoy durch die Katastrophe geraten war. Zumindest der Osttrakt musste sofort geschlossen werden. Alle Zimmer unterhalb der Tydlehoff-Suite waren fürs Erste unbrauchbar. Es würde

Wochen dauern, die Wasserschäden in den angrenzenden Trakten zu beseitigen. Gäste mussten umquartiert, Veranstaltungen verlegt werden, wahrscheinlich war es sogar nötig, zeitweilig eine Dependance zu finden. Zuallererst musste Violet aber jenen Mann engagieren, der das Problem an der Wurzel packen würde, einen Nachfolger für John.

Sie hatte vorgehabt, heute noch mit Mr Sykes zu sprechen und ihn vorsichtig auf die kommenden Schritte vorzubereiten. Doch als der Chefbutler nun die Suite betrat, gefolgt von den Männern des Feuerwehrkommandos, verwarf sie ihre Absicht. Der alte Mann in Frack und Gummistiefeln hatte an diesem Tag bereits genug zu verkraften. Es war undenkbar, ihn auch noch mit seiner eigenen Pensionierung zu konfrontieren.

Männer in dicken Jacken und Helmen, mit langen Schläuchen und unförmigen Pumpen betraten die überflutete Suite. Barfuß, wie sie war, hieß Violet die Feuerwehr willkommen.

⌒⎯⎯⎯⌒

Ayumi schlang den Maru-Obi zum vierten Mal um Bauch und Rücken, bevor sie den breiten Gürtel einmal umschlug und über die Schulter legte. Wegen seines Gewichts und der komplizierten Art, ihn anzulegen, wurde der Maru-Obi üblicherweise nur bei Hochzeiten verwendet. Er bestand aus Brokat und war mit Goldfäden durchwirkt. Seine hellrote Farbe entsprach dem Frühlingsmonat April, doch durch die intensive Musterung spielte der Obi von den Farben des Sandes bis zum Ochsenblut. Jede seiner Schattierungen kontrastierte auf das Wunderbarste mit dem schwerelosen Seidenkimono, den Ayumi darunter angelegt hatte.

Sie vollendete das Binden des Obi mit der traditionellen Rückenschlaufe. Ihr Make-up war abgeschlossen. Unter Verwendung zweier Spiegel hatte sie ein Muster im Nacken aufgetragen, das dem heutigen Anlass entsprach. Normalerweise bestand es aus zwei Linien, die an bestimmten Stellen die Hautfarbe der Geisha durchschimmern ließen. An diesem Abend hatte Ayumi drei Linien gewählt, um die erotische Spannung zu erhöhen. Nur im Nacken lüftete die Geisha das Geheimnis ihrer Haut, ihr Gesicht dagegen war durch die weiße Paste fast unkenntlich. Sie hatte die Augen wie stets betont und die Brauen durch dünne Linien nachgezeichnet.

Fujiwara-san liebte es, wenn Ayumi während ihrer nächtlichen Begegnungen das eigene Haar zur Schau trug. Heute hatte sie sich für die Perücke entschieden, die seit Längerem unbenutzt im Schrank lag. Ayumi hatte das lange schwere Haar geöffnet, sorgfältig gebürstet, das aufgebauschte Oberhaar getrimmt und schließlich die *wareshinobu* frisiert. Zu dieser Form der Perücke passte der Haarschmuck, den Ayumi für die Zeremonie bereitlegte. Der *Kanzashi* bestand aus Gold, Schildpatt und Seide, er begann auf der rechten Kopfhälfte als bescheidenes Blumenmuster mit Goldtroddeln, spannte sich mit Motiven aus Zitronen über das Haupthaar und fiel als kleiner Wasserfall aus grünen Perlen an der linken Schläfe bis zur Schulter nieder. Dieser Schmuck begleitete jede ihrer Kopfbewegungen durch leises Klirren und würde einen schönen Kontrast zu ihrem Lautenspiel bilden. Fujiwara-san liebte es, wenn Ayumi musizierte, er lauschte ihrer Flöte manchmal stundenlang. Sie stimmte die Laute, prüfte die Temperatur des Sake und setzte sich auf ihr Lager. Ayumi war bereit für die Zeremonie.

4

Das Auge

Violet erreichte das Kuppelzimmer über einen gesonderten Fahrstuhl, der in die Privaträume von Sir Laurence führte. Wie immer betrat sie zunächst das weitläufige, aber nüchtern eingerichtete Büro, wo ihr Großvater früher an seinem Schreibtisch gearbeitet hatte. Mittels einer Federkonstruktion ließ sein Stuhl sich nicht nur drehen, sondern auch kippen. Wippend hatte Larry seine Besucher empfangen, erinnerte sie sich, wippend die Tagesgeschäfte erledigt.

Vor Jahrzehnten hatte Violets Großvater alles Viktorianische, Altmodische und Überladene aus seinem Haus

entfernt und die klaren Linien, die nach dem Krieg auf-
gekommen waren, eingeführt. Dazu gehörte auch der
schwarz-weiß getäfelte Deckenbogen im Schlafzimmer,
der die Glaskuppel stützte, unter der Larrys Bett stand.

Der Schreibtisch, der Sessel, die Kuppel, durch die
nachts der Mond schien, alles erschien Violet wie immer.
Während sie im Zwielicht durch die Räume ging, stellte
sie sich vor, dass der Mann, der das Savoy durch seine
Glanzzeit geführt hatte, immer noch am Schreibtisch saß,
die Gästeliste kontrollierte und mit der ganzen Welt tele-
fonierte. Als sie durch die nächste Tür trat, änderte sich
das Bild. Hier waren Fremde eingezogen, gute Geister in
Weiß, Torwächter, an denen man vorbei musste, wenn
man ins Kuppelzimmer wollte. Violet begrüßte die Krankenschwestern Joanne und Ingeborg. Der Arzt, dem sie
assistierten, war schon nach Hause gegangen. Die Schwes-
tern bestätigten, dass der Großvater wach sei. Violet
schob die Schiebetür gerade so weit auf, um durchzu-
schlüpfen, und schloss sie hinter sich wieder.

Der mitternachtsblaue Sessel, der Paravent, dessen Sei-
denstickerei eine japanische Raupe darstellte, man hatte
sich bemüht, den Charakter von Larrys Schlafzimmer zu
bewahren. Nur sein ausladendes Bett war durch ein
schmales Lager ersetzt worden, an das man die Geräte

besser heranschieben konnte. In diesem Bett lag Sir Laurence Wilder.

Früher einmal war er vom Personal verehrt, von manchen wohl auch geliebt worden, heute hatten ihn die meisten fast vergessen. Larry war zu einem Phantom geworden, das niemand mehr zu Gesicht bekam. Sir Laurence hatte sich selbst überlebt. Violet empfand das anders. Obwohl sie selbst inzwischen so etwas wie das Herz des Savoy darstellte, war ihr Großvater die Seele, die immer über dem Haus schweben würde, selbst wenn er eines Tages diesen Körper, der ihm den Dienst versagte, verlassen sollte. Violet liebte Larry. Sie allein erkannte noch die Merkmale des Mannes an ihm, der er früher einmal gewesen war, den mächtigen Schädel, dessen stahlgraues Haar sich in einen weißen Flaum verwandelt hatte, die entschlossenen Lippen, die nach schwerer Krankheit verstummt waren. Und das Auge. In seinen reglosen Zügen war nur das rechte Auge lebendig geblieben. Seit Violet geboren worden war, hatte dieser Blick auf ihr geruht. Mit diesem Blick hatte Sir Laurence seine Zeit gesehen, London und sein Hotel. In diesem Blick war er noch der Alte, der wichtigste Mensch für Violet, bei dem sie heute Zuflucht suchte.

»Schwester Joanne sagt, dass du zweimal Nachschlag

vom Pudding wolltest«, begann sie. »Hat er dir so gut geschmeckt?«

Das Auge gab keinen Kommentar dazu ab. Larrys Vorliebe für Süßigkeiten war bekannt. Violet lief in die Nische, wo die Hundedecke lag. Trudy war bei ihrem Eintritt aufgesprungen, hatte ihr Lieblingsplätzchen aber nicht verlassen.

»Na du, wie geht es dir?« Sie streichelte das strubbelige Hundefell. »Passt du auch gut auf meinen Großvater auf?«

Mit einem Hecheln gab Trudy bekannt, dass sie den ganzen Tag nichts anderes tue.

»Ich habe dir etwas mitgebracht.« Violet war in der Hotelküche auf Betteltour gewesen. Maître Dryden, der Chefkoch persönlich, hatte ein wenig Leber für Trudy klein geschnitten. Seit der Hund Sir Laurence praktisch das Leben gerettet hatte, galt er als Maskottchen des Savoy. Trudy stürzte sich auf den Leckerbissen.

Wie bei jedem Besuch zog Violet den Sessel an Larrys Bett heran und setzte sich. Sie suchte nach einem Thema, um dem Großvater nicht gleich von dem Wasserschaden erzählen zu müssen. Ihr Blick fiel auf die fernöstliche Raupe auf dem Paravent.

»Wir haben ein interessantes Paar zu Gast«, plauderte sie. »Eine wunderschöne Frau aus Okinawa, sie reist als

Geisha mit ihrem Begleiter. Er ist Geschäftsmann. Ayumi ist unglücklich mit dieser Beziehung, aber es ist schwer, ihr einen Rat zu geben, weil unsere Kulturen sich so stark voneinander unterscheiden. Ich glaube trotzdem, ich habe ihr geholfen. Ich hoffe es zumindest.«

Violet sprach weiter, erzählte kleine Begebenheiten, fachsimpelte über Neuigkeiten aus dem Hotel, Klatsch und Tratsch durften auch nicht fehlen. Und so hatte sie bald das Gefühl, ein richtiges Gespräch zu führen, obwohl es im Grunde nur ein Monolog war. Meistens gelang es ihr, mit ihrem Großvater in einen Gedankenfluss zu kommen, der sich anfühlte, als ob es eine Diskussion wäre, bei der ihr Gegenüber eine wichtige Rolle spielte. Ein Gedanke, einmal ausgesprochen, führte zum nächsten, Violet entdeckte Abzweigungen und Labyrinthe, aus denen sie sich wieder herausarbeiten musste. Sie formulierte Gefühle, die sie oft selbst überraschten, und war imstande, ihre derzeitige Lage von den aufgebauschten Ängsten einer Frau zu unterscheiden, die sich oft zu viel zumutete.

Während dieser nächtlichen Gespräche tauchte immer wieder die Sorge auf, dass sie trotz aller errungenen Erfolge nur ein Spielball des Schicksals war, das Sir Laurence ihr übergestülpt hatte. Seine Verfügung, dass Violet und nicht Henry das Savoy leiten sollte, verwandelte sich dann in einen Teufelspakt, aus dem es kein Entrinnen gab. Wenn sie diese Dinge ansprach, formulierte sie sehr vorsichtig, da sie fürchtete, dass es Larry nicht entgehen würde, wenn sie ihm die Schuld für ihren Lebensweg gab. Violet bemühte sich, die Frage von *Schuld* so weit es ging aus ihrer Gegenwart herauszuhalten. In diesem sich ständig wandelnden Jetzt traf sie Entscheidungen und lebte mit den Folgen.

Doch es gab eine Schuld, die für immer auf ihr lastete. Sie hatte einen starken, guten und ehrenwerten Mann geliebt, John Mankievicz, den Hausmechaniker. Drei Jahre lang waren sie ein Paar gewesen. Drei Jahre verbrachte Violet die meisten Nächte in Johns Mansarde unter dem Dachfirst des Savoy, auch bei Frost und Schnee oder wenn sich die alten Schindeln von der Sonne derart aufheizten, dass man kaum noch atmen konnte. John war ein Mensch, der aus der Zeit gefallen zu sein schien, während Violet die neue Zeit repräsentieren wollte. Er war ein schweigsamer Parsifal, sie musste für das Radio zwangsläufig eine Jongleurin mit Worten sein. Er war ein Mann mit mächtigen Armen und zärtlichen Händen, sie fühlte sich stets zu mager und nervös, weil sie sich zu viel zumutete, in ihrer Furcht, irgendetwas zu verpassen. Violet und

John waren glücklich und unglücklich miteinander gewesen. Oft hatte sie vorgehabt, ihn zu verlassen, immer war sie geblieben.

Ungefähr zu der Zeit, als sie das Savoy übernehmen sollte, hatte es einen Unfall gegeben. Ein Hotelgast misshandelte eine Stenotypistin, die er auf sein Zimmer bestellt hatte. John, der das mitbekam, ging dazwischen. Bei der folgenden Auseinandersetzung stürzte der Gast unglücklich aus dem Fenster und war sofort tot. Es ließ sich nicht eindeutig feststellen, ob der Mann wirklich gefallen war oder ob ihn der bullige John hinuntergestoßen hatte. Für John wäre es selbstverständlich gewesen, sich der Polizei zu stellen. Das war der Augenblick, als Violet den Fehler ihres Lebens begangen hatte. Sie bat John, zu schweigen. Das Hotel war in einer schwierigen Lage, Violet wollte den Makel eines Totschlags von ihrem Haus fernhalten. Tatsächlich konnte sie die Umstände unauffällig bereinigen, die Polizei glaubte Violets Version.

Bis zu jenem Tag, als John das Opfer jener Lüge wurde, die sie ihm aufgezwungen hatte. Wegen Sittenwidrigkeit wurde die Stenotypistin festgenommen. Um ihre eigene Haut zu retten, lieferte sie John ans Messer. John Mankievicz wurde verhaftet, man leitete ein Verfahren wegen Totschlags gegen ihn ein. Violet nahm an, mit dem richtigen Verteidiger werde er in kürzester Zeit wieder freikommen. Doch die renommierte Anwaltskanzlei wählte die falsche Strategie, John geriet immer tiefer in die Verstrickungen einer Schuld, die ihm nicht anzulasten war. Es stellte sich heraus, dass der tote Hotelgast ein Widersacher von Sir Laurence und damit auch von Violet gewesen war. John wurde unterstellt, er hätte seiner Geliebten helfen wollen, diesen Mann loszuwerden. Die Anklage wurde auf Mord ausgeweitet, Violet sollte in die Sache mit hineingezogen werden. In dieser Situation legte John ein vollständiges Geständnis ab. Er, der die Lüge hasste, nahm durch seine Lüge die alleinige Schuld auf sich und rettete damit Violet. Bevor es zur Verurteilung kam, öffnete er sich mit dem zugeschliffenen Stiel eines Löffels die Adern und verblutete nachts im Gefängnis. Er hatte sich nicht von Violet verabschiedet. An keinem Wort, keiner Regung hätte sie ablesen können, was er vorhatte. Er konnte mit der Lüge nicht leben und hatte Violet zurückgelassen, die nun mit der Schuld leben musste.

Sie sah den gelähmten Großvater an. Aufmerksam war sein Auge auf sie gerichtet. Violet hatte ihm damals Johns Selbstmord verheimlicht, auch heute wollte sie nicht darüber sprechen. Larry konnte sich nicht bewegen, nicht reden, aber er hörte, er sah und fühlte. Er war bei klarem

Verstand, und auch wenn kaum noch etwas nach außen drang, nahm er alles wahr, die Verstörung seiner Enkelin, ihre Zerbrechlichkeit, ihre Stärke.

»Es wird alles gut gehen, Großvater«, lächelte sie, als sie seinen wachsamen Blick bemerkte. »Das bisschen Wasser in der Tydlehoff-Suite, ich kriege das schon hin.« Nachdenklich stand sie auf. »Ach ja, was ich dich noch fragen wollte: Judy überlegt, ob es nicht richtig wäre, Mr Sykes endlich seinen wohlverdienten Ruhestand genießen zu lassen. Die Arbeit wird allmählich zu schwer für ihn.« Sie beugte sich zu Larry. »Gibst du mir deine Erlaubnis?«

Üblicherweise lagen Larrys Reaktionen in der Art, wie sich sein Lid über das Auge senkte. Manchmal schimmerte ein winziges Lächeln in seinem Blick, manchmal schweifte das Auge auch ab, wenn ihn ein Thema nicht interessierte. Violet wartete, wie er sich bemerkbar machen würde. Plötzlich spürte sie eine schwache Berührung an ihrem rechten Bein. Sie fuhr zusammen. Hatte der Hund sich unbemerkt herangeschlichen? Nein, Trudy lag sattgefressen auf der Decke. Violet rückte vom Bett ab und bemerkte die beiden Finger von Larrys linker Hand, die sich bewegten. Der Zeige- und der Mittelfinger Larrys schienen Violet zuzunicken. Sie sagten Ja auf ihre Frage.

»Danke, Großvater.« Sie küsste ihn. »Morgen spreche

ich mit Mr Sykes.« Sie verließ das Kuppelzimmer in der Überzeugung, dass die Gespräche mit ihrem Großvater die wichtigsten für sie waren. Durch ihn wurde ihr Kopf klar und ihr Sinn leicht.

⁓

»Was machen Sie hier?«

»Das wollte ich Sie fragen.«

»Aber ich frage Sie.«

»Und ich frage Sie: Was machen Sie hier?«

»Ich habe zuerst gefragt.«

Mr Sykes zog seine Frackweste stramm. »Ich bin der Chefbutler des Hotel Savoy. Und wer sind Sie? Was machen Sie in meinen Privaträumen?«

Sein Gegenüber trug keinen Frack, sondern einen schlichten braunen Anzug. Er hielt einen Koffer in der Hand, den er nun abstellte. »Ich bin der neue Chefbutler des Hotel Savoy und wollte mir meine Privaträume mal ansehen.«

Wenn Mr Sykes in diesem Augenblick einem unbekannten Zwillingsbruder gegenübergestanden wäre, hätte er nicht überraschter, konsternierter und sprachloser sein können. »Der neue … der neue was?«, war alles, was er hervorbrachte.

»Hat man's Ihnen noch nicht gesagt?« Mit bedauerndem Schmunzeln legte Timothy Cordle den Kopf schief. »Ach herrje, dann ist das wohl ein Schreck in der Abendstunde für Sie.« Er trat einen Schritt auf Sykes zu, den er um Haupteslänge überragte. »Na, besser jetzt als nie, meinen Sie nicht auch? Denn erfahren müssen Sie's ja irgendwann.«

Mr Sykes zeichnete sich durch eine gesunde britische Hautfarbe aus, mit anderen Worten, er lief das ganze Jahr blass durch das Hotel. In diesen Sekunden wurde das Gesicht des alten Mannes jedoch noch fahler. »Was denn … erfahren?«

»Sie sollen sich ein bisschen ausruhen, Sir«, antwortete Cordle salopp. »Ihren Frack einpacken, die Lackschuhe und den kleinen Probierbecher, den Sie während der Galadinners um den Hals tragen. Weil den Wein, mein Bester, den verkoste von nun an ich.« Mit diesen Worten marschierte Cordle ungezwungen in die Räume, die Mr Sykes seit annähernd vierzig Jahren bewohnte.

Begonnen hatte Sykes wie so mancher als Laufbursche, später als Valet. Schließlich wurde er zum Supervisor aller Hausdiener ernannt. Erst im Alter von einundvierzig Jahren machte Sir Laurence ihn zum Chefbutler des Savoy. Queen Victoria feierte in diesem Jahr ihr diamantenes

Thronjubiläum. Die meisten Monarchen, die den Feierlichkeiten beiwohnten, stiegen im Savoy ab. Mr Sykes hatte Könige, Diktatoren und Kardinäle bedient, er hatte das Savoy während des Großen Krieges bewacht, war Zeuge des Steigens und Fallens von Premierministern und Regierungen gewesen. Gemeinsam mit Sir Laurence hatte er sich durch die Wirtschaftskrise gekämpft und war immer beherrscht, elegant und höflich geblieben. Während der vielen Jahre als oberster Fürsorger des Hauses hatte er gelernt, dass wahre Autorität sich nicht durch Lautstärke auszeichnete.

Nachdem er die erste Verwirrung überwunden hatte, trat er Timothy Cordle in den Weg. »Es täte mir leid, Sir, wenn ich einen Türsteher bitten müsste, Sie hinauszubegleiten. Entweder Sie verlassen freiwillig meine Wohnung, oder man wird Ihnen den Weg weisen.«

Groß und schlank, wie er war, konnte man Timothy Cordle leicht für einen eleganten Menschen halten. Doch sein wahrer Gestus war vor allem eines, flüchtig. Wendig sein Schritt, glatt seine Gesten, undefinierbar das Lächeln. Tiefe Falten zeichneten seine Wangen, als ob er in jungen Jahren schon an einer schweren Krankheit litt. Das Haar war schwarz und glatt nach hinten gescheitelt, die Hände kräftiger als erwartet und dicht behaart. Timothy Cordle konnte der unterwürfigste Mensch auf Erden sein, wenn es seinen Interessen diente, und der grausamste, wenn er sich sicher fühlte.

»Legen Sie es nicht darauf an, alter Mann.« Er rührte sich nicht vom Fleck. »Ich komme, und Sie gehen, so sieht es aus. Ich werde hier abends meine Würstchen braten, werde furzen, Portwein trinken und die eine oder andere Hausdame vernaschen. Das ist meine Zukunft. Sie sind die Vergangenheit, und es gibt nichts, was Sie daran ändern könnten.«

»Ich könnte zum Beispiel der Hoteldirektion Mitteilung davon machen, dass der unverschämteste Barbar, der mir je untergekommen ist, sich in dieses Haus verlaufen hat.« Mr Sykes griff zum Telefon.

»Gute Idee, machen Sie Mitteilung. Sie können meinetwegen auch Männchen machen, ändern werden Sie trotzdem nichts.«

Sykes nahm den Hörer ab. »Hallo, Mary-Anne, verbinden Sie mich bitte mit Miss Mason.« Eine Falte tauchte an seiner Nasenwurzel auf. »Natürlich, nein, wenn Sie gerade bei Sir Laurence ist, dürfen wir nicht stören. – So, aha, morgen erst wieder. Dann geben Sie mir doch bitte Mrs Wilder.« Er wartete und vermied es währenddessen, Cordle anzusehen. »Nicht mehr im Haus? Ach, es ist ja schon …« Er versagte sich den Blick auf die Wanduhr, da Cordle davor stand und den vergilbten Kupferstich betrachtete, den Mr Sykes vor Jahrzehnten dort aufgehängt hatte. »Schon gut, Mary-Anne. Dann muss es eben warten.«

Er legte auf. Gefühle, die er nicht an sich kannte, brachiale, urweltliche Gefühle spukten in dem alten Mann und trieben seinen Blutdruck hoch. Unmerklich griff er sich ans Herz. »Bitte gehen Sie jetzt.«

»Hat nicht geklappt, nein?«, lächelte Cordle. »Ist nicht zu sprechen, Mrs Judy, ja?«

»Verlassen Sie meine Wohnung, Sir.«

»Cordle ist mein Name, Timothy Cordle.« Als ob die Situation nicht aufs Äußerste angespannt wäre, streckte er Mr Sykes die Hand hin. »Kommen Sie, altes Haus, ich will Sie nicht fressen. Bin im Grunde ein umgänglicher Mensch. Wir zwei werden uns wegen der Wachablöse doch nicht in die Haare kriegen, oder?«

»Es gibt keine *Wachablöse*«, zischte Sykes, bleich wie sein Frackhemd.

Cordle ging zu seinem Koffer. »Gemütlich haben Sie es hier, das muss man Ihnen lassen. Ich hatte bei Lord Trentham auch ein nettes Zimmer, aber Ihre Bude …« Er schnalzte genießerisch mit der Zunge. »Kompliment. Am

Monatsersten fange ich an. Bis dahin müssen Sie hier raus sein. Lassen Sie bloß nichts vom Hotelsilber mitgehen, sonst hängt man das später mir an!« Tim Cordle fand seinen Witz köstlich, nahm lachend den Koffer und verließ die Welt von Mr Sykes.

5

Eine Blume aus Blut

Judy lief hinter Violet her. Sie war außer Atem. »Du hast gesagt, du redest mit Sykes.«

»Ich hatte es vor.« Violet schritt kräftig aus. »Aber dann kam die Feuerwehr, die Hektik, all die aufgeregten Gäste, die Mr Sykes beruhigen musste ... Es hat sich einfach nicht ergeben.«

»Wir hatten abgemacht, ich sollte mit Cordle reden, und du sprichst mit Mr Sykes.« Die kleinere Judy musste fast rennen, um Schritt zu halten.

An diesem bedeckten Morgen liefen Violet und Judy den Strand entlang, die Verkehrsader, die parallel zur

Themse und gleichzeitig an namhaften Theatern vorbeiführte. Violet warf einen kurzen Blick zum *Adelphi Theatre*. Wohin war die Zeit entschwunden, als sie noch als Dramaturgieassistentin mit der Korrektur eines Soufflierbuches betraut war? Es kam ihr vor, als ob die mitternächtlichen Proben, die Premierenhektik, die Wehwehchen der Schauspieler gar nicht in London, sondern auf einem anderen Planeten stattgefunden hätten. Dabei lag das alles erst vier Jahre zurück.

Sie ließen das Adelphi hinter sich, ihr Ziel lag dort, wo sich die Statue von Samuel Johnson erhob und dahinter die Royal Courts of Justice. Die Ehrfurcht einflößenden Mauern beherbergten jene Verwaltungsabteilung, der die beiden Damen vom Savoy einen Besuch abstatten wollten.

Betrübt schüttelte Judy den Kopf. »Dann war das Ganze also nur ein dummes Missverständnis. Der alte Mann kam mir völlig aufgelöst vor, er konnte vor Erregung kaum sprechen. Ich wollte nicht, dass der Wechsel des Chefbutlers auf diese Weise vonstattengeht.«

Violet blieb stehen. »Wir sollten es rückgängig machen, Judy. Unter diesen Umständen können wir es Mr Sykes nicht antun. Das Savoy hat keinen treueren Diener als ihn.«

»Rückgängig?« Judys Züge wirkten verständnisvoll, zugleich besorgt. »Wie stellst du dir das vor? Ich habe mit Cordle bereits den Vertrag geschlossen.«

»Man wird ihm eine Abfindung zahlen. Er wird es einsehen müssen.«

»Das wäre in höchstem Maße unfair, Vi. Wegen unserer Zusage hat der Mann eine Lebensstellung bei Lord Trentham aufgegeben.«

»So wie Cordle sich Sykes gegenüber benommen hat, können wir ihm die verantwortungsvolle Position unmöglich anvertrauen.« Violet ging weiter. Der Tag war kühl, sie zog den Trenchcoat vor der Brust zu.

Judy kam an ihre Seite. »Ich nehme an, Mr Sykes wird ein bisschen übertrieben haben. Der alte Mann klammert sich an seine Stellung. Ein Generationenwechsel ist nie einfach Vi, er lässt sich selten mit Sanftmut durchführen. Am besten, wir machen einen klaren Schnitt, zahlen Mr Sykes eine Abfindung, damit er einen sorglosen Lebensabend hat, und geben ihm zu Ehren eine Abschiedsfeier.«

Schweigend liefen sie an der Kirche St. Mary Le Strand vorbei, die auf einer Insel in der Straßenmitte lag. Nach einigen Schritten blieb Violet abermals stehen. »Auf Probe.«

»Wie bitte?«

»Wir stellen Cordle auf Probe ein. Sagen wir für drei Monate. So lange bleibt Sykes weiter im Haus, um Cordle einzuarbeiten.«

Judy hob die Arme. »Drei Monate sind zu wenig. Cordle wäre eine lahme Ente, wenn der alte Sykes ständig um ihn herumscharwenzelt. Unter solchen Umständen sagt Cordle möglicherweise ab und kehrt zu Lord Trentham zurück.«

Nachdenklich starrte Violet auf das Pflaster. »Ich weiß nicht, je mehr ich darüber nachdenke, desto weniger habe ich ein gutes Gefühl bei der Sache.«

»Einverstanden, drei Monate«, lenkte Judy ein. »Ich werde es Cordle erklären. Unter den besonderen Gegebenheiten versteht er es hoffentlich.«

»Miss Violet! Miss ... Miss Violet! Mrs Wilder!« Wegen des Verkehrslärms war die schwache Stimme kaum zu hören. Beide drehten sich um. Hinter ihnen näherte sich ein Taxi. Aus dem geöffneten Fenster beugte sich der aufgeregte Mr Sykes. Seine Fliege saß schief, der Vatermörderkragen war aufgesprungen.

»Was ist denn nun schon wieder mit ihm los?«, seufzte Judy.

Der Wagen hielt, mit steifen Gliedern kletterte Sykes

heraus und tastete seine Taschen ab. »Warten Sie ... Ich muss doch irgendwo ...« Er wandte sich zu Violet. »Hätten Sie vielleicht ein paar Münzen, Miss Mason? In der Eile habe ich vergessen, etwas einzustecken.« Da er nichts übergezogen hatte, fiel Mr Sykes in seinem Seidenfrack auf der belebten Straße auf. Leute drehten sich nach dem aufgeregten alten Mann um.

Violet bezahlte das Taxi. »Schon gut, Mr Sykes«, beruhigte sie ihn. »Judy und ich haben das unglückliche Missverständnis von gestern besprochen.«

»Gestern? Ich verstehe nicht. Nein, Sie sollten bitte sofort ins Hotel zurückkommen, Miss Mason. Am besten Sie auch, Mrs Wilder.« Der alte Mann zitterte förmlich.

»Wir müssen zur Baubehörde, Sykes«, entgegnete Judy ungeduldig. »Wir brauchen eine Reihe von Genehmigungen, bevor die Renovierung beginnen kann.«

Sykes strich sein Haar zurück, in das der Wind griff. »Ich fürchte, das muss warten.«

Violet ermunterte ihn, auf den Bordstein zu treten. »Was ist denn so dringend?«

»Die Japanerin«, sagte er. »Das japanische Paar ...«

»Mr Fujiwara?«, half Violet ihm weiter.

»Und seine Begleiterin ...«

»Was ist mit Ayumi?«

»Sie sitzt auf dem Boden.« Sykes rang um Fassung. »Sie sitzt in ihrem Zimmer auf dem Boden. Sie sitzt im Blut, im Blut von …« Er sah die beiden flehend an. »Sie müssen jetzt bitte mitkommen.«

»Verdammt, jetzt ist das Taxi weg.« Judy hielt nach dem nächsten Wagen Ausschau.

Ayumi saß auf ihrer Insel. Das Türkis des Kimono kontrastierte mit dem tiefen Rot, das sie umgab. Wegen des Blütenmotivs konnte man meinen, Ayumi sei eine türkise Wunderpflanze auf einer roten Insel. »Ich kann nicht sprechen«, flüsterte sie.

»In ein paar Minuten sind die Herren von Scotland Yard hier«, erwiderte Violet. »Sie müssen mit mir sprechen, damit ich Ihnen helfen kann.« Sie trat dicht vor die Japanerin, bis das Blut auf dem Boden ihr eine Grenze setzte. »Hat Mr Fujiwara Sie bedroht oder misshandelt? Mussten Sie sich wehren?«

Violet trat als Hoteldirektorin auf, als besonnene Frau, die trotz des Grauens, das sie vorfand, ruhig auf die junge Frau einredete. Sie wählte hilfreiche, nüchterne Worte, um Ayumi eine Erklärung zu entlocken. Gleichzeitig tauchte eine quälende Erinnerung in ihr auf, Worte, mit denen Violet erst vor ein paar Tagen Ayumi einen Rat gegeben hatte. »*Sie dürfen es sich nicht länger gefallen lassen*«, hatte sie gesagt. »*Sie müssen Mr Fujiwara stoppen, bevor es zu spät ist und er Ihnen wirklich etwas antut.*« Dadurch hatte Violet die Verzweiflungstat Ayumis möglicherweise erst heraufbeschworen. Elend fühlte sie sich, während sie die Japanerin betrachtete, die ihren toten Geliebten im Arm hielt.

»Er war so freundlich zu mir.« Ayumi lächelte. »Wir haben zusammen Sake getrunken, ich habe musiziert und ihm schließlich das *Wabōchō* präsentiert, das Messer, das ich mir aus der Küche hatte kommen lassen. Ich scherzte, dass ich damit dafür sorgen würde, dass Fujiwara-san mir niemals untreu wird. Darauf haben wir uns geliebt. Schließlich bat er mich, ihn zu würgen.« Sie streichelte das schüttere Haar des Toten. »Dabei habe ich an Ihre Worte gedacht, Miss Mason, an das, was Sie mir sagten.«

Violet versagte fast die Stimme. »Und dann?«

»Ich habe Fujiwara-san stranguliert. Als ich später das *Wabōchō* nahm und ihn von seiner Männlichkeit erlöste, hat er nichts mehr davon gespürt.«

Violet wollte nicht hinsehen und musste doch hinsehen.

Das viele Blut, das fahle Antlitz von Mr Fujiwara. »Was ist das da an seinem Arm?«, fragte sie kaum hörbar.

»Ich habe meinen Namen eingeritzt, damit er mich auch in dem anderen Reich niemals vergisst.« Ayumi hielt Violet den leblosen Arm ihres Geliebten hin.

Gemeinsam mit Judy betraten drei Officers von Scotland Yard die Suite. Einer der Gentlemen war in Zivil, die beiden anderen trugen Uniform. Im Hintergrund tauchte das weiße Haupt von Mr Sykes auf.

»Ach, du liebe Zeit«, entfuhr es dem jüngeren der beiden Polizisten.

»Beherrschen Sie sich«, wies ihn der Inspector zurecht. »Guten Morgen, Miss Mason. Ich bin Inspector Smythe. Haben Sie Dank, dass Sie sich so besonnen um die Angelegenheit gekümmert haben. Wir werden das jetzt übernehmen.« Durch eine höfliche Geste deutete er an, dass er und sein Team den Raum für sich beanspruchten. »Gibt es noch irgendetwas, das Sie uns unmittelbar mitteilen können?«

Plötzlich stülpte sich die Schuld wie flüssiges Pech über Violet, an dem sie zu ersticken drohte. Besaß sie die fürchterliche Eigenschaft, Menschen dazu zu bringen, etwas Falsches zu tun? Damals hatte sie John daran gehindert, die Wahrheit zu sagen. Gefangen in der Lüge sah er keinen anderen Ausweg, als sich das Leben zu nehmen. Violet wurde schwarz vor Augen. Bevor der Inspector etwas dagegen tun konnte, brach die Direktorin des Savoy zusammen. Ohne Bewusstsein stürzte sie zu Boden und rührte sich nicht mehr.

6

Omar

Der Mai war ein wenig zu warm, das irritierte die Londoner. Sie wussten nicht so recht, was sie mit der sommerlichen Anmutung anfangen sollten. Ganz im Gegensatz zu Omar Philibert Marquet de la Durbollière. Wie der Wüstensturm, während dem er gezeugt worden war, fegte er ins Hotel Savoy. Sein Geschäft waren *die Geschäfte*, mehr erzählte er nicht darüber, weil er einer Klasse entstammte, in der Arbeit noch als Makel galt. Kaum hatte Durbollière das Foyer betreten, wurde er vom Rezeptionisten begrüßt, der den Marquet mit keinerlei Formalitäten behelligte, sondern zwei Hausdiener beauftragte, sich des Gepäcks anzunehmen. Im leichten sandfarbenen Mantel schritt Durbollière durch die Halle und nahm seinen Borsalino aus Sumpfbiberhaar ab. Schon war der neue Chefbutler zur Stelle.

»Sie gestatten, Marquet?« Mit leichtem Schwung übernahm Timothy Cordle den Hut.

»Ah, ein frischer Kopf.« Durbollière lächelte. Das war kein Ausdruck besonderer Sympathie, er lächelte einfach gern und häufig. Omar hatte eines dieser raren Gesichter, an denen man sich nicht sattsehen konnte, weshalb sich Frauen wie Männer gern in seiner Nähe aufhielten. Es war ein Gesicht, aus dem die Sonne Algeriens strahlte, dem zugleich aber die Grandezza eines merowingischen Adelsgeschlechts innewohnte, was erklärte, wieso Omar Philibert blond war. Dass er ein geistreicher Unterhalter und sensibler Zuhörer war, geriet bei seiner faszinierenden Physiognomie fast ins Hintertreffen. In seiner Nähe konnte man sich in der Überzeugung sonnen, dass der Mensch ein erbauliches und charmantes Wesen war.

»Cordle, Sir. Zu Ihren Diensten.« Der Chefbutler machte eine tadellose Verbeugung.

»Was wurde denn aus dem unverwüstlichen Mr Sykes?«, fragte Durbollière, während er sich von Cordle zum Fahrstuhl geleiten ließ.

»Ich bin stolz darauf, in die Fußstapfen eines Mannes zu treten, der dem Wort *Dienen* eine ehrenvolle Bedeutung gegeben hat«, antwortete Cordle und ließ die Frage des Marquets damit unbeantwortet. »Ich kann nicht beschreiben, wie viel ich von Mr Sykes gelernt habe.«

Fahrstuhl Nummer drei schwebte herab, das Scherengitter öffnete sich. »Quatre cent dix-huit«, rief Cordle dem Liftpagen zu.

»Quatre cent?«, erkundigte sich Omar überrascht. »Ich steige sonst stets in der dritten Etage ab.«

»Eine bedauerliche, aber nicht minder zwingende Maßnahme, Marquet«, antwortete Cordle mit Bedauern. »Erneuerungsarbeiten in der dritten Etage sind der Grund dafür. Ein Umstand, für den sich das Haus in aller Form entschuldigen möchte.«

»Wie auch immer«, ging Durbollière darüber hinweg. »Ich will heute ins Theater. Shakespeare, wenn möglich, oder vielleicht etwas Leichtes.« Er betrat die Kabine. »Wenn ich es genau bedenke, sollte es lieber etwas Leichtes sein. Eine Farce mit Musik. Nichts Frivoles, verstehen Sie? Gehaltvoll, aber leicht.«

Während der Liftpage die Scherengitter schloss, resümierte Cordle die Wünsche des Marquets. »Eine geschmackvolle musikalische Farce, gleichermaßen gehaltvoll und leicht. Ich werde mich bemühen, Monsieur le Marquet.«

Der Ascenseur hatte sich bereits in Bewegung gesetzt, als Durbollière nach unten rief: »Andernfalls doch lieber Shakespeare!«

Cordle verharrte, bis der Lift den ersten Stock erreichte. Als er sich umdrehte, bemerkte er, dass Miss Mason auf ihn zukam.

»Wer war das?«, fragte Violet.

»Der Marquet de la Durbollière«, antwortete Cordle. Selbst jetzt, im zweiten Monat seiner Probezeit, fehlte dem Verhältnis zur Direktorin jegliche Ungezwungenheit. Sie schenkte ihm kein Vertrauen, und er spürte es.

»Sie haben sich mit ihm unterhalten? Worum ging es?«

»Der Marquet äußerte Wünsche für einen Theaterbesuch.« Cordle zählte die Attribute auf, die der Gast von dem Kunstgenuss erwartete.

»Er sollte besser ins Kino gehen, dort sind banale Stoffe an der Tagesordnung.« Violet ließ den Chefbutler stehen und steuerte auf den *Golden Pavillon* zu.

»Ich werde es bedenken«, erwiderte Cordle höflich. »*Eingebildete Gans*«, setzte er kaum hörbar hinzu und kehrte zur Rezeption zurück. »Wird heute irgendwo Shakespeare gespielt?«

Der Rezeptionist schlug den Theaterkalender auf. »Allerdings. *Titus Andronicus* im Garrett.«

Cordle nickte fachmännisch. »Das Stück ist zwar herrlich blutrünstig, aber was Musik und Leichtigkeit betrifft, ist es untauglich. Wie steht es mit Komödien oder Vaudeville?«

Der Rezeptionist ließ den Zeigefinger über die Liste der Aufführungen gleiten, die an diesem Abend im Westend gezeigt wurden. »Da hätte ich etwas.«

Violet hatte Ayumi einen Anwalt besorgt. Die Japanerin war festgenommen, verhört und inhaftiert worden. Sie kannte in London keine Menschenseele, und Mr Fujiwara konnte ihr nun nicht mehr helfen. Violet hatte *Connaghy, Snowdon & Katz* den Fall anvertraut, doch die Reaktion der renommierten Kanzlei fiel zögerlich aus. Dr. Katz erklärte am Telefon, dass Ayumis Leichenschändung ein ethisches Problem für die Firma darstelle. Da Violets Großvater jedoch jahrzehntelang ein geschätzter Klient gewesen sei, würden sie die Verteidigung dennoch übernehmen, sofern Violet alles tue, um die Angelegenheit aus der Presse herauszuhalten. Dr. Katz erwog, den japanischen Botschafter einzuschalten, vielleicht war es möglich, Ayumi in ihr Heimatland zurückzuschicken, ohne dass es in London zu einem aufsehenerregenden Prozess kommen würde. Er erzählte außerdem, er habe die Delinquentin in ihrer Zelle aufgesucht und sie in einem erstaunlich ruhigen, in sich gekehrten Zustand vorgefunden. Der Grund liege darin, dass Ayumi die Todesstrafe erwarte. Sie habe ihren Damma aus Liebe getötet, mit der gleichen Liebe wolle sie ihm nun möglichst bald folgen.

Dr. Katz räusperte sich. »Wenn Miss Ayumi ähnliche Aussagen während der Verhandlung macht, hätte London einen veritablen Skandal, und das Savoy natürlich ebenfalls, Miss Mason.«

Es wurde so still in Violets Büro, dass man das Hämmern der Bauarbeiter aus dem entfernten Osttrakt hörte. »Ich werde Ayumi besuchen. Ich mache ihr die Situation klar.« Sie verabschiedete sich und legte auf.

Vor der Tür wartete der Florist, der ihr Vorschläge für die Frühlingsgala machen wollte, außerdem Oppenheim, der Hoteldetektiv, mit seinem Bericht, wer vom Personal von dem Mord wisse und gegebenenfalls damit an die Öffentlichkeit gehen könnte, sowie überflüssigerweise ein Tapezierer, der für die Neudekorierung der Tydlehoff-

Suite engagiert worden war. Bevor man daran denken konnte, neue Tapeten aufzuhängen, musste die Suite zunächst wochenlang trocknen.

Sobald diese Termine erledigt sein würden, musste Violet sich umziehen, da sie mit Freddy verabredet war. Freddy Hackett war ihr einziger, geduldiger und konstanter Verehrer, einer der wenigen, den Violet in ihre Nähe ließ. Sie schätzte Freddys Gesellschaft, wenn sie öffentliche Veranstaltungen besuchte, ein Konzert, eine Ausstellung, manchmal ein Pferderennen. Violet bemühte sich, ihm nicht das Gefühl zu geben, dass er lediglich dazu da sei, ihr andere Männer vom Hals zu halten. Bekanntschaften dieser Art wollte sie nicht, sie war einfach noch nicht bereit dafür. Dabei sah sie in der Trauer um John nicht den einzigen Grund dafür, weshalb sie fast alle Einladungen ausschlug, vielmehr war Violet Tag für Tag und oft auch nachts so permanent von Menschen umgeben, dass der Gedanke an ein zusätzliches *Privatleben* eher etwas Beängstigendes hatte.

In diesem Jahr feierte sie ihren dreißigsten Geburtstag. Manchmal, nicht allzu oft, tauchte bei ihr der Wunsch nach einem Kind auf, doch ohne einen Partner hatte es wenig Sinn, davon zu träumen. An ihre eigene Mutter erinnerte sie sich kaum, ihr Vater, der bedauernswerte

Taugenichts, war permanent auf Achse, und so stellten ihr Großvater und Mr Sykes die einzige Familie dar, an die Violet sich erinnern konnte. Um in Ruhe gelassen zu werden, ummantelte sie sich mit der kühlen, professionellen Freundlichkeit, die man von der Direktorin des Savoy erwartete, und ließ bis auf Weiteres keinen Mann an sich heran.

Heute hatte sie sogar nicht mal Lust, Freddy zu sehen. Sie war hundemüde, der Ärger mit den Renovierungsarbeiten riss nicht ab, sie hatte mehrere Telefonate führen müssen, um die Ayumi-Affäre aus den Zeitungen herauszuhalten. Der Florist wartete seit einer halben Stunde, mit Oppenheim gab es einiges zu besprechen, der Tapezierer hatte sogar seinen Musterkoffer dabei. Violet griff zum Telefon und wählte Freddys Nummer.

»Es tut mir sehr leid, Freddy, aber ich schaffe es heute Abend einfach nicht«, sagte sie und nahm an, dass er Verständnis für ihre Situation zeigen würde, so wie er es immer tat. »Bitte sei mir nicht böse.«

»Aber das kannst du mir nicht antun, Vi«, erwiderte er hörbar enttäuscht.

Eine Replik wie diese hatte sie noch nie vom geduldigen Freddy gehört, das machte Violet neugierig.

»Was meinst du damit?«

»Ich habe Karten für das Piccadilly besorgt. Das Stück ist auf Wochen ausverkauft, es war praktisch unmöglich, Tickets zu kriegen. Wir haben exquisite Plätze, und ich habe mich sehr darauf gefreut. Ich freue mich immer noch, Vi. Komm schon, gib dir einen Ruck, ich bitte dich.«

Die Vorstellung, ins Theater zu gehen, bewirkte einen plötzlichen Stimmungsumschwung bei Violet. Das bedeutete, dass sie abends weder Smalltalk noch Überstunden zu machen brauchte, sondern sich einfach berieseln lassen konnte. Welches Stück man im Piccadilly Theatre auch immer spielte, es würde etwas Unterhaltsames sein. Sie konnte dort ihre Gedanken abschalten, sich zurücklehnen und vielleicht sogar lachen. Danach würde sie einen Drink mit Freddy nehmen und wohlig entspannt in ihr Bett sinken.

»So viel Mühe hast du auf dich genommen?«, leitete sie ihren Meinungsumschwung ein. »Da kann ich dir natürlich keinen Korb geben.«

»Du kommst also doch?« Der Stein, der Freddy vom Herzen fiel, war selbst durch das Telefon zu hören. »Ach, ich freue mich, Vi. Wollen wir uns auf dem Circus treffen?«

»Am Piccadilly, einverstanden.« Sie vereinbarten die Uhrzeit.

Piccadilly um sieben, dachte Violet, nachdem sie aufgelegt hatte. Ein genussreicher Abend lag vor ihr. Sie bat den Floristen herein.

⁘

Die musikalische Komödie hieß *Stars and Types* und war ein hanebüchenes Melodrama um einen todkranken Theaterproduzenten, der einen allerletzten Hit landen wollte, um seiner unehelichen Tochter, die nichts von seiner Existenz wusste, ein gesichertes Leben zu finanzieren. Bis es dazu kam, waren etliche Schwierigkeiten zu überwinden, was die Darsteller in temperamentvolle oder schmachtende Songs ausbrechen ließ, untermalt von den Choreographien wohlgestalteter Dancing Girls.

Violet war überrascht, dass man das Piccadilly vorübergehend in ein *Dinner Theatre* umfunktioniert hatte. Die Zuschauer saßen nicht in Parkettreihen, sondern an kleinen Tischen und wurden von dezent umhereilenden Kellnern bedient. Da sie wie so oft vergessen hatte, zu essen, kam Violet dieser Umstand gelegen. Sie ließ Freddy Champagner bestellen und nahm sich vor, die Rechnung zu begleichen, da sie sein schmales Gehalt kannte. Freddys gepunktete Fliege passte nicht zum Dinnerjackett, störte Violet aber nicht weiter. Er war der rothaarige Typ mit rötlichen Augenbrauen und Sommersprossen auf den Handrücken.

Ein Taifun ist nach ihr benannt,
ihr Parfüm raubt dir den Verstand.

Selbst Songtexte wie dieser konnten Violets Stimmung nicht trüben. Sie genoss jeden Bissen des Hühnchens mit Sommergemüse.

»Das war eine prima Idee, Freddy«, raunte sie ihm zu.

»Ich wusste, dass dir das Stück gefallen wird.«

Sie ließ ihn in dem Glauben und genoss ihr Dinner. Ein Tenor begann auf der Bühne zu schmettern.

Und mehr Männer sind in dich verliebt,
als es heute in China Chinesinnen gibt.
Deine Küsse sind süßer als Wein,
wer dich küsst, darf nicht zuckerkrank sein!

Während Freddy, der nicht häufig ins Theater ging, dem Treiben auf der Bühne mit Interesse und Aufmerksamkeit folgte, musste Violet an ihre eigene bescheidene Theaterlaufbahn denken. Obwohl sie nur ein paar Jahre hineingeschnuppert hatte, war sie doch den Großen dieser Zunft begegnet. Violet hatte als Dramaturgin bei mehreren Produktionen mitgearbeitet. Sie war dafür verantwortlich, das Soufflierbuch auf den neuesten Stand und den Bühnenstars Tee zu bringen. Sie servierte John Gielgud Tee, auch Merle Oberon, und zweimal war sie sogar mit Laurence Olivier essen gewesen. Sie trafen sich auch heute noch gelegentlich als gute Freunde.

Wäre Violet am Theater glücklich geworden? Wahrscheinlich hätte es ihr eines Tages nicht mehr genügt, nur Assistentin zu sein, die den Künstlern zuarbeitete. Eher schon hätte ihr Traumjob beim Radio auf sie gewartet. Die flüchtigen Jahre bei der BBC verklärten sich für Violet immer mehr. Schnelle, freche, scharfe Texte hatte man von ihr verlangt, an einem Tag durch den Äther geschickt, am nächsten schon vergessen. Dort war sie glücklich gewesen. Dieses Glück hatte untrennbar mit Max Hammersmith zu tun gehabt, damals hatte sie Max geliebt, ihn aber nicht lieben dürfen. Und als es so aussah, als ob mehr daraus werden könnte, hatte der Zusammenbruch von Violets Großvater und der Ruf des Savoy alles Weitere verhindert. Inzwischen war Max seit Jahren verheiratet. Violet sah die beiden manchmal auf Veranstaltungen der BBC, die im Savoy abgehalten wurden.

Während Freddy dem bunten Unsinn auf der Bühne aufmerksam folgte, während die Tänzerinnen ihre niedlichen Verrenkungen machten und die Kellner darauf achteten, dass die Gläser der Gäste immer gefüllt blieben, bemerkte Violet einen Besucher, der zwei Tische entfernt saß und sich offenbar langweilte. Im Augenblick stellte er gerade etwas Sonderbares mit seiner Serviette an. Er riss und faltete sie mehrmals und begutachtete das Ergebnis, indem er es in die Höhe hielt. Eine Papierrose war entstanden. Der Mann tat, als ob er daran riechen würde, und lächelte über seine fröhliche Narretei. Er besaß ein Gesicht, wie man es selten sah, eine Mischung aus Süden und Norden. Seine Haut hatte die Farbe von Bronze, doch bei seinem goldblonden Haar war eine mediterrane oder arabische Herkunft kaum vorstellbar. Am auffallendsten fand Violet seine hellen Augen, mit denen er sich im Saal umblickte, die Augen eines Polarwolfs, dachte sie, ohne jemals einen gesehen zu haben. Jedenfalls war dieser Mann ein außergewöhnliches Exemplar seines Geschlechts.

In diesem Moment sah er Violet an. Seine Miene, gerade noch absichtslos und versonnen, hellte sich auf. Er schenkte ihr ein Schmunzeln. Der Mann hob die Rose, die er gerade geschaffen hatte, und grüßte damit. Sie neigte den Kopf, zum Zeichen, dass ihr die Geste gefiel. In diesem Moment beugte sich Freddy vor, um nach der Champagnerflasche zu greifen, dadurch verschwand der Unbekannte aus Violets Blickfeld. Sie wandte sich der Bühne zu, wo das gesamte Ensemble zum Pausenfinale ansetzte und im Chor seinen Abgesang schmetterte.

7

Bully

»Eigentlich wollte ich lieber Shakespeare sehen«, sagte
Durbollière. »Aber Ihr Chefbutler hat mir dieses *Meister-
werk* empfohlen.«

Freddy, Violet und der Marquet standen im Foyer.
Die gegenseitige Vorstellung hatte bereits stattgefunden,
wobei niemand ein herzlicheres Desinteresse an Freddy
hätte zeigen können als Durbollière.

Violet erinnerte sich, den Mann mit dem Polarblick und
dem besonderen Lächeln heute in der Lobby gesehen zu
haben. »Was denn, gefällt Ihnen das Stück etwa nicht?«,
fragte sie mit hörbarer Ironie.

Er strich die blonde Strähne aus der Stirn. »Wo denken Sie hin? Wie könnten mir Reime wie dieser nicht gefallen: *Doch ein Kuss aus dem herrlichen Mund lindert Cholera, heilt den Nierenschwund.*«

Freddy schaute von einem zum andern. »Wollen wir nach draußen gehen?«, fragte er Violet. »Ich finde es hier so stickig.«

Sie wollte ihren treuen Begleiter, der sie ins Theater eingeladen hatte, nicht brüskieren. Zugleich hatte sie Lust, die Anwesenheit des Mannes mit dem ungewöhnlich langen Namen noch ein wenig länger zu genießen. Violet warf dem Marquet einen Blick zu.

Durbollière schien zu verstehen und reagierte schlagfertig. »Verzeihung, rauchen Sie?«, fragte er Freddy.

»Das tue ich allerdings, wenn auch nur gelegentlich«, nickte Violets Begleiter.

»Gestatten Sie, dass ich Ihrem Freund eine Zigarette anbiete?«, erkundigte sich Omar bei Violet.

»Wenn ich mich anschließen darf«, antwortete sie, angetan von seiner Geistesgegenwart.

Sie fanden sich zu dritt auf der Sherwood Street wieder, wo Damen und Herren in leichten Anzügen und luftigen Kleidern flanierten. Der Marquet erzählte, dass er sich für ein paar Wochen in London aufhalten

werde. Violet plauderte über London und den Hotelbetrieb, bis sie plötzlich die Arme vor der Brust ver-
schränkte.

»Mir wird ein bisschen kühl.« Sie lächelte Freddy an.
»Ich habe meinen Bolero im Zuschauerraum gelassen.
Wärst du so nett …?«

Freddy war manchmal ein wenig naiv. Aber so naiv war
nicht einmal Freddy, um nicht zu begreifen, was sich gerade abspielte. Da stand er, der rothaarige Bürohengst,
der nicht dazu gekommen war, sein Haar schneiden zu
lassen, und dort plauderte Violet mit jemandem, auf den
nur ein Ausdruck passte: *ein Bild von einem Mann*. Trotzdem machte Freddy den Versuch, die Situation für sich
zu entscheiden. »Die Pause ist sicher gleich zu Ende. Lass
uns hineingehen, Vi.«

»Ich finde es gerade so herrlich hier«, sagte sie mit Blick
auf die bunten Lichter. »Ich bitte dich, bring mir mein
Jäckchen.« Sie fand ihr Verhalten nicht fair und wollte
sich hinterher bei ihm entschuldigen, aber im Augenblick
fühlte es sich richtig an. Freddy trat seine Zigarette aus
und ging ins Theater.

»*Vi?*«, wiederholte Durbollière. »Hat er Sie gerade *Vi*
genannt?«

»Ich heiße Violet mit Vornamen.«

» Wenn ich den schönen Namen Violet tragen würde, ließe ich ihn mir nicht beschneiden. Ist Violet nicht die weibliche Hauptfigur in Shakespeares *Was ihr wollt?* «

» Sie heißt in Wirklichkeit Viola. Mein Großvater hat den gleichen Fehler gemacht, als er mir diesen Namen gab. «

» Weshalb haben Sie Ihren Taufnamen vom Großvater erhalten? «

Violet erzählte von Larry, dem König vom Savoy. Omar eröffnete darauf, dass er marokkanische Wurzeln habe. Seine Großmutter Boutalha sei als junges Mädchen mit einem französischen Fremdenlegionär durchgebrannt. Daraufhin habe die traditionsbewusste Familie der Durbollières ihren Spross verstoßen. Er und Boutalha seien nach Paris gezogen. Jahre später sei die Familie in finanzielle Schieflage geraten, worauf der verstoßene Sohn, mittlerweile geschäftlich erfolgreich, ihnen aus der Not half und gemeinsam mit Boutalha wieder in den Kreis aufgenommen wurde. Omars Vater, der kleine Guillaume, sei damals drei Jahre alt gewesen.

Sie hörten das zweite Klingelzeichen und schlenderten ins Foyer, wo ihnen Freddy mit dem Bolero entgegenkam.

»Danke, mein Lieber.« Sie ließ sich in die Jacke helfen. »Wenn ich es recht bedenke, habe ich eigentlich keine Lust mehr, den Rest des Stückes zu sehen.«

»Du willst schon gehen?«, fragte Freddy sichtlich enttäuscht. »Ich möchte gerne wissen, wie es ausgeht.«

»Das kann ich Ihnen sagen«, mischte sich Omar ein. »Der Alte wird sterben und die beiden Liebenden kriegen sich.«

Demonstrativ wandte Freddy dem Marquet den Rücken zu. »Wenn du natürlich lieber woanders hin möchtest«, sagte er zu Violet.

»Wir können noch einen Drink im *Nightingale Room* nehmen«, schlug sie vor.

»Bei dir im Hotel?« Freddy malte sich aus, was nun folgen würde. Violet und Durbollière hatten die gleiche Adresse und damit denselben Heimweg. Es schien also natürlich, dass sie ihm anbieten würde, gemeinsam ein Taxi zu nehmen. Doch in diesem Punkt täuschte sich Freddy in seiner Freundin.

»Es hat mich gefreut, Mr Durbollière.« Sie gab dem Marquet die Hand. »Ich wünsche Ihnen noch einen schönen Aufenthalt im Savoy.«

Nach kurzem Zögern beugte er sich zum Kuss über ihre Hand. »Es war mir ein Vergnügen, Miss Mason.«

An der Seite Freddys schlenderte Violet in Richtung Piccadilly Circus, wo die Taxis standen.

Versonnen, müde und behaglich zugleich saß Violet im *Nightingale Room*. Wie lange hatte sie das nicht mehr gemacht, einfach nur hier zu sitzen, gute Musik zu hören und einen Drink zu nehmen? Während sie Paulo, dem Pianisten, lauschte, ließ sie ihren Blick absichtslos in die Runde schweifen. Vor einem Jahr hatte sie die Bar umdekorieren lassen und war zufrieden mit dem Ergebnis, obwohl die Tapete ein wenig an das Fell einer Giraffe erinnerte. Nach Mitternacht bediente nur noch ein Kellner. Er, der Barmixer und der Pianist hatten Dienst bis zum Morgengrauen.

Paulo und Violet waren alte Bekannte. Sie kannte auch sein kleines Geheimnis, dass er nämlich betuchten Gästen gerne eine traurige Lebensgeschichte erzählte, wie er als ausgebildeter Konzertpianist aus Brasilien halb verhungert nach England gekommen sei und sich unter armseligen Verhältnissen durchgeschlagen habe. Kein Wort davon war wahr, doch wegen dieser Schmalzgeschichte erfreute sich Paulo üppiger Trinkgelder. Gerade spielte er den Song, nach dem in diesen Wochen alle verlangten, *Pennies from Heaven.* Bing Crosby hatte das Lied berühmt gemacht.

Violet trank ihr Glas leer und bedeutete dem Kellner, dass sie noch einen wollte. Auf der Heimfahrt war Freddy einsilbig gewesen, er hatte sich den Abend anders vorgestellt. Im *Nightingale Room* war er auch nicht mehr aufgetaut und hatte sich bald verabschiedet. Violet bedauerte einerseits, ihm den Theaterbesuch verdorben zu haben, andererseits wollte sie Freddy nicht länger als *Gouvernante* missbrauchen. Insgeheim machte er sich natürlich Hoffnungen, dass irgendwann einmal mehr aus ihrer Freundschaft werden könnte, aber das führte zu nichts. So hatte der Auftritt des schneidigen Franzosen also vor allem dazu gedient, Freddy die Augen zu öffnen.

Der schneidige Franzose, Violet lächelte über ihre eigene Bezeichnung. Ein adeliger Pfau war er, der sich einbildete, keine Frau könne ihm widerstehen. Sie leerte den Drink, verabschiedete sich von Paulo, der wie immer, wenn sie den *Nightingale Room* verließ, ihr Lieblingslied spielte, *The Land Of Might Have Been.*

Violet trat in die Lobby und wollte zu den Fahrstühlen weiter, als sie vor dem Haupteingang draußen jemanden zu erkennen glaubte. Schon war die Erscheinung wieder verschwunden. Obwohl sie fast sicher war, sich getäuscht zu haben, lief Violet zum Ausgang. Sie trat unter das Vordach, nahm die wenigen Stufen und stand auf der Straße.

Das Savoy lag etwas zurückversetzt hinter dem Strand, daher befand sich, wer diesen Ausgang wählte, in einer Sackgasse. Zwischen den hohen Gebäuden entfernte sich eine Gestalt so hastig, als ob ein Dieb Reißaus nehmen würde. Der Mann hatte einen wiegenden Schritt, mit dem er nicht allzu schnell unterwegs war. Unter Tausenden hätte Violet diesen Gang wiedererkannt. Sie raffte ihr Kleid und nahm die Verfolgung auf.

Es lag nicht nur am Tempo des Mannes, dass er so langsam vorankam, sondern auch an der Trägheit seines Begleiters. Der Mann zerrte eine englische Bulldogge neben sich her.

»Mr Sykes!« Violets Absätze klapperten auf dem Pflaster. »Hallo, Mr Sykes, warten Sie doch!«

Als er begriff, dass er erkannt worden war, blieb der alte Mann stehen und stützte die Hände auf die Knie. Sein Keuchen wurde von dem des Hundes übertroffen.

»Guten Abend, Mr Sykes.« Sie erreichte den Flüchtenden. »Was machen Sie denn so spät noch hier?« Das war eigentlich nicht die Frage, die Violet stellen wollte. Die wirkliche Frage lautete: Wie ist es Ihnen ergangen, seit Sie das Savoy verlassen haben?

Er richtete sich auf und setzte seine Melone zurecht. »Was wir machen? Nun, Bully und ich gehen hier manchmal spazieren.«

»Ein Spaziergang um diese Zeit?«

»Ich habe den Schlaf immer schon für eine überschätzte Tätigkeit gehalten«, erwiderte Sykes. »Und vermeide ihn daher, so weit ich kann.«

»Ich wusste nicht, dass Sie einen Hund haben.« Violet hielt dem Tier ihre Hand vor die feuchte Schnauze. Bully schnupperte.

»Vierzig Jahre lang hatte ich auch keinen. Aber seit ich nicht mehr im Dienst bin …« Er hob den Blick zu dem beleuchteten Portal. »Ich muss schließlich etwas mit meiner Zeit anfangen.«

Es gab Violet einen Stich, als er das sagte. Daher vermied sie es, Sykes anzusehen, und beschäftigte sich mit dem Hund. »Ein Schöner bist du, Bully, ja, ein ganz Schöner«, belog sie das Tier mit dem sabbernden Maul.

»Genau genommen ist Bully ein Mädchen.«

»Das ist ja lustig.« Violet kam hoch. »Mein Großvater hat einen Rüden, den alle Trudy nennen, und Sie haben eine Hundedame mit Namen Bully.«

»Im Grunde ist Sir Laurence daran schuld, dass ich mir den Hund genommen habe.«

»Wieso?«

Mr Sykes presste die Lippen zusammen. »Als es Sir Laurence so schlecht ging und wir alle schon glaubten, er sei am Ende seines Weges angelangt, hat ihm dieses kleine Wesen geholfen, sich wieder aufzurichten. So ähnlich ging es mir auch«, setzte er hinzu.

»So sehr fehlt Ihnen das Hotel?«

»Ich will nicht klagen«, antwortete Sykes mit der gewohnten Noblesse. Doch plötzlich wurden seine Augen feucht. Er wandte sich ab.

»Mein lieber, lieber Mr Sykes …« Violet lief um ihn herum und schloss ihn ohne Umstände in die Arme.

»Verzeihen Sie, Miss Mason. Es tut mir leid. Bitte lassen Sie mich.« Er versuchte, sich über die Augen zu wischen.

»Wie könnte ich Sie jetzt gehen lassen?« Violet blickte in das gute, zerfurchte Gesicht. »Sie haben mir beigebracht, wie man in einen Fahrstuhl steigt, ohne zu stolpern. Da war ich noch keine zwei Jahre alt.«

»Sie waren gerade mal ein Jahr alt, Miss Mason«, korrigierte er. »Sie konnten nämlich schon erstaunlich früh laufen.«

»Glauben Sie, ich weiß nicht, dass auch Sie es waren, der jedes Jahr die Weihnachtsgeschenke für mich besorgt hat und nicht mein Großvater?«

»Sir Laurence hatte doch so viel zu tun, da habe ich mir erlaubt, ihm das abzunehmen.«

»Und als ich ausgerutscht und in die Themse gefallen bin, wer ist da hinterhergesprungen und hat mich herausgezogen?«

»Ich fürchte, das war ebenfalls ich«, gab Sykes zu.

»Das waren Sie, Mr Sykes, und deshalb finde ich es schrecklich, dass Sie nach Mitternacht vor dem Hotel umherschleichen müssen und wie ein Fremder durch die Fenster spähen.«

»Ich danke Ihnen. Aber ich fürchte, ich ertrage es noch nicht, hineinzugehen und die Kollegen von früher zu begrüßen.«

Violet betrachtete ihn, den treuesten Menschen, den sie kannte, wie er da stand und sich an der Hundeleine festhielt. »Ich fürchte, ich habe einen großen Fehler gemacht, Mr Sykes.«

»Wie meinen Sie das?«

»Wenn es irgendjemand verdient hat, bis ans Ende seiner Tage in meinem Haus zu leben, dann sind Sie das, mein alter Freund.«

»Aber das geht doch nicht«, entgegnete er erschrocken. »Mrs Wilder hat schon recht, ich bin zu alt, um noch Chefbutler zu sein. Außerdem ist Mr Cordle …«

»Nur auf Probe eingestellt«, unterbrach sie ihn. »In einem Monat geht seine Probezeit zu Ende.«

»Das möchte ich nicht, Miss Violet. Es tut mir leid, dass ich Sie durch meine Entgleisung in diese Lage bringe. Außerdem habe ich jetzt ja Bully, und ich möchte sie nicht mehr hergeben. Wie Sie wissen, ist es dem Personal untersagt, Haustiere zu halten.«

»Sie sind kein *Personal*, Sykes, nicht für mich. Bitte erlauben Sie mir, von heute an Ihre Freundin zu sein.« Sie streckte dem alten Mann die Hand entgegen.

»Danke, Miss Mason.« Er ergriff sie sehr förmlich.

»Violet.« Sie ließ ihn nicht los.

»Danke, Violet.«

»Ich weiß nicht einmal Ihren Vornamen. Aber von nun an möchte ich nicht mehr Mr Sykes zu Ihnen sagen.«

»Anthony«, antwortete er, sichtlich bewegt. »Ich heiße Anthony.«

»Anthony Sykes, wie schön. Nennen Ihre Freunde Sie Tony?«

»Früher«, nickte er. »Mittlerweile sind die meisten meiner Freunde tot.«

»Was meinen Sie, Tony, ob der *Nightingale Room* noch geöffnet hat?«

»Die Bar des Savoy schließt erst, wenn der letzte Gast zu Bett gegangen ist.«

»Haben Sie Lust, einen Drink mit mir zu nehmen, Tony?«

Er zögerte. »Und was mache ich so lange mit dem Hund?«

Der Bullterrier glotzte zu den beiden hoch.

»Ihrer Bully geben wir auch etwas zu trinken. Es muss ja kein Champagner sein.« Sie lachte. »Kommen Sie, Tony wir heben einen zusammen.«

Gemeinsam schlenderten sie zum Eingang zurück. Der Doorkeeper bediente die Schwingtür.

8

Alles, was er liebte

Es war Berlin, und es war heiß. Der Mann im schwarzen Bademantel bat seine Geliebte, die Fenster zum Hof zu öffnen, zur Straße hin hätte ihn der motorisierte Verkehr gestört. Wo waren die Zeiten, als man noch das Klappern von Pferdehufen, die urigen Rufe der Kutscher und das Klingeln der Pferdestraßenbahn gehört hatte? Im deutschen Reich gab es mittlerweile 300 000 Automobile, die meisten davon schienen ihren Lärm und Gestank in Berlin zu verbreiten.

Natürlich musste man nach vorne schauen, mit der Zeit gehen, und kein Land hatte eine strahlendere Zukunft vor sich als Deutschland, doch im Herzen war Viktor Kamarowski ein schrecklich altmodischer Mensch. Wenn irgendwo im Park ein Kurorchester das schöne Lied *Alt Heidelberg* anstimmte, bekam er nasse Augen. Kamarowski gehörte nicht zur Gattung jener neuen deutschen Männer, die sich auf Turnfesten *frisch, fromm, fröhlich, frei* miteinander maßen. Er fröhnte nicht der Enthaltsamkeit des Führers, der sich Fleisch, Frauen und Nikotin versagte. Kamarowski rauchte Zigarren, aß mit Vorliebe rotes Fleisch und hatte sich mit Berta Schuster eine Frau ins Haus geholt, die einerseits jede Frivolität mitmachte und ihn andererseits angenehmerweise in Ruhe ließ.

Ungeachtet seiner eigenen persönlichen Vorlieben verehrte Kamarowski die Deutschen. Eine außergewöhnliche Rasse war das, verbissen, zäh, unerbittlich, humorlos und zugleich sentimental. Aus solchem Stoff waren Menschen gemacht, die befehlen und herrschen sollten. Keinem anderen Volk traute Kamarowski das zu. Deshalb war es folgerichtig gewesen, nach Berlin zu ziehen und sich eine Wohnung Unter den Linden zu nehmen. Sie hatte neun Zimmer, zwei Bäder und einen herrschaftlichen Balkon, von dem aus man staatstragende Ansprachen hätte halten können. Unweit der Friedrichstraße lag

Kamarowskis Domizil nahe genug am Amüsierbetrieb der Hauptstadt und zugleich entfernt genug von der Reichskanzlei, um nicht permanent die Staatskarossen und Ehrenkonvois vorbeifahren zu sehen.

Viktor stand vor seinem ausladenden Bett, hielt den Telefonhörer ans Ohr und betrachtete Berta Schusters nacktes Hinterteil. Nachdem sie die Fenster geöffnet hatte, war sie wieder unter die Decke gekrochen.

»So, aha«, sagte er ins Telefon und ließ die Frau am anderen Ende aussprechen. »Wie lange dauert die Probezeit Ihres Schützlings denn noch? Einen Monat? Das ist eine lange Zeit, Judy, da kann noch viel geschehen.«

»Aber wie soll ich alles Weitere planen?«, hielt sie dagegen. »Es war schon beim ersten Mal ein hartes Stück Arbeit, Violet zu überzeugen, Sykes loszuwerden. Jetzt hat sie ihr weiches Herz entdeckt und will den Alten wieder einstellen.«

»Das kann sie doch getrost tun, aber Cordle behalten wir trotzdem.«

»Cordle und Sykes können sich nicht ausstehen«, entgegnete Judy.

»Wollen Sie mir weismachen, Miss Mason will einen jungen Chefbutler mit den besten Referenzen entlassen und dafür einen Tattergreis wieder einstellen?«

»Sie ist die Chefin.« Kamarowski hörte Groll in Judys Stimme. »Ihr gehört das Hotel. Mir sind die Hände gebunden.«

»Nein. In Wirklichkeit sind *Sie* die Chefin, beste Judy«, ging Kamarowski dagegen. »Also benehmen Sie sich auch wie eine.«

»Was soll ich denn tun?«

»Was Sie in solchen Situationen immer getan haben. Sie lenken vom eigentlichen Problem ab, indem Sie ein neues erschaffen.«

»Ein Problem ... für Violet?«

»Wofür hätten Sie sonst all Ihre bisherigen Anstrengungen unternommen? Wir brauchen Cordle. Er ist ruchlos, gierig und gerissen. Ihm werden andere folgen. Der Umbau des Hotels ist bereits in Gang. Ich prophezeie Ihnen, binnen Jahresfrist ist das Haus nicht wiederzuerkennen. Das erlesenste Hotel im Herzen des britischen Empire wird dann einem ganz besonderen Zweck dienen. Sehen Sie das nicht genauso?«

»Natürlich.« Judy klang nachdenklich.

»Was geht Ihnen durch den Kopf?«

»Ich habe eine Vorstellung, womit wir Violet *ablenken* könnten.«

»Da bin ich gespannt.«

»Oh ja, das ist gut«, sagte sie mit leisem Lachen. »Das ist … eine verwegene Idee.«

»Spannen Sie mich nicht auf die Folter.«

Vor Kamarowski wälzte sich Berta Schuster im Bett herum. Während er Judys Plan anhörte, betrachtete er Bertas verführerische Silhouette. Es war die beste Entscheidung gewesen, nach Berlin zu ziehen. Diese Stadt hielt alles bereit, was Viktor liebte.

<hr />

Der Wettersturz überraschte Violet buchstäblich im Schlaf. Als sie an diesem Morgen um sechs Uhr dreißig erwachte, stand nicht wie üblich das Zimmermädchen mit dem Frühstück im Schlafzimmer, sondern ein Mann. Clarence Oppenheim war ein auffälliger Mensch. Er erinnerte an Riesen aus urweltlichen Sagen, dabei bemühte sich der Hoteldetektiv, manierlich auszusehen. Er trug einen Anzug aus feinem grauen Tuch, der nicht kaschierte, dass seine Muskeln Ärmel und Hosenbeine zu sprengen drohten. Böse Zungen bezeichneten Oppenheim als Gorilla im Smoking, liebevoller klang der Name, den Sir Laurence dem Detektiv gegeben hatte: *der Gusseisenmann.*

»Guten Morgen, Clarence.« Violet richtete sich im Bett auf.

Oppenheim hielt die Morgenzeitungen auf dem Arm. Der *Daily Mirror,* der *Telegraph* und *The Guardian* lagen obenauf, auch der linke *Daily Herald* fehlte nicht.

»Gibt es irgendetwas Interessantes?«

»Ich muss mich entschuldigen, Miss Mason, aber ...«

»Schon gut, Clarence. Wenn Sie um diese Zeit bei mir hereinschneien, ist es etwas Wichtiges. Heraus mit der Sprache.«

»Am besten, Sie lesen selbst.« Er trat näher und legte die Zeitungen auf ihre Bettdecke.

Während Violet las, versuchte sie gleichzeitig, einen Bogen von den Berichten zu sich selbst zu schlagen. Viele Male las sie ihren Namen, doch die Person, die hier beschrieben wurde, hatte mit ihr nichts zu tun. Einhellig, beinahe im gleichen Wortlaut, schilderten die Zeitungen Vorfälle, die zwar tatsächlich stattgefunden hatten, doch sie formulierten dabei eine andere, verschobene Wirklichkeit.

Aus ihrer Zeit bei der BBC wusste Violet, wie man Worte manipulieren und was man mit Worten anrichten konnte. Eine Schlagzeile brauchte nicht wahr zu sein, sie musste nur einen Teilaspekt der Wahrheit enthalten. Eine

Schlagzeile musste das Auge packen und neugierig machen. In diesem Sinn hatten die Verfasser dieser Berichte beste Arbeit geleistet.

Violet las, dass die Direktorin des Hotels Savoy einen ihrer Gäste zum Mord angestiftet hatte. In fetten Lettern las sie das Wort *stranguliert* und daneben ihren eigenen Namen. Sie las *Leichenschändung* in Zusammenhang mit ihrer Person. Violet erfuhr, dass die zerbrechliche Miss Ayumi, *die japanische Lotusblüte*, wie es der Telegraph formulierte, ein Geständnis abgelegt habe, aus dem hervorgehe, dass Ayumi ursprünglich gar nicht vorgehabt hätte, ihren Beschützer zu töten, vielmehr sei sie durch die Einflüsterungen von Violet Mason in einen Zustand geraten, in dem sie ihren Partner, gewissermaßen ferngesteuert, zuerst erdrosselt und anschließend verstümmelt habe. Der Mirror schlachtete den Vorfall erwartungsgemäß am bildreichsten aus.

Indem Violet eine Zeitung beiseitelegte und zur nächsten griff, überlegte sie, ob es wahr sein könne, dass Ayumi sie derart böswillig anschwärzte. Rechnete sie dadurch mit einem milderen Strafmaß? War es denkbar, dass Dr. Katz ihr zu dieser Strategie geraten hatte? Er war der Assessor des Savoy, eigentlich unvorstellbar, dass er sich gegen seine beste Klientin wandte. Oder sollte irgendjemand das Gespräch zwischen Violet und Ayumi belauscht haben, jenes Treffen im *Golden Pavillon*, bei dem jedes Wort vom laut spielenden Orchester übertönt worden war?

Das Telefon klingelte. Violet ließ den Telegraph sinken und griff zum Hörer.

»Davon würde ich abraten.« Auf knarrenden Sohlen umrundete Oppenheim das Bett. »Die Reporter umlagern unsere Rezeption seit dem Morgengrauen. Sie wollen eine Stellungnahme von Ihnen, Miss Mason. Unser Rezeptionist tut sein Bestes, die Leute in Schach zu halten, auch Mr Cordle wankt und weicht nicht vor den Journalisten. Daher nehme ich an, man versucht jetzt, telefonisch zu Ihnen vorzudringen.«

»Clarence?« Violet strich sich das Haar aus dem Gesicht.

»Ja, Miss Mason?«

»Was sollen wir denn tun? Wozu raten Sie mir?«

Er betrachtete das klingelnde Telefon. »Nun, wir hatten hier schon einen belgischen Botschafter, der in den Armen von zwei Minderjährigen einem Herzschlag zum Opfer fiel. Wir hatten Lady Edith, die mit dem früheren Premierminister erwischt wurde. Wir hatten die Knabenspiele von Lord Ethelred …«

»Ich weiß, welche Skandale es bei uns gegeben hat«,

unterbrach sie ihn. »Ich weiß auch, wie wir die beteiligten Personen geschützt haben, so weit es in unserer Macht stand. Aber dieser Fall ist anders, nicht wahr?«

»Dieser Fall ist vollkommen anders«, bestätigte er. »Ich nehme an, die Aufregung kommt daher, weil es so eine Art von Mord meines Wissens in England noch nie gegeben hat. Außerdem …« Er stockte.

»Ja?«

»Der japanische Botschafter hat sich auf den Standpunkt zurückgezogen, der Vorfall sei in Großbritannien geschehen, daher sei auch die britische Gerichtsbarkeit dafür zuständig.«

»Die Japaner wollen Ayumi nicht nach Hause holen?«

»Leider nein.«

»Drehen Sie sich mal um, Clarence.«

»Weshalb, Miss Mason?«

»Weil ich aufstehen will.«

Sie lächelte, als der große Kerl sich nicht nur abwandte, sondern in die Fensternische lief, als ob er mit Violet gleich Verstecken spielen wollte. Sie sprang aus dem Bett, warf den Schlafanzug ab und eilte ins Bad.

»Wir müssen Judy um Rat bitten«, rief sie.

»Ich habe Mrs Wilder heute noch nicht gesehen«, entgegnete er von drüben.

»Dann rufen Sie Judy zu Hause an.«

Sie hörte, wie Oppenheim mit der Vermittlung sprach, wie es still wurde und er auflegte.

»Bei Mrs Wilder wird nicht abgenommen.«

»Wahrscheinlich ist es noch zu früh.«

Diese Artikel hatten mit der Wahrheit nichts zu tun, dachte Violet, also musste man nur die Wahrheit dagegensetzen, dann würde sich das Gewitter rasch wieder legen. Sie starrte in den Spiegel. In diesem Moment fiel ihr John ein, der gute John, dem die Wahrheit über alles gegangen war.

9

Von oben herab

Tim Cordle verharrte bewegungslos in jener Nische des Tearooms, wohin kein Tageslicht fiel. Nun trat er hervor und ging auf den einsamen Gast zu. »Verzeihen Sie, Sir.«

»Hm?« Der Mann blickte auf.

»Kann ich irgendetwas für Sie tun?«

»Ach, Mr Cordle, ich habe Sie gar nicht bemerkt.« Geistesabwesend sah der Gast ihn an. »Nein, ich wüsste eigentlich nicht, was Sie für mich tun könnten.«

»Unser Fahrstuhlsupervisor sagte mir, dass Sie sich heute unwohl fühlen, Mr Lilienthal.«

»Richtig, ich habe mit Otto geplaudert. Er ist ein lieber

Junge.« Fahrig rückte der Gast seine Tasse zurecht. Daneben lag ein geöffneter Brief. »Wir unterhalten uns manchmal, Otto und ich. Er stammt aus München, daher gefällt es ihm, zur Abwechslung in seiner Muttersprache zu reden.«

»Ist Ihnen denn nicht gut, Sir?«, erwiderte Cordle mit dem Ausdruck absoluter Diskretion. »Darf ich Dr. Garrison, unseren Hotelarzt, zu Ihnen schicken, oder benötigen Sie etwas aus der Pharmacie, das man besorgen könnte?«

»Sie sind ein exquisiter Chefbutler, Mr Cordle«, antwortete Lilienthal warmherzig. »Aber ich brauche keinen Arzt.«

»Ich tue nur meine Pflicht, Sir.«

»Für mein Problem gibt es auch keine Medizin, fürchte ich.«

»Ich wollte nicht indiskret erscheinen, verzeihen Sie, Sir.« Cordle machte einen Schritt zur Seite, der andeutete, dass er sich zurückziehen wollte.

»Nein, lieber Cordle, Sie sind keineswegs indiskret, bitte bleiben Sie. Ich habe hier niemanden, mit dem ich reden kann. Ist es Ihnen erlaubt …?« Er sah Cordle an. »Ich frage mich, ob es dem Chefbutler des Savoy gestattet ist, sich zu mir zu setzen.«

»Eigentlich nicht. Wir sind gehalten, stets auf den Beinen zu bleiben. Das Sitzen bei den Gästen würde als Zeichen der Respektlosigkeit ausgelegt werden.«

Lilienthal ließ den Kopf sinken. »Verstehe, natürlich.«

»Allerdings gibt es Situationen …«

»Ja?«

»Wenn wir älteren oder gebrechlichen Gästen helfen dürfen, ein Formular auszufüllen oder ein Dokument auszufertigen, kommt es vor, dass wir uns neben ihnen niederlassen.«

Lilienthal lächelte traurig. »Zu meinem Bedauern bin ich weder gebrechlich, noch benötige ich Hilfe mit einem Dokument.«

»Ist es dieser Brief, der Ihnen Sorgen bereitet?« Neben seiner Unterwürfigkeit gesellte sich bei Cordle eine kaum hörbare metallene Schärfe dazu.

»Jung, wie Sie sind, besitzen Sie doch erstaunliche Menschenkenntnis«, antwortete Lilienthal. »Warum setzen Sie sich nicht einen Augenblick zu mir? Es sind ja kaum Gäste da.«

»Wie Sie wünschen, Sir.« Fließend glitt der Chefbutler auf den Sessel gegenüber.

Lilienthal tippte auf den Brief. Das Kuvert war geschlitzt und das Schreiben wieder ordentlich zurückgeschoben worden. »Meine Frau hat mich verlassen.«

»Es tut mir wirklich leid, das zu hören, Sir.«

Lilienthal winkte ab. »Es stand zwischen uns seit einiger Zeit nicht mehr zum Besten. Schon während der Winterspiele in Garmisch hat sich Gertraud ungern mit mir in der Öffentlichkeit gezeigt.« Er wollte Tee nachgießen und bemerkte, dass das Kännchen leer war.

»Wenn Sie erlauben, werde ich anordnen …«

»Lassen Sie. Ich mag gar keinen Tee mehr. Achtzehn Jahre lang war es Gertraud völlig egal, dass sie einen Juden geheiratet hatte. Ich habe aus dem bankrotten Unternehmen ihres Vaters einen der angesehensten Modesalons Wiens gemacht. Durch mich wurde Gertraud eine reiche Frau. Unglücklicherweise ließen wir die Firma weiterhin unter dem Namen ihres Vaters laufen. Bei der Scheidung kriegt sie nun alles, und ich gehe leer aus. In Zeiten wie diesen ein mittelloser Jude zu sein, ist nicht ratsam.«

Unmerklich warf Cordle einen Blick rundum. Keiner der Gäste saß nahe genug, um dem Gespräch zu folgen. »Was gedenken Sie zu tun, Sir?«

»Ich muss mein Geld nach England schaffen, so schnell und so viel wie möglich.«

»Ein kluger Schritt, Sir.«

»Ein komplizierter Schritt. Meine Frau hat den Braten gerochen und Kontakt zu unserem Bankhaus aufgenommen. Daher spielt *Zeit* für mich ab jetzt eine entscheidende Rolle.«

»Gedenken Sie, nach England zu übersiedeln, Sir?«

»Jeder Jude, der nur für fünf Kreuzer Verstand hat, sollte das tun.« Lilienthal starrte die Wand an. Sein Ton, seine Haltung veränderten sich. »Diese Leute kann keiner mehr aufhalten. Glauben Sie, die werden vor Österreich haltmachen? Die machen vor nichts mehr halt.«

»Ich war der Meinung, in Wien sei die Lage noch günstiger«, warf Cordle ein.

»Ach, hören Sie mir auf mit Wien«, fuhr Lilienthal ihn an. »Meine Landsleute sind die Schlimmsten von allen. Sie lechzen nach einem Mann wie dem kleinen Gefreiten aus Braunau. Sie können es kaum noch erwarten, dass er bei uns einmarschiert und Österreich auf Vordermann bringt. Glauben Sie mir, wenn es um Unterwerfung geht, ist der Wiener schlimmer als der Deutsche. Dabei liebe ich meine Stadt. Ich kann mir schwer vorstellen, nicht mehr über den Kohlmarkt zu spazieren und im Michaeler Bierwirtshaus meine Leibspeise zu essen.« Er sah Cordle in die Augen. »Entschuldigen Sie, ich belästige Sie mit meinen privaten Sorgen.«

»Dafür sollte ein guter Chefbutler auch zur Verfügung stehen, Sir.«

»Und Sie sind zweifellos ein exzellenter Chefbutler.«

»Ich überlege …«

»Ja?«

Cordle setzte ein problematisches Gesicht auf.

»Was denn? Reden Sie frei heraus.«

»Einer unserer Stammgäste war so freundlich, mir manchmal Einblick in seine Geschäfte zu geben«, fuhr er fort. »Wodurch ich in der Lage war, das eine oder andere Wertpapier zu erwerben.«

»Einer Ihrer *Stammgäste*?« Lilienthal stutzte. »Soweit ich weiß, sind Sie selbst erst seit zwei Monaten im Savoy angestellt.«

Cordles Gesicht verwandelte sich. Eben noch hilfsbereit und aufmerksam, bekam es etwas von einem Tier, das man beim Fressen störte. »In der Tat, Sir. Ich bin aber bereits vor meiner Anstellung häufig in diesem Hotel gewesen. Mein früherer Dienstherr, Lord Trentham, steigt ausschließlich im Savoy ab, wenn er seinen Landsitz verlässt.«

»So ist das. Ach so ist das also«, nickte Lilienthal. »Was ist denn nun mit diesem Stammgast und seinen Geschäften? Was wollen Sie mir damit sagen?«

»Es gehört zu den Tätigkeiten dieses Gentleman, finanzielle Transaktionen vorzunehmen.«

Es war Lilienthal anzusehen, dass er auf den Geschäfts-tipp eines Butlers nicht sonderlich neugierig war. »Wie ist der Name dieses Stammgastes?«

»Kamarowski«, antwortete Cordle. »Viktor Kama-rowski.«

»Was?« Emil Lilienthal brach in derart helles Gelächter aus, dass sich die Gäste des Tearoom irritiert umdrehten. »Kamarowski ist Ihr Geheimtipp?«

»Darf ich fragen …?« Cordle stand auf.

»Sie dürfen, mein Lieber, Sie dürfen mich fragen.« La-chend lehnte sich Lilienthal zurück. »Viktor Kamarowski und ich haben – ja, so könnte man es tatsächlich nennen –, wir haben schon mal das gleiche Bett geteilt.« Trübsinn und Sorgen schienen vergessen, Lilienthal forderte den Chefbutler auf, wieder Platz zu nehmen. Dann begann er zu erzählen.

⁓

Die Frau im Trenchcoat trug ein mitternachtsblaues Schaltuch um Kopf und Hals und eine dunkle Brille. Sie betrat das *Dreary's* durch den seitlichen Eingang. Wes-halb sie sich bei dem herrlichen Wetter nach drinnen setzte, war kaum einzusehen. Jedermann nahm heute seinen Lunch auf der Terrasse ein.

»Ist diese Maskerade denn nicht lästig?«, fragte der Marquet de la Durbollière.

»Enorm lästig.« Violet setzte die Sonnenbrille ab. »Aber ich ertrage es nicht länger, ständig im Hotel bleiben und mich selbst dort auf den Korridoren ängstlich umsehen zu müssen, ob mir nicht irgendwo ein Journalist auflauert.«

»So schlimm?« Durbollière rutschte auf der Sitzbank beiseite, damit sie Platz nehmen konnte.

Das rote Leder knarzte. »Die Kerle mieten sich jetzt schon Zimmer im Hotel, um mir leichter aufzulauern.«

»Wie gedenken Sie die Angelegenheit zu regeln?«

»Mein Anwalt bereitet eine Stellungnahme vor.«

»Mit einer Stellungnahme allein wird sich die Presse in der aufgeheizten Stimmung nicht zufriedengeben.«

»Wir wollen den Pressetermin in Anwesenheit der Japanerin abhalten. Nur Ayumi kann die Sache klarstellen.«

»Und wenn sie das nicht tut?«

Mit einem Seufzer legte Violet die Brille auf den Tisch. »Ehrlich gestanden verstehe ich immer weniger. Von einem Tag auf den andern will Ayumi sich nicht mehr erinnern, wie es wirklich gewesen ist. Außerdem schottet man sie von mir ab. Ich darf ihr keinen Besuch abstatten.«

Durbollière hob den Zeigefinger. Der Kellner näherte sich augenblicklich. »Ihr Anwalt scheint nicht viel zu taugen.«

Violet pickte eine Olive aus dem Schälchen. »Dr. Katz ist einer der besten Anwälte Londons, und hier liegt das nächste Problem. Ich habe Ayumi diesen erstklassigen Rechtsbeistand vermittelt. Aber er kann unmöglich mich und zugleich Ayumi vertreten. In diesem Interessenskonflikt hat sich die Kanzlei vor mir zurückgezogen. Ist das zu glauben? *Connaghy, Snowdon & Katz* regeln die juristischen Angelegenheiten des Savoy seit vielen Jahren. Mr Connaghy war es, der mir das Testament meines Großvaters persönlich überbracht hat. Und plötzlich arbeiten sie für die gegnerische Seite. Ich begreife es nicht.« Bei den letzten Worten senkte Violet die Stimme. Der Kellner stand vor ihnen.

»Was trinken Sie?«, fragte Durbollière.

»Das Gleiche wie Sie«, erwiderte Violet unruhig und nachdem der Kellner sich zurückgezogen hatte: »Wir sollten gehen.«

»Sie sind gerade erst gekommen.«

»Er hat mich erkannt.«

»Das bilden Sie sich ein.«

»Ich habe mittlerweile einen Blick dafür. Im Hotel bemerke ich sofort, wenn Gäste die Brauen hochziehen und

im ersten Moment nicht wissen, was sie sagen sollen.«
Sie zeigte zum Tresen. »Sehen Sie, er tuschelt mit seinen
Kollegen.«

Im Zwielicht des Übergangs zur Küche waren Köpfe
aufgetaucht, ein Angestellter hielt eine Zeitung in der
Hand.

»Sie haben recht.« Durbollière legte eine Münze auf den
Tisch. »Kommen Sie.«

»Nicht vorne hinaus«, zischte Violet.

»Vertrauen Sie mir.«

Vor der Küche machte Omar eine plötzliche Wendung,
passierte den verblüfften Kellner und stand im nächsten
Moment der Küchenmannschaft gegenüber. Mit Violet
im Schlepptau marschierte er an zischenden Gasflammen,
hohen Regalen und Gemüsekörben vorbei. Sie traten ins
Freie, übersprangen einen Berg Abfall und liefen weiter,
bis sie auf dem Sussex Place ankamen. Von hier aus war
es nur ein Katzensprung zum Regent's Park. »Jetzt sind
Sie fürs Erste sicher.«

»Sie scheinen derlei Abenteuer öfter zu bestehen.« Lächelnd setzte Violet die Sonnenbrille auf.

Sie überquerten die Straße, kamen ins Grüne und erreichten den kleinen See. Von einer Trauerweide halb
verdeckt, nahmen sie auf einer Bank Platz.

»Ich danke Ihnen.«

Bevor das mediale Unwetter über Violet hereingebrochen war, hatte sie geglaubt, in London Freunde zu haben, die man in einer schwierigen Lage um Hilfe bitten konnte. Minister und hohe Staatsdiener, Mitglieder einflussreicher Familien, Anwälte und Richter waren Gäste des Savoy und ließen sich unter normalen Umständen gerne von Violet begrüßen. Sie war Schirmherrin von Bällen und Jubiläen, sogar eine Freimaurerloge hielt ihre Versammlungen im Hotel ab. Doch seit sich die Presse auf Violet gestürzt hatte, benahmen sich alle wie das Kaninchen vor der Schlange. Es war nicht nur das Mediengewitter, es war das Krankhafte dieses Falles, das mit der Hoteldirektorin in Verbindung gebracht wurde. Niemand wollte damit etwas zu tun haben.

In dieser vertrackten Situation, in der Violet sämtliche Repräsentationspflichten an Judy abgegeben hatte, war es ein Fremder, der sich ihrer annahm. Die Wiederbegegnung mit Durbollière hatte unter außergewöhnlichen Umständen stattgefunden. In ihrer Not, das Hotel nicht unbehelligt verlassen zu können, war Violet hinauf in die Räume von Sir Laurence geflohen. Selbst die freundlichen Krankenschwestern, mit denen sie sonst täglich plauderte, legten diesen sonderbaren Blick an den Tag, der Violet verriet, dass auch Joanne und Ingeborg die Zeitungen verfolgten.

Sie klagte dem Großvater ihr Leid, doch seine stumme Anteilnahme genügte ihr diesmal nicht. Seit Violet klein war, hatte Larry ihr untersagt, auf das gläserne Kuppeldach zu steigen. Dort gab es kein Geländer, die Kupferbeplankung war rutschig, der Aufenthalt gefährlich. Als sie ihre Verzweiflung nicht länger vor ihm verbergen konnte, stieg Violet die gusseiserne Wendeltreppe hoch. Sie brauchte Luft, sie brauchte Freiheit, sie wollte Vogelperspektive einnehmen. Kurz entschlossen öffnete sie die Dachklappe und kletterte hinaus.

Vor ihr breitete sich die Stadt aus. Dort war die Themse mit der Waterloo Bridge, nach der anderen Seite lag das Royal Opera House und das *Adelphi Theatre* mit der Silhouette seiner berühmten Leuchtschrift. Violet meinte, endlich freier atmen zu können.

Das Dach des Hotels war nur an einigen Stellen begehbar. Über die Schlüssel der Zugänge verfügten wenige Angestellte. Trotzdem lag der Marquet de la Durbollière, an einen Schornstein gelehnt, auf dem kupfernen Flachdach, die Beine übereinandergeschlagen, und rauchte. Er und Violet waren nur durch ein schmales Dachsegment getrennt. Rechts und links ging es schwindelerregend in die Tiefe. Darunter befanden sich die schmalen Schächte, die den Zimmern, die keinen Themseblick hatten, ein wenig Licht verschafften.

Omar Philibert bemerkte Violet ebenfalls, er winkte und rief ihr etwas zu. Sie antwortete, dass sie ihn nicht verstehe. Er bedeutete ihr, sich zu gedulden, warf die Zigarette in die Dachrinne und begann, ohne zu zögern, die Überquerung des schwindelerregenden Grates. Violet hielt den Atem an. Was wäre, wenn das schmale Band brüchig sein sollte und er aus enormer Höhe in den sicheren Tod stürzen würde? Sie fand Durbollières Verhalten halsbrecherisch, angeberisch und zugleich bezaubernd. Wie ein Prinz aus dem Morgenland kam er ihr vor, der keine Gefahr scheute, um in ihre Nähe zu gelangen. Es war lange her, dass ein Mann etwas Derartiges für sie getan hatte. Violet erwartete den Marquet auf dem Kuppeldach über dem Schlafzimmer ihres Großvaters. Als Omar Philibert die Überquerung fast geschafft hatte, streckte sie ihm die Hand entgegen.

»Was machen Sie auf meinem Dach?«, fragte sie kühl, um ihn ihre Anteilnahme nicht spüren zu lassen.

»Dasselbe wie Sie.« Lächelnd ergriff er Violets Hand. »Ich nehme Vogelperspektive ein.«

10

Das Jahrhundert

»Violet ist praktisch gelähmt.« Judy nahm Platz.

»Das war ein brillanter Zug von Ihnen, meine Verehrte«, antwortete der Mann im Bett. »Aber es genügt nicht.« Er öffnete den obersten Knopf seines Schlafanzugs. »Die Presse beginnt bereits das Interesse an dem Skandal zu verlieren, die Entrüstung lässt nach.« Er zeigte auf die Tagesdecke, wo mehrere Zeitungen ausgebreitet lagen. »Im Telegraph finde ich es nur noch auf Seite acht, die Times macht sich gar nicht mehr die Mühe, darüber zu berichten.«

Judy wandte den Blick ab. Sie fand es respektlos, dass

Kamarowski sich derart gehen ließ, nur weil er eine leichte Erkältung hatte. »Trotzdem ist Violet derzeit eine lahme Ente mit gestutzten Flügeln«, entgegnete sie.

»Die einzige Art, wie ich Enten mag, ist mit Butter, Rotkohl und Klößen.« Auf Judys indignierten Blick entschuldigte er sich sofort. »Verzeihen Sie, meine Liebe. Ich bin heute nicht ganz bei mir.« Er zog die Nase hoch. »Ich bin quengelig, übermüdet und nervös. Die Bahnfahrt hat mich angestrengt, die schaukelnde Überfahrt auf der Fähre war mir zuwider, das ungewohnt schwüle Wetter in London macht mir zu schaffen. Und irgendwo zwischen all diesen Widrigkeiten habe ich mich auch noch verkühlt. Was gedenken Sie in der neuen Lage nun zu unternehmen?«, fragte er sanft.

»Ich unternehme gar nichts«, antwortete Judy. »Cordle macht weiter wie bisher. Die Arbeiten verlaufen nach Plan, wir renovieren gerade den dritten Stock. Violet hat Mr Sykes in letzter Zeit gar nicht mehr erwähnt. Sie kann sich kaum noch in der Öffentlichkeit zeigen, es droht ihr ein Verfahren wegen Anstiftung zum Mord. Besser könnten die Dinge nicht stehen.« Judy stand auf. »Werden Sie erst wieder in Ruhe gesund, Viktor, ich kümmere mich inzwischen um alles andere. Darf ich Ihnen eine Hühnersuppe bringen lassen?«

»Reizend von Ihnen, aber ich kann ohnehin nicht liegen bleiben.«

»Wieso?«

»Ich bin zum Dinner verabredet.«

»Mit dem Juden?«

»Mit einem lieben alten Bekannten«, entgegnete er dezidiert.

Judy schüttelte den Kopf. »Ich verstehe nicht, dass Sie sich mit so jemandem abgeben. Lilienthal ist ein kleiner Fisch.«

»Zweifellos ist er das. Aber die reichen Wiener Juden werden sich bald als bedeutende Klientel erweisen. Nach Lilienthal werden andere kommen, und sie werden ihr Geld mitbringen.« Er schlug die Decke zurück. »Außerdem mag ich den Mann.«

Als Kamarowski sich im Schlafanzug aus dem Bett wälzte und auf bloßen Füßen durch das Zimmer tappte, wusste Judy kaum noch, wohin sie den Blick wenden sollte. Vor dem Bad wechselte er die Richtung, lief zur Hausbar und goss sich Brandy ein. »Emil Lilienthal und ich hatten lustige Tage, als wir zusammen hier wohnten. Habe ich Ihnen das eigentlich schon mal erzählt? Das Savoy war damals überbucht. Da hatte Lilienthal die Idee, dass wir uns eine Suite teilen könnten. Dieser reizende Mensch war sogar bereit, auf der Chaiselongue zu schlafen.« Lächelnd hielt Kamarowski das Glas gegen das Licht.

»Und damit hat er sich Ihre immerwährende Freundschaft erworben?«, fragte Judy sarkastisch.

»Ich bin ein treuer Mensch.« Er leerte den Drink in einem Zug. »Emil Lilienthal ist in Schwierigkeiten, und ich gedenke ihm zu helfen.«

⁂

Wer nicht à la carte speisen wollte, den erwartete heute ein Menü aus geräucherter Forelle mit Preiselbeervinaigrette, eine Zanderroulade mit Majoran-Mousse, als Hauptgericht die traditionelle englische *Weinende Lammkeule*, dazu Rosmarinkartoffeln und schließlich eine Karamellschnitte mit Sauerkirschen und weißer Schokolade.

Violet hatte Durbollières Einladung angenommen und sogar dem Besuch im *Golden Pavillon* zugestimmt. Sie hatte einfach keine Lust mehr, sich in ihrem Büro oder hinter einer schwarzen Brille zu verstecken. Mit gemischten Gefühlen betrat sie an seiner Seite den Saal. Vor ein paar Wochen hatte sie an jenem Tisch dort mit der Japanerin gesprochen, Ayumi hatte der Hoteldirektorin ihr Herz ausgeschüttet. Wer hätte ahnen können, welche Folgen dieses kleine Gespräch zwischen zwei Frauen haben würde?

Violet und der Marquet nahmen in der Nische der Geschäftsleitung Platz und bekamen die Menükarten vorgelegt. Währenddessen bemerkte sie Emil Lilienthal, der mit einem Herren, den sie nicht zum ersten Mal sah, an einem Tisch unweit des Orchesters Platz nahm.

»Sind Sie sicher, dass das eine gute Idee ist?« Lilienthal studierte die Karte. »Sollten Sie nicht besser im Bett bleiben, Viktor?«

»Haben Sie Angst, sich anzustecken?« Kamarowskis Stimme klang kratzig.

»Ich stecke mich niemals an«, gab Lilienthal zurück. »Bei mir in der Schneiderei in Wien werden spätestens im Februar alle krank. Da wird geschnieft und gehustet, das können Sie sich gar nicht vorstellen. Ich aber bleibe ein gesunder Fels in der Brandung.«

»Und was essen Sie heute, Sie Fels in der Brandung?« Mit der Serviette wischte sich Kamarowski den Schweiß von der Stirn.

»Der Zander macht mir Appetit.«

»Schade. Ich hatte gehofft, Sie würden die weinende Lammkeule nehmen.«

»Wieso?«

»Weil ich dann auch die weinende Lammkeule hätte nehmen können. Wenn Sie jedoch so vernünftig sind, den leichten Zander zu nehmen, muss ich erst recht den leichten Zander nehmen.« Missmutig schob er die Karte von sich.

»Das ist *Kamarowski'sche Logik*«, lachte Lilenthal und fragte augenzwinkernd: »Wie schlecht geht es Ihnen wirklich, Hand aufs Herz?«

»Glauben Sie mir etwa nicht, dass ich krank bin?«

»Ich glaube Ihnen, Viktor, aber ich kenne das Phänomen von meinem Schwager Jaakov. Jedesmal wenn Jaakov nur ein bissl *raunzig* ist, bildet er sich gleich ein, krank zu sein.«

»*Raunzig*? Das kenne ich nicht, *raunzig*«, erwiderte Kamarowski interessiert. »Ist das jiddisch?«

»Vielleicht. Im Zweifelsfall ist es bestimmt jiddisch. Auf alle Fälle ist es Wienerisch. *Raunzen* heißt, wenn man nicht anders kann, als zu quengeln.«

»Ich weiß, was Sie meinen.« Kamarowski piekte mit dem Zeigefinger in Lilienthals Richtung. »Sie haben recht, ich bin heute raunzig, und deshalb nehme ich die Lammkeule.«

Lilienthal zwirbelte das Haar über der Stirn. »Ich habe eigentlich auch mehr Lust auf das Lamm.«

»Herrlich. Und was trinken wir dazu?«

»Ein Gumpoldskirchner würde passen.« Lilienthal stülpte die Unterlippe vor. »Aber selbst das Savoy kann mit einem Gumpoldskirchner bestimmt nicht aufwarten.«

Beide schlossen die Menükarten und sahen einander an.

»Wie kann ich Ihnen helfen, Emil?«, begann Kamarowski ohne Überleitung.

»Ich war froh, als der neue Chefbutler neulich Ihren Namen erwähnt hat«, antwortete Lilienthal offen. »Und es hat mich noch mehr gefreut, als er sagte, Sie würden nach London kommen.«

Kamarowski schob die Serviette in den Ausschnitt seiner Weste. »Sie haben eine bestimmte Transaktion im Auge?«

»So kann man es nennen«, nickte Lilienthal traurig. »Man könnte auch sagen, ich bringe mein Geld vor meiner Frau in Sicherheit.«

»Sie werden Ihre Gründe haben. Ihre Frau …«

»Verstehen Sie mich nicht falsch, ich liebe meine Frau«, ging Lilienthal dazwischen. »Ich liebe sie wie am ersten Tag. Aber die Zeiten sind nicht mehr wie am ersten Tag.« Er seufzte. »Meine Gründe wurzeln leider in der Epoche, in der wir leben, die Epoche der sogenannten Herren und der sogenannten Untermenschen.« Ein wacher und aufmerksamer Blick. »Um es gleich vorauszuschicken, Viktor,

Sie brauchen mir nicht zu helfen. Sie müssen das nicht tun.« Er wartete, ob Kamarowski etwas erwidern würde. »Ich habe nämlich den Eindruck, als ob Ihre Sympathien eher bei der gegnerischen Seite liegen, bei den Herrschaften, die jetzt den Ton angeben.«

Ein warmes Lächeln überzog Kamarowskis Gesicht. »Sie wären überrascht, wenn Sie wüssten, wie vielfältig meine Verbindungen zu Ihrem geschätzten Volk sind. Als Geschäftsmann habe ich es mir zur Angewohnheit gemacht, mit beiden Seiten zu verhandeln. Anders kommt man in dieser konfusen Zeit unter die Räder.«

»Ich war fast sicher, dass Sie ein astreiner Nazi sind«, erwiderte Lilienthal überrascht.

»Da hat Ihre jüdische Menschenkenntnis Sie im Stich gelassen, Emil.« Kamarowski beugte sich vor. »Was kann ich also für Sie tun?«

Der Oberkellner trat an ihren Tisch und notierte zweimal das weinende Lamm. Beide Herren waren angenehm überrascht, dass der Weinkeller des Savoy über einen Gumpoldskirchner Jahrgang 1929 verfügte.

»Wollen Sie mir weismachen, Omar, dass Sie Nationalsozialist sind?« Violet fand den Gedanken so absurd, dass sie lachte.

Es war dem Marquet anzusehen, dass ihre Bemerkung ihn beleidigte. »Sie machen sich über mich lustig.«

»Das war nicht meine Absicht. Aber Sie sprechen von diesem Mann, als ob Sie alles glauben würden, was die deutsche Propaganda uns zumutet.«

»Ich bin Franzose, Miss Mason. Mit anderen Worten, ich bin per definitionem der *Erbfeind* des deutschen Volkes. Ich habe arabische Wurzeln. Damit falle ich außerdem in die Kategorie eines Semiten. Sie werden mir also eine gewisse angeborene Skepsis gegenüber den aktuellen deutschen Strömungen zugestehen. Und doch –« Er griff zum Champagnerglas.

»Und doch?« Violet stieß mit ihm an.

»Werfen Sie einen Blick nach Spanien. Dort sind die Faschisten auch auf dem Vormarsch. Und was ist die Folge? Der Ausbruch des Bürgerkriegs ist nur noch eine Frage der Zeit, Basken und Katalanen wollen sich vom Mutterland befreien. Die Folgen sind Chaos und blutige Unruhen. Oder nehmen Sie Italien, wo die Faschisten sogar die Regierung stellen. Italiens Wirtschaft steht vor dem Abgrund. Mussolinis Reden werden umso fanatischer, je hilfloser er der Krise im eigenen Land gegenübersteht.«

Sie saßen vor ihrem Zander mit Kartoffel-Majoran-Mousse, aber beide hatten noch keinen Bissen angerührt.

»Und jetzt werfen Sie mal einen Blick nach Deutschland«, fuhr er fort. »Als Hitler angetreten ist, hatte das Reich sieben Millionen Arbeitslose. Seit vergangenem Jahr herrscht dort wieder Vollbeschäftigung. Davon kann die britische Regierung nur träumen. Hitler holt die roten Randalierer von der Straße, aber statt sie einzusperren, hat er ihnen Arbeit gegeben. Er hat dem deutschen Volk viel versprochen und das meiste davon gehalten. 1933 hat er seinen Landsleuten geschworen, jeden einzelnen Punkt des Versailler Vertrags rückgängig zu machen. Und wie sieht es heute damit aus?«

Während er sprach, begleiteten Durbollières Hände seine Ausführungen mit Gesten, als ob er eine Symphonie dirigieren würde. Dabei wirkten seine Augen manchmal nachdenklich versunken.

»Ich bin mit den Details des Versailler Vertrages nicht so vertraut«, antwortete Violet.

Omar streckte die Beine unter dem Tisch aus, berührte versehentlich ihre Wade und entschuldigte sich. »Hitler konnte sämtliche Provinzen, die Deutschland 1918 verloren hat, zurückholen, ohne Blut zu vergießen. Vor den Augen der Welt hat er dem deutschen Heer wieder jene Größe und Kapazität gegeben, die es in die Lage versetzt, das Reich zu verteidigen. Die europäischen Regierungen dulden das, weil sie einsehen, man kann ein Volk wie die Deutschen nicht mundtot machen. Je eher Deutschland seine Würde wiedererlangt, desto geringer wird die Gefahr eines neuen Krieges.«

»Weshalb interessieren Sie sich überhaupt so sehr für dieses Volk?«

»Weshalb?« Er trank einen Schluck. »Weil wir gerade das Jahrhundert Deutschlands erleben, Miss Mason.«

»Das Jahrhundert …? Aber die Deutschen haben den Krieg verloren«, entgegnete sie konsterniert.

»So etwas ist manchmal heilsamer als ein Sieg, der den Sieger verblendet.« Er beugte sich zu ihr. »Das 19. Jahrhundert hat euch gehört, Violet, euch Briten. Ihr seid nur eine kleine Insel im Atlantik, und doch habt ihr zwei Drittel der Erde beherrscht. Queen Victoria hat ihren Wohnsitz auf der Isle of Wight zuletzt kaum noch verlassen, und doch konnte sie mehr als eine Milliarde Menschen ihre Untertanen nennen. Damit ist es vorbei. Die Welt hat sich verändert. Aber wer kommt nach euch? Wer wird in Zukunft die Welt regieren?«

»Amerika?«, fragte sie, erstaunt, welche Richtung ihr zwangloses Dinner nahm.

Durbollière machte eine Bewegung, als ob er Fliegen verscheuchen wollte. »Die Amerikaner sind große Kinder, wohlgenährte, angeberische Kinder. Sie glauben, nur weil sie die Indianer umgebracht und ihnen das Land gestohlen haben, sind sie schon etwas Besonderes. Niemals wird von Amerika eine weltbedeutende Entwicklung ausgehen. Nein, derzeit kann man nur von einer einzigen Nation Ungewöhnliches erwarten.« Omar griff zur Gabel und spießte den ersten Bissen auf. »Es fällt mir übrigens nicht leicht, das zuzugeben, denn es bedeutet ja, dass ich meinen eigenen Landsleuten nicht allzu viel zutraue.«

Schweigend begannen sie zu essen. Es folgten Gemeinplätze über die Küche des Savoy, Violet lobte ihren Küchenchef, doch die Stimmung hatte sich getrübt. Einen zwanglosen Abend mit Omar Philibert hatte sie verbringen wollen, stattdessen redete er vorwiegend über Politik. Auch ihr waren die Veränderungen in Europa nicht entgangen. Wenn Violet in letzter Zeit ihre Gästelisten durchsah, fiel ihr die steigende Zahl jüdischer Besucher auf. Was geschah jenseits des Kanals, wohin steuerte der Kontinent? In Italien und Deutschland war die extreme Rechte bereits an der Macht, was würde als Nächstes kommen? Antisemitismus hatte es immer gegeben, auch in England, doch die jetzigen Veränderungen waren kälter, härter, undurchsichtiger.

»Haben Sie Hitler schon einmal in Person erlebt?«, fragte Violet nach einer Weile.

»Nein. Aber es könnte bald so weit sein.« Omar goss ihnen Champagner nach. »In Kürze beginnen die internationalen Wettkämpfe. Aus Anlass der Olympischen Spiele habe ich vor, nach Berlin zu fahren. Waren Sie schon einmal dort?«

»Ich komme selten aus London weg.«

»Berlin ist eine wunderbare Stadt. Alles dort befindet sich im Aufbruch. Es ist, als ob man in Berlin eine andere Luft atmen würde.«

»Man hört so manches«, antwortete sie ausweichend. »Einiges davon ist beängstigend. Aber es macht mich auch neugierig.«

»Weshalb kommen Sie nicht mit?«, fragte Omar zwischen zwei Bissen.

Darauf war es einige Momente still.

»Wie stellen Sie sich das vor?« Violet fand es irritierend, dass sie überhaupt darauf einging, mehr noch, dass sie sich tatsächlich etwas Derartiges vorstellen konnte. Eine Reise, neue Menschen, Farben, Lichter, endlich etwas anderes erleben als die tägliche Mühle, die sie ständig am Laufen halten musste.

Als ob er ihre Gedanken erraten hätte, setzte Omar

nach. »Wäre es so abwegig, das Savoy mal eine Zeit lang hinter sich zu lassen?«

»Es wäre ein Traum.« Das war ihr herausgerutscht, sie hätte sich auf die Zunge beißen mögen. Eine Pause entstand, Violet legte eine Gräte an den Tellerrand. »Nein, das geht nicht, Omar. Wir können nicht zusammen verreisen. Die Leute würden ja denken, wir beide ...«

Falls sie annahm, Durbollière würde darauf eingehen oder ihr nun ein schmachtendes Bekenntnis machen, täuschte sie sich.

»Sehen Sie mich einfach als Ihren Reiseleiter an«, lächelte er harmlos. »Ich kenne Berlin ziemlich gut, ich könnte Ihnen einiges zeigen.«

»Das ist sehr freundlich von Ihnen, so etwas in Erwägung zu ziehen«, antwortete sie leise. »Aber wir beide wissen, dass es nichts weiter als eine hübsche Träumerei ist.«

Die Flasche war leer. Ein Wink Durbollières, und der Oberkellner öffnete eine neue.

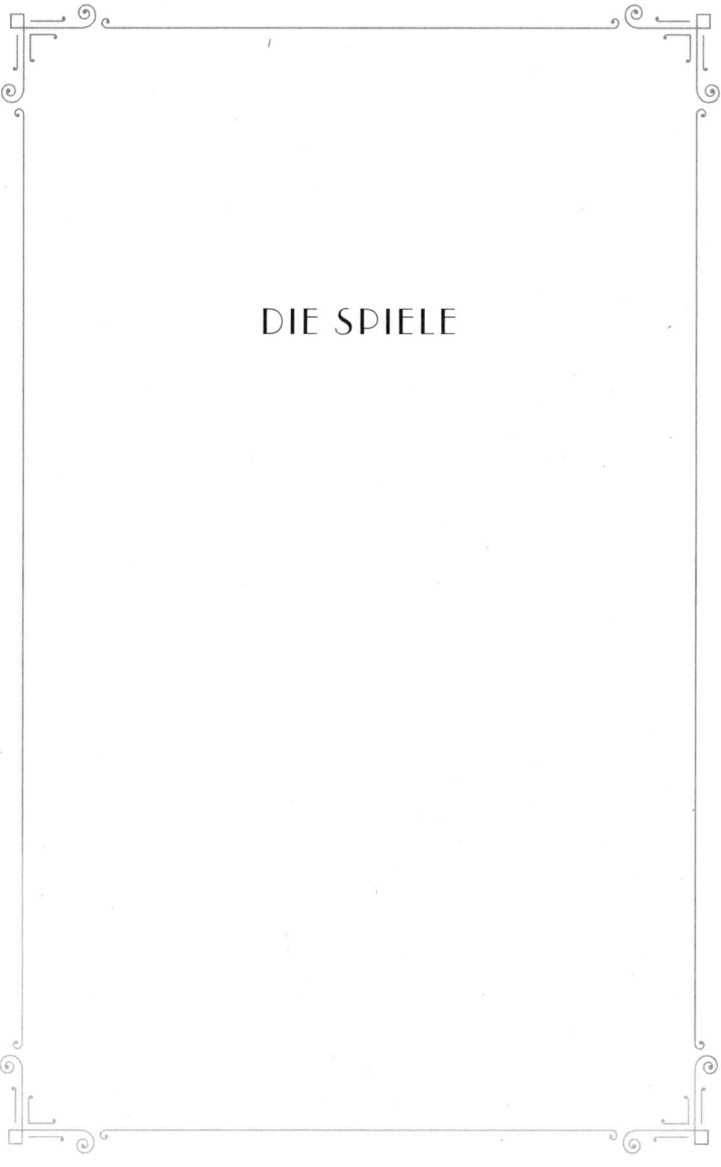

DIE SPIELE

11

Am Steuer

Omar Philibert entschied sich nicht für die übliche Bahnfahrt samt Kanalüberquerung, sondern buchte zwei Passagen auf der Heinkel He 111, die als schnellstes Linienflugzeug der Welt von der Lufthansa in Dienst gestellt worden war. Der Flug London – Berlin dauerte unfassbar kurze fünf Stunden.

»Sie sieht gar nicht wie eine Zivilmaschine aus«, sagte Violet vor dem Start. »Eher wie ein Kampfflugzeug.«

Am Fuße der Gangway hakte Omar sie unter. »Die Heinkelwerke arbeiten natürlich auch für die Luftwaffe.«

Sie betrachtete die robuste Konstruktion. »Schwer zu glauben, dass wir damit fliegen werden.«

»Sie haben nicht unrecht. Da heißt es Daumen halten.«

»Wieso?«

»Die He 111 hat noch ein paar Kinderkrankheiten.«

»Was für Kinderkrankheiten?« Violet zögerte, bevor sie die Kabine betrat.

»Sie schmiert leicht ab. Wenn wir bei der Landung mit zu hoher Geschwindigkeit runterkommen, wird das heikel.«

»Und das sagen Sie mir erst jetzt?«

»Es hat angeblich mit dem Querruder zu tun.« Unbekümmert glitt Omar auf seinen Sitz.

»Entschuldigen Sie«, sprach Violet die Stewardess in der dunkelblauen Uniform an. »Ist es möglich, dass wir bei der Landung abstürzen?«

»Sie fliegen mit der Lufthansa, Miss«, antwortete die junge Frau mit hartem deutschem Akzent. »So etwas ist bei uns unmöglich.«

»Na, dann bin ich ja beruhigt«, erwiderte Violet mit gemischten Gefühlen, nahm Platz und schloss ihren Sicherheitsgurt.

»Darf ich Ihnen etwas zu lesen bringen?«

»Danke, aber ...« Sie überlegte, ob sie der Stewardess

erklären sollte, dass sie noch nie geflogen war. »Danke, nein.«

Die Propeller erwachten zum Leben, kreisten und sausten, bis nur noch eine helle Scheibe wahrzunehmen war, begleitet vom Lärm mehrerer hundert Pferdestärken. Während sich die He 111 in Bewegung setzte, winkte Violet dem englischen Mutterboden noch einmal zu. Die Fahrt über das Rollfeld fühlte sich holprig an, schwer vorstellbar, dass sich die Maschine aus so einem Geruckel in die Luft erheben könnte. Das Vibrieren der Motoren, die harten Stöße gegen die Blechzigarre, in der dreißig Menschen saßen, all das war Violet nicht geheuer. Mit beiden Händen krampfte sie sich am Sitz fest, während Omar seelenruhig in seiner Zeitung blätterte.

Und plötzlich war da das Nichts, eine Schwerelosigkeit, der gewölbte Horizont und darüber das milchige Blau der Luftschichten. Da war das Land, das unter ihr versank, der ehrwürdige Fluss, der sich im Sonnenschein in eine goldene Schlange verwandelte, da war alle Herrlichkeit. In diesem Augenblick verwandelte sich Violet von einem plumpen Erdenwesen in ein Geschöpf, das seine Schwere abstreifte und die Elemente beherrschte. Vor Überraschung und Glück hob sie die Hände an den Mund. Zeit seines Lebens war der Mensch eingesperrt in Häusern und

Städten, hinter Zäunen und Grenzen, dachte sie. Er sah den Himmel kaum noch, die Freiheit, die sich über ihm wölbte.

»Sitzen Sie bequem?« Omar beobachtete Violet schmunzelnd.

Bequem war der falsche Ausdruck, sie thronte. Violet thronte in den Himmeln, sie flog über ihre Stadt hinweg, über den flachen englischen Osten, in Richtung Meer. Das Motordröhnen war ihre Begleitmusik, sie stellte sich den Flugwind vor, der ihr die Wangen kühlte.

Der Pilot zog die Maschine höher und höher, bis man in der Ferne schon die Fluten der Nordsee schimmern sah. Violet war gebannt von der luftigen Leere, durch die sie sich bewegten. Wie schön wäre es, jetzt mit John hier zu sein, wie sehr hätte er das Wunder dieses Augenblicks genossen. Omar dagegen widmete der Welt da draußen kaum einen Blick.

Was mochte das für ein Gefühl sein, ein Flugzeug selbst zu steuern? Das Trennende überwinden, Grenzen überfliegen, aus purem Vergnügen in die Lüfte steigen, es wäre mit nichts zu vergleichen, was sie je erlebt hatte. War es als Frau möglich, fliegen zu lernen? Violet wollte es herauskriegen. Sie fragte die Stewardess, ob sie dem Piloten für kurze Zeit zusehen dürfe. Die Deutsche schien diesen

Wunsch nicht zum ersten Mal zu hören und forderte Violet freundlich auf, ihr zu folgen. Vor dem Cockpit zog sie einen Vorhang beiseite.

»Herr Radtke?«, sagte sie auf Deutsch.

»Was gibt es, Fräulein Hildegard?«

»Die Engländerin bittet darum, eintreten zu dürfen, Herr Kapitän.«

»Immer herein mit dem britischen Fräulein«, rief Radtke und wandte sich zum Copiloten. »Die will bestimmt mal nachsehen, ob wir hier alles richtig machen, Harald.«

»Dann guck besser, dass dein Schlips gerade sitzt«, gab der Copilot zurück.

»Ich bin sicher, dass Sie alles richtig machen, Kapitän«, sagte Violet in gestochen klarem Deutsch.

»Ach, das Fräulein spricht German?«, rief Radtke hocherfreut.

»Meine Familie stammt aus der Gegend von Frankfurt. Mein Großvater hat mir die Sprache beigebracht.«

»Eine Hessin, was sagste?«, lachte der Copilot. »Willkommen, Fräulein. Dann geht es jetzt wohl in die alte Heimat, was?«

Violet fand, dass sie, noch bevor sie angekommen war, schon einiges über die forsche deutsche Art gelernt hatte. Pilot und Copilot plauderten ungezwungen mit ihr, erklärten die wichtigsten Handgriffe und ließen sie zu ihrer Überraschung sogar ans Steuer.

»Keine Sorge, unser Harald hat das zweite Steuer fest im Griff«, sagte Radtke. »Na, wie fühlt sich das an?«

Es schien kinderleicht zu sein. Das stetige Vibrieren des Steuers in ihren Händen, unter ihr die Wolken, die von der Sonne milchig beleuchtet wurden. »Am liebsten würde ich gleich sitzen bleiben.«

Der Kapitän griff Violet über die Schulter, fasste ihre Hände und drückte den Steuerknüppel nach vorn. »Und wie finden Sie das?«

Die He 111 senkte die Nase und trudelte nach unten.

»Gott, was passiert denn jetzt?«

Das Gesicht des Kapitäns war dicht neben ihrem. »Jetzt lernen Sie fliegen.« Sekunden später zog er die Maschine wieder hoch und balancierte sie aus.

Mit roten Wangen stand Violet aus dem Kapitänssitz auf. »Das war wunderbar. Vielen Dank, Herr Radtke.«

»Sie sind begabt«, nickte er. »Das Fliegen, das hat man entweder in sich, oder man lernt es nie.«

»Ich möchte es sehr gern lernen.«

»Die besten Flugschulen gibt es in Deutschland.«

»Natürlich«, schmunzelte Violet, bedankte sich auch beim Copiloten und kehrte an ihren Platz zurück.

»Was haben Sie so lange da vorn gemacht?« Omar trank Kaffee und sah ein wenig müde aus.

»Ich bin geflogen, was denken Sie denn? Es war kinderleicht.«

»Habe ich Ihnen zu viel von dieser Reise versprochen?« Er lächelte hinter verhangenen Lidern.

»Nein, Omar. Vielen Dank, dass Sie mich überredet haben, mitzukommen.«

»Gern geschehen.« Er schloss die Augen.

Dass es doch nicht so einfach war, eine Heinkel 111 zu steuern, erlebte Violet, als sie zur Landung ansetzten. Beim Anflug auf Tempelhof brachte eine Bö das Flugzeug aus dem Gleichgewicht, die Tragflächen torkelten auf und ab. Der Pilot war gezwungen, erneut aufzusteigen, eine Schleife zu ziehen und die Rollbahn ein zweites Mal anzufliegen.

»Ist es das, was Sie über die Landung vorausgesagt haben?« Violet versuchte, sich ihr mulmiges Gefühl nicht anmerken zu lassen.

»Wird schon schiefgehen.« Der Marquet legte seine Hand auf ihren Unterarm.

Diesmal ließ der Pilot das Flugzeug unvermittelt steil absacken, bevor er es hart in die Waagrechte zog und die Klappen drosselte. Der Ruck des Aufsetzens war bei Weitem härter als erwartet. Die He 111 wollte sich mit dem festen Grund aber nicht gleich anfreunden. Mit hoher Geschwindigkeit raste sie über das Betonfeld, sprang wieder empor, schwebte ein kurzes Stück und setzte neuerlich auf. Durch eine Unebenheit wurde sie nach rechts gezogen. Vom Fenster aus konnte Violet den Zaun erkennen, der das Ende des Flugfeldes markierte. Stachelige Sträucher wuchsen in der Sommerhitze.

»Oh Gott, das reicht nicht«, flüsterte sie. »Das reicht nie und nimmer.«

Kurz bevor das Ende der Piste da war, zog Herr Radtke die Maschine scharf nach links. Ihr Schwung war so groß, dass sie links vom Boden abhob und die rechte Tragfläche die Sträucher streifte. Ein letzter Ruck, Violet wurde nach vorn gerissen und schlug mit der Stirn gegen den Vordersitz. Der Aeroplan stand.

»Was habe ich gesagt?« Omar faltete die Zeitung zusammen. »Die Deutschen haben die Sache im Griff.«

Mit weichen Knien stand sie auf und verabschiedete sich von Fräulein Hildegard. Nach der Zollabfertigung erwartete sie ein Wagen. Der Fahrer verstaute das Gepäck und fuhr die beiden von Tempelhof quer durch Schöneberg zum Kurfürstendamm.

Omar Philibert hatte es sich nicht nehmen lassen, Zimmer im *Savoy* zu bestellen. Violet war unsicher gewesen, ob es ihr gefallen würde, von einem Savoy ins andere zu wechseln, doch sie wollte ihm die Freude nicht verderben. Das Berliner Savoy war ein junges Hotel, mondän und zugleich ultramodern. Erst 1929 erbaut, besaß es all jene Annehmlichkeiten, die im Londoner Savoy gerade auf den neuesten Stand gebracht wurden.

Violets Abkömmlichkeit aus London hatte sich einfacher gestaltet als erwartet. Judy erwies sich als Säule des Hotels und versprach, sie perfekt zu vertreten. Violets Anwalt hatte das Einverständnis der Staatsanwaltschaft eingeholt, wonach sie trotz des schwebenden Verfahrens das Land verlassen durfte.

Sie bewohnte ein gediegenes Zimmer mit cremefarbenen Vorhängen, dunkle Jalousien schützten gegen die Sommerhitze. Violet warf einen Blick zur Barockuhr auf dem Kaminsims. Noch eine halbe Stunde, bevor Omar sie abholen würde. Sie wollten ein frühes Abendessen einnehmen und anschließend die Oper besuchen. Eine deutsche Oper, erfüllt von Helden, Zwergen und einem Lindwurm. Nachdenklich ging Violet ins Bad.

In den Tagen vor der Reise hatte sich Omar als vollendeter Gentleman erwiesen. Sie hatten mit Trudy Spaziergänge gemacht, waren abends mehrmals ausgegangen und hatten zum Abschluss im *Nightingale Room* einen Drink genommen. Doch danach waren beide jedesmal in unterschiedliche Fahrstühle gestiegen, da Omars Suite und Violets Privaträume in verschiedenen Trakten lagen. Obwohl sich das Personal nichts anmerken ließ, erkannte Violet manchmal an der Begrüßung des Barmixers, in den Blicken der Hausdiener oder am versteckten Lächeln eines Zimmermädchens, dass die Menschen im Savoy sich für ihre Chefin freuten, weil sie häufig in Gesellschaft des attraktiven Marquets angetroffen wurde. So sehr sie bei anderen Gästen die gewohnte Distanz wahrte, so unverhohlen zeigte sie ihre Sympathie für diesen Mann. Dabei hatte Violet bisher von einem *Mann* nicht viel erkennen können. Zweifellos war Durbollière ein weltmännischer Gesprächspartner, ein humorvoller Begleiter und Charmeur, der sie zum Champagner-Dinner bei Candlelight führte, ihr eine Rose zur Begrüßung schenkte und Oscar Wilde zitierte. Doch ein wirklicher Mann war in dieser Palette nicht enthalten. Es mochte Zurückhaltung sein oder Respekt, vielleicht war es auch die Einlösung seines Versprechens, weshalb Omar sich tatsächlich nur wie ein Reisebegleiter benahm – und weiter nichts. Zunächst hatte seine Zurückhaltung Violet amüsiert, später irritiert, doch irgendwann kam der Punkt, an dem sie sein

Verhalten fast beleidigend fand. Schließlich beruhigte sie sich mit der Hoffnung, dass Omar Philibert seine aristokratische Zurückhaltung gewiss ablegen würde, sobald sie in Berlin waren.

Nun waren sie in Berlin. Zwei volle Tage hielten sie sich bereits in der Reichshauptstadt auf. Der erste Abend hatte zur Eingewöhnung gedient, beide waren müde von der Reise gewesen. Und was unternahmen sie an ihrem zweiten Abend? Vier Stunden lang sollten sie schreienden Menschen zuhören, die der deutschen Mythologie entsprungen waren.

Violet griff zur Puderquaste. Der Tiegel hielt ihrer fahrigen Bewegung nicht stand und kippte um. Sein zartrosa Inhalt schwebte in einer Wolke zu Boden.

»Scheiße«, zischte sie auf Deutsch, zwang sich zur Ruhe und griff zum Augenbrauenstift. Sie musste sich beeilen. Omar Philibert konnte jeden Moment erscheinen. Ob er ihr wieder eine Rose mitbringen würde, eine sinnlose Rose, die nichts weiter bedeutete als eben – eine Rose.

12

Helden

Vor meinem Nicken neigt sich die Welt.
Vor meinem Zorne zittert sie hin.
Mime ist König, Fürst der Alben, Walter des Alls.
Hei, Mime! Wie glückte dir dies!

Ein Schmied sang. Ein Held hob den Stahl vom Amboss und stieß das frisch geschmiedete Schwert in den Wasserzuber. Das zischte und brodelte. Der Held gab seiner Zufriedenheit über das herrliche Schwert stimmhaft Ausdruck. Währenddessen schmiedete der Schmied finstere Pläne. Er war eine zerlumpte Kreatur und trug eine groteske Perücke. Man hatte den Sänger an Armen und Beinen mit Ruß beschmiert. Der singende Held dagegen war herrlich anzusehen, trug wallende blonde Locken und metallene Spangen um seine Arme. Nur wer genauer hinsah, entdeckte den beachtlichen Leibesumfang unter seinem geschickt geschneiderten Wams.

»*Hoho! Hoho! Hahei! Schmiede, mein Hammer, ein hartes Schwert! Hoho! Hahei! Hoho! Hahei!*«, sang der Held in überbordendem Glück.

Es war eben Oper, dachte Violet, Oper musste so sein. Die Oper vergrößerte das reale Leben, sie bildete es nicht ab. Doch wer war auf die Idee gekommen, sich einer solchen Story zu bedienen? Violet wusste wenig über die Nibelungen. Das war eine Geschichte voll Rache und Heimtücke, voll Männerwahnsinn und Brutalität, die sich als Ehre bemäntelte. Ein frecher, aber dämlicher Jüngling tötete einen Drachen, der ihm nicht das Geringste getan hatte, darauf beleidigte er den obersten Gott der Germanen, und nachdem er dessen Speer zerbrochen hatte, zerstörte er den Feuerring einer Walküre und vergewaltigte sie. Die Geschändete beklagte sich zwar eine Weile, bekannte schließlich aber ihre Liebe zu Siegfried. Woher stammten solche Phantasien? Geisterten sie in den Köpfen der Deutschen, waren sie das jahrtausendealte Erbe dieses Volkes?

Einigermaßen erschöpft saß Violet in der Berliner Staatsoper. Zu Beginn des Abends hatte sie die Größe des Hauses bewundert, das Gold, den Stuck, den ausladenden Lüster, der sich langsam verdunkelte, bevor der Vorhang den Blick freigab auf das mythologische Drama. Wald, Felsklüfte und eine Höhle bildeten die Szene. Wenn die Sänger an die Felsen stießen, klang es hohl und hölzern. Nebel waberte, alles war in geisterhaftes Licht getaucht. Ein finsterer Wanderer trat vor die Höhle, die Krempe seines Hutes hing so tief herab, dass nur wer es wusste, erkannte, dass der Wanderer einäugig war. Omar erklärte Violet, dieser Vermummte sei Gott Wotan persönlich.

Germanische Götter, verschlagene Schmiede, wütende Zwerge, ein Held, der lachend Frauen schändete, und das ganze Spektakel wurde erhöht, verklärt, aus dieser Welt gerissen und in eine andere versetzt – durch die Musik. Violet hatte Vergleichbares noch nie gehört. Auch in London wurde Wagner gespielt, aber erst hier, in Berlin, im preußischen Staatstheater, begann sie zu begreifen, worin die geheimnisvolle Wirkung lag, die diesen Werken innewohnte. Obwohl bereits vor einem halben Jahrhundert komponiert, unterstrich die Musik das Pathos, das dem jetzigen Jahrzehnt übergestülpt wurde. Und die Deutschen waren Meister im Zelebrieren von Pathos. Violet konnte sich nicht dagegen wehren, auch sie war beeindruckt und emporgehoben, doch weshalb? Weil die Geigen von einem Höhepunkt zum nächsten taumelten? Hunderte Trompeten, schien es, bliesen zum Kampf, zur Jagd, zu allem, was Männertugend und Männerwahnsinn ausmachte. Moll und Dur überstürzten sich ständig, stundenlang drang die Überfülle dieser Musik auf das Publikum ein, man wurde erdrückt, erschlagen, in Geiselhaft genommen von Wagners Klängen.

Am Pult stand ein schmächtiger, dabei höchst energetischer junger Mann mit schwarzem Haar, das er so lang trug, dass es ihm während des Dirigierens häufig wirkungsvoll in die Stirn fiel. Er war für den erkrankten Wilhelm Furtwängler eingesprungen. Furtwängler war Violet ein Begriff, er hatte auch in London dirigiert und war zum Abendessen im Savoy gewesen. Sein Ersatz, das musste man sagen, hatte das Orchester bestens im Griff. Violet und Omar saßen in einer Seitenloge im ersten Rang und konnten den Maestro daher gut beobachten. Er hatte keine Partitur vor sich liegen. War es möglich, dass er diese endlose Oper aus dem Gedächtnis dirigierte? Dabei hatte er die Augen geschlossen und führte die Staatskapelle mal mit temperamentvollem Gestus, dann wieder nur mit dem Zucken seiner Finger durch das Stück. Man werde den jungen Mann hinterher kennenlernen, hatte Omar angekündigt.

Violet beugte sich zu ihm. Sie brauchte ihre Stimme nicht zu senken, das Orchester brauste wieder einmal in Tuttistärke.

»Ich möchte hinaus.« Die Logentür lag direkt hinter ihnen.

»Ich begleite dich.« Er wollte aufstehen.

»Lass nur. Ich wünsche dir weiterhin bombastisches Vergnügen.«

»Gefällt es dir nicht?«, fragte er einigermaßen überrascht.

»Ich fürchte, das ist eher eine Geschichte für Männer.«

»Ach was, Geschichte, es geht um die Musik.« Lächelnd zeigte er zur Bühne. »Dieser Siegfried ist doch ein ganzer Kerl, oder?«

»Er hat einen unsympathischen Mund.« Sie legte Omar beruhigend die Hand auf die Schulter und schlüpfte hinaus.

Im Waschraum bedankte sich Violet bei der Toilettendame für das Eau de Cologne. Erschöpft sah sie in den Spiegel. »Die Deutschen«, murmelte sie und korrigierte ihr Make-up. »Was ist das nur mit den Deutschen?«

Danach kehrte sie zu den Logen zurück, ein Schließer öffnete ihr die Tür. Als ihr erneut ein Schwall Wagner entgegenschlug, winkte Violet ab. Ohne weitere Erklärung lief sie über die marmorne Treppe ins Freie.

Draußen wogte und tobte es ebenfalls, doch das war der Trubel Unter den Linden, das war die Samstagnacht in Berlin, die Violet hundertmal besser gefiel als die kreischende Kunstwelt da drin. Obwohl sie wusste, dass Omar sie zurückerwartete, ließ sich Violet vom Strom der Flaneure mitziehen, tauchte ein in die Prunkmeile, verschwand gleichsam darin und ließ sich in Richtung des Brandenburger Tores treiben. Neben ihr schob sich eine Kolonne von Straßenbahnen voran. Sie klingelten aggressiv, weil ein Fuhrwerk am Straßenrand die Schienen blockierte. Man lachte, schrie sich etwas zu, Autos hupten. Von irgendwo kam Musik, ein Gassenhauer, gespielt auf dem Akkordeon. Was Violet hier draußen hörte, spürte und sah, nahm sie für Berlin gefangen. Die Stadt hatte sich nicht ausschließlich dem Pomp und den großsprecherischen Phrasen verschrieben, sie war ein frecher Ort voll selbstbewusster Menschen. Man durfte die deutsche Hauptstadt nicht mit der deutschen Regierung verwechseln, Deutschland nicht mit den Nazis.

Violet konnte nicht anders, als immer weiterzugehen.

Omar würde es ihr hoffentlich verzeihen. Es hatte ja keine Eile, die Oper dauerte noch drei Stunden.

Dort sah sie das Brandenburger Tor, kleiner als erwartet, als Wahrzeichen nicht besonders Ehrfurcht gebietend. Wenn man davorstand, bekam man einen Begriff davon, dass Berlin nie die Hauptstadt eines bedeutenden Reiches gewesen war. Preußen hatte zwar in die Geschicke Europas eingegriffen, besonders während der napoleonischen Kriege, trotzdem war der König von Preußen der englischen Queen und dem Habsburger Kaiser nie ebenbürtig gewesen. Preußen war ein kleines flaches Land am nordöstlichen Rand des Kontinents.

Wohin jetzt? Rechts ragte der Reichstag auf, linker Hand wies ein Schild den Weg zum Potsdamer Platz. Dorthin trieb es die meisten Vergnügungshungrigen. Violet entdeckte eine Gruppe deutscher Offiziere. Deren Rangabzeichen sagten ihr nichts, sie konnte die Waffengattung nicht zuordnen.

»Kommt ihr mit in die *Alte Heimat*?«, fragte einer.

Ein Jüngerer schlug vor, die S-Bahn zu nehmen.

»Nee, Lehmann, die paar Schritte gehen wir zu Fuß. Ich habe keine Lust, mich in der Bahn mit der besoffenen Soldateska zusammenzupferchen.« Der Offizier schritt voran.

In ihrer Stimmung spontaner Abenteuerlust beschloss Violet, sich der Gruppe unauffällig anzuschließen.

»Wissen Sie, was ich auf dem Abtritt der Offiziersmesse gefunden habe?« fragte der Jüngere. »Eine Broschüre.«

»Unanständige Fotos?« Der Ranghöhere setzte die Kappe ab, die seine Glatze verdeckt hatte.

»Von der ulkigen Art«, lachte der andere. »Ein Weib, Rückenansicht, das nichts anhatte als kurze Lederhosen. Bloß an den Hinterbacken hatte die Hose ovale Fenster.«

Während des Gelächters zeigte ein schnittiger Offizier nach links. »Ob Joseph schon schläft?«

»Was meinste damit? Das ist die Botschaft der Amerikaner«, gab der Jüngere zurück.

»Mensch, du kommst wohl vom Lande«, stichelte der Schnittige. »Das ist die Dienstvilla von Dr. Goebbels.«

Mit raschem Tritt ging es weiter, Violet hatte Mühe, auf ihren hohen Absätzen zu folgen.

»Jetzt ist die beste Zeit für die *Alte Heimat*«, gab der Ranghöchste bekannt. »Nach Mitternacht trudelt dort die Wehrmacht ein. Dann wird's eng auf den Kanapees. Einmal hab ich acht Landser auf einem Sofa gesehen.«

Der Jüngere drängte sich an den Leitwolf der Offiziere heran. »Ich habe dort sogar mal einen Neger singen hören, Standartenführer. Durchaus erstaunlich.«

»Hoffentlich gibt's Ballett«, antwortete der Kahlköpfige.

Bevor sie den Potsdamer Platz erreichten, bog die kleine Gruppe nach links. Vor dem Eingang des Hotel Esplanade brannte blaues Licht, der Mützenschirm des Nachtportiers reflektierte es. Die Offiziere zogen in ein unscheinbares Gässchen und klingelten an einer noch unscheinbareren Tür. Eine Empfangsdame im grünseidenen Kleid trat ins Freie. In ihrer Hand der Bausch eines Spitzentaschentuches, mit dem sie gegen die Stirn tupfte.

Der Schnittige spähte nach drinnen. »Nanu? Ist ja alles leer. Sonst muss man bei euch Sturm läuten, bevor überhaupt jemand aufmacht.«

Violet war auf der gegenüberliegenden Straßenseite stehen geblieben. Trotz der Entfernung entdeckte sie im Inneren des Etablissements Sofas und Chaiselongues, ein Kronleuchter hing in rauchverqualmter Höhe.

»Guten Abend«, begrüßte die Empfangsdame die Offiziere. »Ich weiß nicht, was heute los ist, meine Herren. Wo stecken denn Ihre Kameraden?«

»Das macht die Wärme, Madame, der schöne Abend«, antwortete der Schnittige. »Da bleibt man lieber im Freien.«

»Mir ist heute nach weiblicher Hausmannskost«, gab

der Standartenführer bekannt und trat als Erster ein. Die übrigen folgten.

Bei der *Alten Heimat* handelte es sich offenbar um ein Etablissement von zweifelhaftem Ruf, Violet wollte den Offizieren daher nicht weiter folgen. Es war Zeit, in die Oper zurückzukehren.

»Wollen Sie nicht hereinkommen, gnädige Frau?«

Sie fuhr herum und vergewisserte sich, dass die Empfangsdame sie meinte. »Danke, aber ich bin nur zufällig vorbeigekommen.«

»Unser Programm beginnt in wenigen Minuten.« Die Frau wies einladend nach drinnen.

»Ein Programm?« Violet machte einen Schritt über die Straße. »Ist das denn keine Nacht-Bar?«

»Die *Alte Heimat* ist bekannt für ihre außergewöhnlich geschmackvollen Darbietungen.« Als Violet den Eingang erreichte, musterte die Madame sie von Kopf bis Fuß. »Die gnädige Frau kommen nicht aus Berlin?«

»Nein, ich bin aus London.«

»Eine Engländerin? Wir freuen uns besonders, wenn uns internationales Publikum beehrt. Ich wage zu prophezeien, es wird Ihnen gefallen.«

Violet warf einen zweifelnden Blick nach drinnen. In ihrem Abendkleid mit den armlangen Handschuhen fürchtete sie, aufzufallen. Zu ihrer Überraschung waren die Frauen, die sich in der Empfangshalle aufhielten, alle elegant gekleidet. Unter solchen Umständen konnte man es wohl riskieren, einen schnellen Drink zu nehmen. Im Hintergrund sah sie die Offiziere stiefelknallend in den nächsten Raum marschieren, wo Violet die Bar entdeckte.

»Einverstanden.« Sie lief die wenigen Stufen hoch, hinter ihr schloss die Madame die Tür.

Zum zweiten Mal an diesem Abend betrat Violet eine Welt für sich. Nach dem Pomp der Staatsoper, nach singenden Helden und sterbenden Drachen erwartete sie ein Ort, wo sich der gut situierte Berliner amüsierte. Sie entdeckte Zivilisten in Frack und Gamaschen, aber auch Männer in billigen Anzügen, die wie heruntergekommene Spieler aussahen. Viel Militär war anwesend, überhaupt prägte die Armee das Bild der Stadt. Violet konnte sich nicht erinnern, in London jemals so viele Uniformen gesehen zu haben. Die Offiziersgruppe, der sie gefolgt war, trug Schwarz, doch sie entdeckte auch Herren in grauen Monturen.

Der Raum mit der Bar weitete sich hinten zu einer veritablen Bühne mit leuchtend rotem Vorhang. Schon wieder Theater, Violets schlechtes Gewissen meldete sich. Sie hatte Omar ohne Erklärung bei Wagner zurückgelassen, um nun eine andere Theaterdarbietung zu besuchen. Sie beschloss, nur so lange zu bleiben, bis sie gesehen hatte, was gespielt wurde. Ein Blick auf die Uhr bestätigte, dass bei *Siegfried* wohl immer noch der zweite Akt lief.

»Ein Tisch, gnädige Frau?« Der Kellner stand hinter ihr.

»Nein, danke. Ich bleibe nicht lange.«

»Aber sehen Sie doch, gnädige Frau, so viele Tische sind leer. Sie brauchen nicht stehen zu bleiben.« Er komplimentierte sie zu einem Tischchen nahe der Bühne. »Sekt, gnädige Frau?«

»Warum nicht?«

»Eine Flasche?«

»Ein Glas sollte genügen.«

Mit einer Verbeugung zog sich der Kellner zurück.

»Hinsetzen!« rief jemand hinter Violet.

Während sie auf den Stuhl glitt, ging der Vorhang auf.

Vier Tänzerinnen betraten die Bühne, als Ziegen verkleidet. Genau genommen sollten sie Ziegenböcke darstellen. Dazu trat eine Maid in ländlicher Verkleidung und kokettierte mit den Böcken. Musikalisch wurde das Ereignis von einem Klavier, Schlagzeug, Gitarre und zwei Saxofonen bestritten. Ein schmissiger Swing, den Violet in einem deutschen Kabarett zuletzt erwartet hätte. Die Unschuld vom Lande begann zu singen.

Du bist heut schlecht rasiert,
sonst hätt ich dich verführt,
doch so hat's mich geniert, aus Liebe.
Denn wenn dein Bart mich sticht ins Marzipangesicht,
betäubt dein Kuss das nicht durch Liebe.

Die Ziegenböcke zeigten sich verstört über die Zurückweisung und hampelten in verrückten Verrenkungen um das Mädchen herum. Es zeigte sich unnachgiebig.

Grade heut, wo ich ein Teufelein,
bist du ein Stachelschwein, ist das gemein, oh weh!
Hättst du heut früh gespürt,
was abends noch passiert,
hättst du dich ja rasiert aus Liebe.

Jetzt ging es erst richtig los. Böcke hier, Böcke da, das Mädchen fungierte zugleich als Lustobjekt und als Tierbändiger. Immer wilder und verrückter ging das zu, bis die Saxofonisten aufstanden und der Schlagzeuger sich zu dschungelhaftem Getrommel aufbäumte. Die Offiziere, die Soldaten, unabhängig ob Wehrmacht oder die schwarz Uniformierten, lachten, dass ihnen die Tränen über die Wangen liefen. Auch Violet konnte nicht an sich halten, die Darbietung war einfach zu ulkig. Lachend trank sie ihr

Glas leer und schämte sich kein bisschen dafür, dass ihr der unterhaltsame Nonsens mehr zusagte als die drachentötende Hochkultur in der Oper. Sie hatte angenommen, das Hehre und Ernste liege im deutschen Wesen, und war froh, ziellos durch die Nacht gelaufen zu sein, um zu erkennen, auch das war Berlin: ausgelassen, pöbelhaft, turbulent.

»Schampus!«, rief der Standartenführer zwei Tische weiter. »Mehr Schampus!«

Der Kellner eilte. Auf der Bühne verschwanden die Tänzerinnen ohne Verbeugung. Die Musik spielte einen Tusch. Der Pianist gab bekannt, man werde nun eine Pause von fünf Minuten einlegen.

Leutselig stand der Standartenführer auf. »Na schön. Das ist der Moment, meine Herren, um mit dem *appeler des dames* zu beginnen.«

Die Offiziere nahmen ihre Gläser und folgten dem Leitwolf in den nächsten Raum.

»Bringen Sie uns den Sekt rüber«, kommandierte der Standartenführer dem Kellner.

Bevor Violet verstand, was vorging, bevor sie ihre erste Vermutung bestätigt sah, welche Art Etablissement die *Alte Heimat* in Wirklichkeit war, spürte sie einen Schatten über sich. In der Annahme, es sei der Kellner, sah sie hoch.

Wenn man eine genaue Erinnerung an einen Menschen hatte und an Begebenheiten, die man mit ihm erlebt, Gefühle, die man geteilt hatte, war es eine groteske Verzerrung, wenn man diesen Menschen in einer Umgebung wiedersah, die mit dem Erlebten nicht in Einklang zu bringen war.

»Ich war nicht sicher«, sagte der groß gewachsene Mann über Violet. »Das heißt, ich war fast sicher, dass es unmöglich ist, dich hier zu sehen.« Er sprach Englisch, er sprach auf die vertraute Art und Weise, wie er und Violet an vielen Arbeitstagen, bei vielen abendlichen Drinks miteinander geredet hatten. »Was machst du denn hier, Vi?«

Aus der Tiefe ihres Erstaunens war es unmöglich, sofort zu antworten. Kein Wort war imstande, ihre Überraschung und Freude auszudrücken. »Max«, sagte sie, schlicht und einfach »Max.«

»Hallo, Vi, schön, dich zu sehen.«

13

Ein Vorgeschmack

»Was tust du hier?« Violet fröstelte in dem dünnen Seidenkleid. Sie hatten die *Alte Heimat* verlassen.

»Sag mir zuerst, was du in Berlin machst.« Max zog sein Sakko aus und legte es ihr um die Schultern.

»Ich bin wegen Olympia hier.« Violet spürte die Wärme, die noch in seiner Jacke hing.

»Du bist extra angereist, um die Nazi-Spiele zu besuchen? Niemand, der nur einen Funken Anstand besitzt, sollte hier sein.«

»Du bist auch hier«, antwortete sie verblüfft.

»Ich habe beruflich in Berlin zu tun.«

»Beruflich? Was macht der Chefredakteur der BBC in einem Berliner Bordell?«

Max nahm die Brille ab. Inzwischen trug er sie offenbar permanent. »Ich soll hier jemanden treffen.«

»Ach ja? Und hast du dir schon eine Dame ausgesucht?« Violet verstand nicht recht, warum sie ihn aufzog, wahrscheinlich, weil sie so ausgelassen war, so froh, ihn wiederzusehen. Max Hammersmith, der Intellektuelle, der geistige Chef der BBC, hatte damals, in ihrer goldenen Zeit, Violets Kreativität angekurbelt, er forderte und überforderte sie. Max war bereit, Violets handwerkliche Unfertigkeit zu dulden, weil er ihre frische Art liebte, Storys zu erfinden. Er brauchte junge Köpfe, verrückte Kreative, um das Radio mit Futter zu versorgen. Kraftvolle, scharfzüngige Texte verlangte er, Tagespolitik, Dokumentationen, Hörspiele. Obwohl sie sich zu Max hingezogen gefühlt hatte, wollte sie ihn vor allem als Autorin überzeugen. Sie wollte ihm ihren beruflichen Aufstieg nicht als Geliebte zurückzahlen müssen. Max ging auf ihren spöttischen Ton nicht ein. »Weißt du eigentlich, was vor sich geht? Du kannst nicht einfach hierherkommen, ohne zu wissen, was in Wirklichkeit passiert. In Berlin, in Deutschland, bald in ganz Europa.«

»Meinst du die Regierung? Die Sache mit den Juden?«
Sie schlüpfte in die Ärmel seiner Jacke.

Er musterte sie mit zusammengekniffenen Augen. »Früher dachte ich mal, dass aus dir eine gute Journalistin werden könnte, Vi. Aber seit du in deinem goldenen Käfig sitzt, scheint es dir egal zu sein, was auf der Welt passiert.«

Ihr gefiel die Art nicht, wie er ihr früheres Abhängigkeitsverhältnis wieder aufleben ließ. Er der kühle Analytiker des Weltgeschehens, sie die dankbar staunende Schülerin, die an seinen Lippen hing.

»Ich laufe durch dieses Berlin«, gab sie zurück. »Und erlebe eine blühende, lebendige Stadt. Ich lasse mich lieber von der Wirklichkeit inspirieren als von dem, was die BBC darüber berichtet.«

»Du siehst nur die Fassade«, entgegnete er nüchtern. »Du siehst, was die Nazis dich sehen lassen wollen, jetzt, da sie von der ganzen Welt beobachtet werden.« Er warf einen Blick zum Eingang der *Alten Heimat*. »Wir müssen bald miteinander reden, Vi, aber ich kann hier nicht weg, bevor ich diese Person gesprochen habe. Wollen wir an die Bar?«

»Das geht nicht.«

»Wieso? Du bist gerade erst gekommen.«

»Ich habe meinen Begleiter in der Staatsoper sitzen lassen. Er lässt sich gerade von Wagner beschallen. Ich muss zurück.«

»Du bist nicht allein hier?«

Hörte sie Enttäuschung in seiner Stimme? »Allein in Berlin? Nein, ich habe jemanden bei mir, der sich bestens in der Stadt auskennt.«

»Wer ist es?«

»Das erzähle ich dir, wenn wir uns wiedersehen. Wann?«

»Morgen?«

Sie tat, als ob sie ihre Termine erst im Geist durchgehen müsste, dabei freute sie sich auf die Begegnung. »Sagen wir zum Lunch?«

»Café Kranzler?«

»Das ist nicht weit vom Savoy, oder?«

Endlich überzog jenes Lachen das Gesicht von Max, das sie so mochte. »Du bist ausgerechnet im Savoy abgestiegen?«

»Macht der Gewohnheit.« Sie grinste, schlüpfte aus seinem Sakko und gab es zurück. »Gute Nacht, Max. Bis morgen.«

Als sie die Staatsoper erreichte, bestätigte sich ihre Befürchtung. Das Gebäude war hell erleuchtet, Menschen strömten in die Sommernacht. So endlos ihr *Siegfried* auch erschienen war, irgendwann hatte sogar diese Oper ein Ende. Violet drängte sich zwischen den Wagnerianern hindurch und rannte die Treppe hinauf.

»Da bist du ja.« Omar erwartete sie an der Logentür. Als ob sie nur ein paar Minuten fort gewesen wäre, trat er auf sie zu und küsste ihre Hand.

»Entschuldige, Omar, ich weiß auch nicht, wie das kam. Ich war draußen, die Luft war so lind und der Abend so schön. All die Menschen ...«

»Du brauchst mir nichts zu erklären«, erwiderte er sanft. »Wagner ist eben nicht für jedermann.«

»Du bist mir nicht böse?« Erleichtert berührte sie seine Wange. »Hast du die Oper wenigstens genossen?«

»Es war phantastisch. Ich habe den Brünhilde-Akt noch nie so durchlässig gehört. Bestimmte Passagen habe ich heute zum ersten Mal verstanden. Ich bin überzeugt, dass Karajan eine beachtliche Karriere vor sich hat. Er wird nicht für immer in Aachen versauern.«

»Wieso Aachen?«

»Er ist der jüngste Generalmusikdirektor Deutschlands, wenn auch nur am Theater Aachen.« Omar hakte sie unter. »Aber das soll er dir am besten selbst erzählen.«

»Was?« Sie sträubte sich. »Nein, Omar, bitte, ich bin

nicht in der Stimmung, einen Dirigenten kennenzulernen, aus dessen Vorstellung ich rausgelaufen bin.«

»Ich habe Herbert versprochen, dass wir kommen. Das wäre im höchsten Grad unhöflich.«

Als eine der Letzten traten sie ins Freie. Omar führte Violet zum seitlichen Eingang.

»Es sind bestimmt noch andere interessante Leute dort«, versuchte er sie zu überreden. »Musiker, Sänger, Politiker.« Er drückte Violets Hand. »*Tout Berlin* wird da sein.«

Abrupt blieb sie stehen. »Ich will mich aber nicht mit *tout Berlin* unterhalten. Ich will wissen, was mit uns los ist, Omar. Was machen wir hier eigentlich, du und ich in Berlin? Du bist zuvorkommend, charmant, du gibst mir den Eindruck, als ob du mich sympathisch findest, dich für mich interessierst, aber zugleich … zugleich …« Sie haspelte, stockte. Es war unüblich, eigentlich undenkbar, dass eine Frau solche Fragen stellte. Dinge dieser Art sprach man nicht aus, und wenn doch, war es der Mann, der die Initiative ergriff. Die Frau hatte zu warten, bis sie erobert wurde. Violet hatte keine Lust mehr, zu warten, besonders nicht nach einem Abend wie diesem. »Also, was sagst du?«

Omar machte ein Gesicht, das eher nachdenklich als

überrascht wirkte. »Das ist eine sehr direkte Frage«, erwiderte er. »Und eine direkte Frage verdient eine ebenso direkte Antwort.« Er nahm Violet in seine Arme und küsste sie.

Er küsste so gut, wie er aussah. Er war so leidenschaftlich, wie sie es sich manchmal vorgestellt hatte. Er war ein begehrenswerter Mann, der Violet zu einer Reise überredet hatte. Violet war mit ihm nach Berlin gereist, weil sie sich nach Liebe sehnte, nach Fröhlichkeit, Hingabe und ein bisschen Taumel des Glücks. Ihr Wunsch war scherenschnittartig, vielleicht naiv. Seit Johns Tod lebte sie nur noch für das Hotel, für ihren kranken Großvater und die täglichen Pflichten. Omars Kuss war das Zeichen, dass ihr Wunsch in Erfüllung gehen würde. Jetzt sollte sie sich an ihn schmiegen, seinen Kuss erwidern und ihm vorschlagen, auf dem schnellsten Weg ins Hotel zu fahren.

Violet ließ sich von Omar streicheln, sie fühlte ihre Arme um seinen Hals, seinen Schenkel an ihrem Becken, sie spürte all die äußeren Zeichen, die prophezeiten, dass dies eine leidenschaftliche Nacht werden würde. Zugleich aber spürte sie – nichts. Gar nichts. Kein Verlangen, keine Erregung, nicht das selige Flirren, das einen romantischen Kuss sonst begleitete. Violet blieb sonderbar kühl. Sie

konnte nicht aufhören, sich bei dem, was sie tat, zu beobachten, sie spürte den Anflug des Bartes, der bei ihm
abends bereits sprießte, fühlte das Zigarettenetui in seiner
Brusttasche. Ihr entging nicht, wie geschickt seine Hände
sich in der Nähe ihrer Brüste bewegten, ihren Rücken
entlangglitten und den Pobacken einen Vorgeschmack
von dem gaben, was noch kommen mochte. Doch Violet
konnte sich seinen verführerischen Handgriffen nicht
öffnen, sie empfand keine Freude daran, und das – schlag-
artig wurde es ihr klar – war die Schuld von Max Hammersmith.

Seit sie Max unvermutet wiedergesehen hatte, nein,
weil sie ihn schicksalshaft an diesem eigentümlichen Ort
wiedergesehen hatte, war für Violet ein Relais gefallen.
Nicht weil sie in ihm ihre verlorene Liebe wiedererkannte
und in Sehnsucht zu ihm entbrannte, sie war nur einfach
nicht mehr imstande, Omar mit seiner leichtfüßigen,
charmanten Attitüde ernst zu nehmen. Sie wollte ihn
nicht mehr. War das launisch, wankelmütig, war es der
Ausdruck von Violets Unentschiedenheit in allen Belan-
gen des Gefühls? Oder war es mehr? Hatte sie in Omar
immer nur den *Prinzen* gesehen, den man von Ferne bewunderte, der seinen Zauber aber verlor, sobald man ihm
zu nahe kam? Omar kam ihr gerade sehr nahe. Violet

suchte einen Grund, wie sie aus der zärtlichen Situation, die sie selbst ausgelöst hatte, entfliehen konnte, ohne ihn zu verletzen. Mit einer zärtlichen Geste schob sie den Marquet zurück.

»Omar ...« Sie sah ihn an, dann senkte sie den Blick. Verhielten Frauen sich nicht so, wenn sie beeindruckt und durchschauert waren? Violet hoffte, dass andere Frauen sich so verhielten, sie selbst hatte wenig Übung in weiblichen Arabesken dieser Art. »Das war wundervoll.«

»Ja, das war es.« Er strich sein Haar aus der Stirn. »Und jetzt?«, fragte er im Bewusstsein seiner erotischen Meisterschaft. »Was machen wir jetzt?«

Sie lachte hell. »Weißt du was? Ich habe plötzlich Lust, auf diesen Empfang zu gehen.«

Für einen Moment musterte er sie argwöhnisch. War sein Kuss nicht der Gipfel der Herrlichkeit gewesen, schien sein Blick zu fragen. Doch schon lächelte Omar wieder, dem jegliche Vorstellung abging, dass irgendeine Frau nicht hingerissen von ihm sein könnte. »Das finde ich nett, dass du mich begleiten willst.« Er nahm ihre Hand. »Ich freue mich, dir Herbert vorzustellen.«

»Jetzt freue ich mich auch darauf«, log sie.

»Wenn wir Glück haben, ist sogar Göring da.« Zärtlich

untergehakt schlenderten sie los. »Karajan steht unter seinem persönlichen Schutz.«

Sie erreichten den Bühneneingang, Omar sagte dem Pförtner, er werde auf Karajans Empfang in der Kantine der Staatsoper erwartet.

14

Earl Grey

»Hitler braucht den Krieg. Er kann ohne Krieg nicht mehr lange weitermachen. Seine Arbeitsbeschaffungsmaßnahmen, durch die er Vollbeschäftigung schafft, verschlingen Milliarden. Er kann gar nicht so viele Juden und politisch Andersdenkende enteignen und ihre Vermögen beschlagnahmen, dass es für seine finanzielle Misere reichen würde. Wenn nicht bald etwas geschieht, stehen die Nazis vor dem Bankrott. Nur der Krieg kann sie noch retten.«

Es war ein wunderschöner Sommertag. Die Platanen vor dem Café Kranzler wiegten sich zum Klang der belebten Straße. Die Damen führten ihre reizvollsten Kostüme auf dem Kurfürstendamm spazieren, die Herren stolzierten den Berlinerinnen hinterher. Der Kaffee wurde mit einem Sahnehäubchen serviert, die Torten zierten Streusel und Zuckerglasur. Violet hatte ihren Zupfkuchen noch nicht angerührt.

»Weiter. Weiter.« Sie trank den dritten Kaffee, schöpfte die Sahne ab und packte sie auf den Kuchen. Die letzte Nacht war lang und alkoholisch gewesen. Bis vier Uhr morgens waren sie mit Leuten von der Oper beisammengesessen. Violet hatte unter Karajans Bewunderern viele Speichellecker ausgemacht, die dem Maestro die Worte am liebsten von den Lippen geküsst hätten. Karajan war ein munterer Schwadronneur, er kannte viele Theatergeschichten und ließ sich dafür beklatschen.

»Furtwängler hat eine großartige Einfühlungsgabe«, erzählte er. »Seit drei Wochen hat er sich mit Beethoven beschäftigt, und was soll ich Ihnen sagen? Schon hat er Gehörstörungen!« Der Kreis seiner Jünger wand sich vor Lachen. Karajan fuhr fort, die Monumente berühmter Kollegen zu bespötteln, um sein eigenes Monument zu errichten.

Omar hatte sich zur Runde um den Dirigenten gesellt, während Violet es genoss, nach Langem wieder einmal mit Theaterleuten zu plaudern. Für ein paar sommerliche Stunden kam das alles wieder, was sie früher geliebt hatte, die fiebrige Sorge vor Premieren, das Hickhack mit der Direktion, der ständige Kampf um die Besetzungen. Für Violet war es eine Reise durch die Vergangenheit.

Zu Beginn der Feier war ein feister Uniformierter samt Entourage einmarschiert, hatte dem schmächtigen Karajan auf die Schulter geklopft, ein Glas Sekt gekippt und war wieder abgerauscht. Danach war das Hakenkreuz noch eine Zeit lang in der Staatskantine präsent gewesen, doch nach und nach blieben die Künstler unter sich. Man schenkte der hübschen Engländerin tüchtig Weißwein ein, sie sagte auch zum klaren Korn nicht Nein. Als es draußen längst hell war, ging man mit Bedauern auseinander und versprach sich einhellig, den Kontakt nicht abreißen zu lassen. Wie oft hatte Violet das schon gehört und konnte doch vorhersagen, dass man sich heute zum letzten Mal sah. Sie und Omar fuhren ins Savoy, er brachte sie zu ihrem Zimmer. Betrunken wie sie war, fand er es wohl chevaleresk, nicht an den Kuss von vorhin anzuschließen, sondern sich zurückzuziehen.

Am Morgen darauf nahm Violet mehrere Alka-Seltzer und tat ihr Möglichstes, sich für die Begegnung mit Max in Schuss zu bringen. Den Weg zum *Café Kranzler* legte sie zu Fuß zurück. Die Sonne stach, sie dankte es eiserner Konzentration und ihrer dunklen Brille, dass sie sicher in der Rotunde zwischen Ku'damm und Kantstraße ankam, und sagte Max, dass sie lieber drinnen sitzen wolle.

»Der letzte Schachzug der Nazis ist raffiniert und perfide zugleich.« Max trank Tee, vielleicht, um sich eine kleine britische Insel innerhalb der deutschen Barbarei zu bewahren. »Per Reichserlass haben sie die Verklammerung der deutschen Polizei mit dem Parteiamt Reichsführer SS durchgesetzt. Weißt du, was das bedeutet?«

Violet wusste es nicht.

»Das heißt, sie brauchen sich bei der Judenverfolgung und ihren sonstigen Schweinereien nicht mehr kontrollieren zu lassen. Die SS bestimmt ab jetzt, wer verhaftet, wer deportiert wird oder wer bei einem Verhör unglücklich aus dem Fenster fällt.« Er schwenkte die Zitrone im Earl Grey. »Hast du die Kerle gestern denn nicht gesehen? Du musst sie gesehen haben, du bist ja praktisch mit ihnen zusammen ins Lokal gekommen.«

»Die Kerle?« Sie nahm die dunkle Brille ab.

»SS-Offiziere, eine ganze Rotte davon, hohe Besetzung, angeführt von einem Standartenführer.«

Violet fiel ihre kleine Verfolgungsjagd ein, als sie die

Männer in den schwarzen Uniformen für muntere Nachtschwärmer gehalten hatte. Sie schämte sich, die SS-Männer nicht erkannt zu haben. Sie schämte sich schon den ganzen Morgen. Was war aus ihr geworden? Früher hatte sie sich mit dem Zeitgeschehen beschäftigt, Radiokommentare verfasst, sie hatte Buchrezensionen geschrieben, Shakespeare-Überarbeitungen verfertigt, und auch wenn sie keine politische Kommentatorin war, wusste sie, was vorging, und diskutierte die brennenden Tagesfragen. Seit sie das Hotel leitete, diskutierte sie vor allem, ob die Bettwäsche turnusmäßig überprüft wurde, weil die Zimmermädchen sonst stets die gleichen Laken in die Wäsche gaben, bis sie zu Fetzen zerfielen. Sie war eine Meisterin im Smalltalk mit Gästen geworden und konnte sich meistens nach Sekunden schon nicht mehr erinnern, worüber sie geplaudert hatte. Ein Hamsterweibchen im Laufrad des Savoy war sie geworden, während in der Welt drastische Umwälzungen vor sich gingen.

Und plötzlich tauchte Max wieder auf, dessen Begabung, hinter die Fassaden zu schauen, sie immer bewundert hatte. Er machte ihr klar, dass sie nichts wusste, nichts verstand und in sträflicher Naivität ihre Augen vor der deutschen Wirklichkeit verschloss.

»Was ist deine Aufgabe in Berlin, Max?«

Er zündete sich eine Zigarette an. »Du kennst meine Aufgabe. Ich beobachte, ich analysiere und berichte.«

Härter, ernster kamen ihr seine Augen vor. Er presste die Lippen zusammen, als ob sich das Unrecht, mit dem er konfrontiert war, auf sein Gemüt legen würde. Max sprach von der willkürlichen Führergewalt im Reich, die keinerlei Kontrolle unterlag, von Hitlers Aufkündigung der Verträge von Locarno, dem Einmarsch der Wehrmacht in das entmilitarisierte Rheinland, dem weder Frankreich noch Großbritannien Widerstand entgegensetzten.

»Wusstest du, dass unsere Regierung den Franzosen die Unterstützung für eine Rückeroberung des Rheinlandes verweigert hat? Das wäre die einzige Sprache gewesen, die Hitler versteht. Ohne Bündnispartner sind die Franzosen zu schwach, um der neuen Wehrmacht entgegenzutreten. Es ist absehbar, welche Folge die britische Schwäche haben wird. Jedem denkenden Menschen muss klar sein, dass der nächste Krieg nicht mehr aufzuhalten ist. Aber was tun die Nationen, was unternehmen die Regierungen? Sie hofieren Hitler, indem sie, ihre Spitzensportler im Gepäck, nach Berlin reisen und an den deutschen Spielen teilnehmen, an einer propagandistischen

Massenveranstaltung, die die Grundsätze von Olympia mit Füßen tritt.«

Max redete sich derart in Rage, dass Gäste an den Nebentischen schon herüberschauten. Die meisten verstanden ihn wohl nicht, da er Englisch sprach, doch konnte man sicher sein?

»Morgen ist die Eröffnung«, sagte Violet leise.

Er starrte in die leere Tasse. »Wirst du dort sein?«

»Natürlich. Du auch?«

»Ich bin in der Pressekabine.«

»Wir haben … Ich glaube, wir haben sogar besonders gute Plätze.«

»Dann wünsche ich beste Unterhaltung.« Es klang zynischer, als er es meinte. Plötzlich nahm Max ihre Hand. »Geh da nicht hin, Vi. Denk dir irgendetwas aus. Du könntest plötzlich krank sein.«

»Was würde das ändern, wenn ich nicht bei der Zeremonie erscheine?«

»Du weißt, ich bin kein melodramatischer Mensch, Vi.« Er ließ ihre Hand nicht los. »Aber es ist das Böse. Ich kann es nicht anders nennen. Was in diesem Land geschieht, ist aus sich heraus falsch und böse. Mir wäre es lieber, wenn du abreisen würdest.«

Sie spürte, dass er recht hatte, und wünschte sich gleich-

zeitig, dass er übertrieb. »Ich bin doch gerade erst angekommen.« Sie versuchte es mit einem Lächeln.

»Wie du meinst.« Max stand so abrupt auf, dass sein
Stuhl gegen die Glasfassade stieß. »Dann sehen wir uns
ja morgen.« Er legte einen Geldschein auf den Tisch und
verließ das Café.

15

Bewölkt von Tauben

Und plötzlich war alles anders. Violet sah alles durch die Augen von Max. Hatte sie es immer schon so gesehen? War sie nur zu faul, zu träge gewesen, ihre Augen zu öffnen? Hatte sie bewusst eine Brille benutzt, die das Bild entzerrte? *Verzerrung* war die Bezeichnung, die am besten auf das Spektakel passte. Alles war ins Gigantische vergrößert. Hatte man je ein gewaltigeres Stadion gesehen? Einhundertfünfzehntausend Menschen fanden darin Platz. Der S-Bahnhof beim Olympiafeld war so konzipiert, dass stündlich achtundvierzigtausend Menschen ankommen und abfahren konnten. Fahnen ohne

Zahl bewegten sich in der Sommerbrise, Fanfaren schmetterten Marschmusik und zwangen zum Gleichschritt. In militärischer Ordnung marschierten die Nationen ein. Wer hatte es ihnen befohlen? Machten sie es freiwillig? Dass die Italiener, Österreicher und Japaner mit dem deutschen Gruß hereinziehen würden, hatte man erwartet. Wieso taten die Franzosen es ihnen gleich? Zum Klang der Marseillaise marschierten sie ein, Baskenmützen auf dem Kopf. *Contre nous de la tyrannie* sangen sie und zeigten den Hitlergruß. Der Führer stand auf, ein fröhliches Lächeln auf seinen Zügen. Die Franzosen, denen er in diesem Jahr das Rheinland weggenommen hatte, machten ihm das schönste Geschenk durch die Unterwerfungsgeste. Jubel der Zehntausenden beim Einmarsch der deutschen Delegation. Sie kamen in strahlend weißen Uniformen, eine weißgewaschene Armee. Der Führer grüßte gönnerhaft, heiter, beglückt.

Mit einer gewaltigen Motorkavalkade war er aus der Reichskanzlei hervorgebraust. Zu beiden Seiten säumten die Massen die Straßen, das Hakenkreuz wehte aus den Fenstern und prangte an den Armen der Jubelnden. Ach, das Jubelgeschrei! Die Rufe nach dem Führer, der Blumenteppich, den man ihm streute, welch ein Delirium. Später im Stadion wurden die Besucher aus aller Welt Zeuge, wie der Diktator die breite Ehrentreppe hinabschritt, gefolgt von fünfzig Staatenführern, Honoratioren und Paladinen. Das Ganze bot sich als religiöses Ereignis dar, die Menge schrie hysterisch nach ihrem Idol, bettelte gleichsam um seine Präsenz, unheimlich, beängstigend, wie der Personenkult um sich griff. Ein Meer von Armen, ausgestreckt nach dem Einen.

Entspannt, väterlich fast, sprach er die magischen Worte: »Ich verkünde die Spiele von Berlin zur Feier der elften Olympiade neuer Zeitrechnung als eröffnet.«

Sonst kein Wort mehr, kein einziges Wort des großen Redners, keine markige Ansprache. Propaganda hatte er nicht mehr nötig. An diesem Tag trug seine Propaganda und die Wirtschaftskraft der Deutschen, die das Ereignis möglich machte, den Sieg davon, bevor die Wettkämpfe überhaupt begonnen hatten. Der Führer war Sieger, uneinholbar, unanfechtbar, kein Schiedsrichter weit und breit, der ihn hätte disqualifizieren können. Vom höchsten Punkt seiner Tribüne aus übersah, beaufsichtigte er das Ganze, als ob dies seine Eröffnung, sein persönliches Olympia wäre. Er war es, der glorifiziert wurde, der Sport war Nebensache. Mild lächelte er für die Kinder aus aller Welt, die zu seinen Füßen zu *spielen* begannen. Er beschützte sie, er schenkte ihnen sein Berlin, damit sie ihre Kräfte messen konnten. Geduldig verfolgte er die nicht enden wollende Parade der Weltgemeinschaft, die sich militärisch aufzureihen hatte.

Unmittelbar darauf wurden fünfundzwanzigtausend Tauben in die Luft gelassen. Der Himmel war verdunkelt von Tauben, Friedenssymbol, zugleich Symbol der Überwältigung, mit der die Deutschen vor die Welt traten. Während die Tauben über dem Stadion kreisten, schoss man Salutschüsse aus dreißig Kanonen ab, die wiederum die Tauben so erschreckten, dass sie ein kleines Gewitter auf die Besucher niedergehen ließen. Der Taubenkot verursachte ein Geprassel auf den sommerlichen Strohhüten der Männer, schlimmer war es für die Damen, die die Angst der Tauben in den Haaren zu spüren bekamen.

Als sich jedermann an seinem Platz befand, erschien der Fackelträger, Hüne und Jüngling in einem, schmal, blond, ernst. Zum Haupteingang lief er herein und drehte auf der Stadionbahn eine Ehrenrunde. Es war das erste Mal überhaupt, dass dieses Ritual zelebriert wurde. Die Nazis hatten das Konzept des Fackellaufes, der im antiken Olympia startete und das olympische Feuer bis nach Berlin trug, erfunden. Der junge Mann rannte die Stufen zum höchsten Punkt der Arena hoch und entzündete die olympische Schale, die von nun an die ewige Flamme enthielt, die bis zum Ende der Spiele brennen würde.

Repräsentanten aller Weltsprachen traten an die Mikrofone und gaben die erste Kampfdisziplin bekannt. Als der englische Sprecher das Wort ergriff, war Violet in Schweiß gebadet. Die Vorgänge, so erhebend und beispielhaft sie sich auch präsentierten, setzten ihr körperlich zu. Mit jeder Minute durchschaute sie das tönende Gaukelspiel deutlicher, das sich hinter der vorgetäuschten weltumspannenden Toleranz verbarg. Es war nichts als hohler Pomp, nur dazu da, der internationalen Besucherschaft Sand in die Augen zu streuen.

Der britische Sprecher begann. »Over fifty nations are represented here today. Competition will be kean, for each country has chosen its best to compete against the rest of the world. The first event of the day will be the discus throwing.«

Der erste Athlet, Carpenter aus den USA, trat in der klassischen Disziplin an. Schwingend und kreisend schleuderte er den Diskus, taumelte dabei aber über die

Linie, sein Wurf zählte nicht. Schröder, der deutsche Weltrekordmann, warf die Scheibe siebenundvierzig Meter zweiundzwanzig. Nach ihm erreichte der Norweger Soerli achtundvierzig Meter siebenundsiebzig. Violet hörte, wie der Ansager einen Athleten aus Griechenland ansagte. Dann sank sie entkräftet vornüber.

»Um Himmels willen, Vi …«, hörte sie Omar entfernt sagen, spürte, wie er sie auf den Sitz zurückhob und ihre Wange tätschelte. »Das ist die Hitze, die Hitze wahrscheinlich«, hörte sie, da Umsitzende offenbar aufmerksam wurden. Omar ließ Violet los. »He, Sie da!«, rief er. »Ich brauche einen Arzt, Krankenwagen, helfen Sie uns!«

Es gellte aus dem Lautsprecher. »Nun der zweite Amerikaner, Dunn!« Ein kurzes Innehalten, das Schweigen der Neugier. »Neunundvierzig Meter sechsunddreißig!«

Jubel drang aus hunderttausend Kehlen, dieses eigentümliche Geräusch, wenn so viele Menschen gemeinsam schrien. Nicht ihre Lautstärke war beängstigend, sondern die kreischende Höhe, zu der ihr Ton sich aufschwang. Die unbezwingbare Macht, die von der Masse ausging, war das Beängstigende daran. Wer wollte diesen Massen Einhalt gebieten, wenn sie zu einem gemeinsamen Ziel loszogen? Niemand, dachte Violet in ihrer Dunkelheit, niemand würde ihnen Einhalt gebieten.

»Ich muss abreisen.« Sie lag auf keiner Bahre, das war ein regelrechtes Bett. Die Deutschen hatten auch für den Fall vorgesorgt, falls hysterische, hitzeempfindliche, hypersensible Frauen dem Druck der Massenveranstaltung nicht standhalten würden. Violet versuchte, sich nicht vorzustellen, welches Bild sie abgegeben hatte, als man sie quer durch die Zuschauerreihen aus dem Stadion transportierte. Der Arzt trug einen taillierten weißen Mantel und hatte manikürte Fingernägel. Er hatte Violet eine Spritze gegeben, empfahl ihr ein paar Minuten Ruhe und ging zum nächsten Patienten weiter.

Omar beugte sich über sie. »Was hast du gesagt?«

»Ich muss abreisen«, wiederholte sie wispernd.

»Wir sind gerade erst angekommen in Berlin.«

»Ich muss raus hier.«

»Das hört sich an, als ob du im Gefängnis wärst.«

»Bring mich fort, Omar.«

»Wohin?« Als sie nicht antwortete, zeigte er aus dem

Fenster. »Die ganze Welt ist hier, Vi. Hitler auf der Tribüne, Staatschefs, Künstler, Sportgrößen sind versammelt. Es gibt keinen Ort auf der Welt, der aufregender sein könnte. Und du willst fort? Wohin, verdammt noch mal?« Sein hübsches Gesicht tauchte wieder über ihr auf. »Entschuldige, das habe ich nicht so gemeint. Warum willst du nicht hierbleiben?«

»Der Krieg«, murmelte sie.

Er nahm ihre Hand. »Du täuschst dich. Das sind Wettkämpfe, die friedlichsten Kämpfe der Welt. Niemand will Krieg.«

»Der Krieg kommt. Er ist schon da. Ich will nach London.«

»Hör mal, Vi …«

Sie schob seine Hand beiseite. »Bring mich nach Hause, Omar.« Sie öffnete die Augen. Er hatte einen Gesichtsausdruck, als ob er etwas Schlechtes gegessen hätte. Es tat ihr leid. Er konnte ja nichts dafür. Es war ihre Unfähigkeit, mit dem Taumel dieser Stadt umzugehen, der Massensuggestion, der sich jedermann unterzuordnen schien. Violet setzte sich auf. »Entschuldige Omar, ich habe nur an mich gedacht. Verzeih mir.«

»Du hast es dir also überlegt?«

»Ja, ich habe es mir überlegt. Da du so gern hierbleiben

willst, fahre ich allein. Ich buche die nächste Passage nach England.«

»Violet, das ist die Hitze, glaub mir, du bist nur benommen. Bald geht es dir besser, dann werden wir es schön haben in Berlin, denkst du nicht? Wir beide im Savoy, nächtliche Spaziergänge, stimmungsvolle Dinners. Man kann hier so viel sehen und erleben.« Er besann sich einen Moment. »Und wenn du nicht zu den Wettspielen mitkommen magst, ist das auch in Ordnung. Dann gehe ich eben allein. Oder – weißt du was? Ich pfeife auf Olympia. Nur wir beide in Berlin, wie wäre das?«

Violet schob die Beine von der Liege. Es ging ihr besser. Weshalb hatte Omar diese Engelsgeduld mit ihr? Liebe konnte es nicht sein, Begehren wohl auch nicht, dazu hatte er bereits zu viele Gelegenheiten verstreichen lassen. Höflichkeit vielleicht? War der Marquet so gut erzogen, dass er auf die Olympischen Spiele verzichtete, nur um Violet Gesellschaft zu leisten?

»Das kann ich nicht von dir verlangen, Omar. Du hast genug getan. Hast die ganze Organisation auf dich genommen, warst zuvorkommend und lieb, hast dir Mühe gegeben, damit mir die Reise gefällt. Es ist nicht deine Schuld, es liegt an mir. Ich bin am falschen Ort, das ist mir erst seit Kurzem klar geworden. Wir sollten keine große Sache daraus machen. Du genießt die Spiele, ich kehre nach London zurück. Wenn du eines Tages wieder dort bist, sehen wir weiter. Was mich betrifft, ist die Reise beendet.«

Nachdenklich stand er da. Sie hätte einiges dafür gegeben, seine Gedanken lesen zu können. »Ist das dein letztes Wort?«

»Ja, ich bin mir sicher, Omar.« Sie berührte seinen Arm. »Sei nicht böse.«

Plötzlich tauchte sein gewohnt souveränes Lächeln wieder auf. »Wie kann ich dir böse sein? Du magst Wagner nicht, du magst den Sport nicht, du magst den Führer und die Deutschen nicht. Da bleibt nicht mehr viel, was ich dir in Berlin bieten könnte.«

»Danke, dass du es so sportlich nimmst«, lächelte sie.

»Wie wollen wir also vorgehen?«

»Am besten, wir sagen uns gleich hier Lebewohl. Du kehrst auf die Tribüne zurück, ich nehme die vielgepriesene neue S-Bahn, fahre in die Stadt, packe und besteige den Nachtzug Richtung Ostende. Mit etwas Glück bin ich morgen um die Mittagszeit in London.«

»Morgen?«, erwiderte er versonnen. »Ja, das wäre durchaus zu schaffen.«

Violet kam auf die Beine, hielt sich aber vorsichtshalber an der Liege fest. »Ich danke dir für ereignisreiche Tage,

Omar.« Sie küsste ihn zart auf die Wange. »Und hoffe, dass wir uns einmal wiedersehen.«

Violet verließ die Krankenstation. Nun, da sie ihren Entschluss gefasst hatte, kam ihr die Augusthitze nicht mehr so drückend vor.

16

Die Macht der Masse

Die Sonne versank hinter den Dächern der Fasanenstraße. Violet schloss die kleine Reisetasche. Das große Gepäck hatte sie bereits zum Bahnhof vorausgeschickt. Das Telefon klingelte, man informierte sie, das Taxi stehe bereit. Mit einem letzten nüchternen Blick verließ sie ihr Zimmer im Berliner Savoy. In der Lobby gab sie die üblichen Trinkgelder und deponierte einen Brief für Max an der Rezeption, der ihm alles erklären sollte. Schließlich stieg sie in den wartenden Wagen. Selbst abends ließ die Sommerhitze kaum nach, das grüne Reisekostüm würde bestimmt zu warm sein.

An der Kreuzung Kantstraße war viel los, die Menschen schienen für ein besonderes Ereignis auf die Straße zu gehen. Neben den eleganten Damen und Herren entdeckte Violet einfache Leute, Berliner mit Schirmmützen und Hakenkreuzbinden, Arbeiter samt Frauen und Kindern. Sie riefen etwas, schrien es einander zu, sie wirkten auf sommerlich heitere Art erregt. Das Taxi kam nur im Schritttempo voran. Ungehindert strömten die Leute auf die Fahrbahn. Nach zwei Blocks steckte der Wagen fest.

»Abgesperrt.« Der Fahrer drehte sich um. »Von hier bis zur Bismarckstraße ist alles gesperrt.«

»Warum nehmen Sie keinen anderen Weg?«

»Ich dachte, es wird nicht so doll und wir schaffen es noch. Aber die Leute sind ja ganz aus dem Häuschen.« Er zuckte die Schultern.

»Was ist denn so *doll,* dass die Leute aus dem Häuschen sind?«

»Er kommt vom Olympiastadion zurück.«

»Wer?«

Sie wusste es, noch während sie die Frage stellte. Wieder einmal kam ihr der Führer in die Quere. Bis zuletzt ließ er Violet nicht fort aus seinem Berlin, ohne ihr seine Allgegenwart vor Augen zu führen.

»Dann gehe ich eben zu Fuß.« Sie zückte ihre Börse. »Es sind ja nur ein paar Hundert Meter zum Bahnhof.«

»Und Ihre Tasche?« Der Fahrer zeigte auf den Neben-sitz. »Soll ich Ihnen einen Träger rufen?«

»Das schaffe ich allein.« Sie beglich die Rechnung, nahm ihr Gepäck und stieg aus.

Violet schloss sich nicht dem Tross der Schaulustigen an, die darauf warteten, dass sie einen Blick auf den Füh-rer erhaschen konnten, der in die Reichskanzlei zurück-kehrte. Sie suchte eine offene Passage, durcheilte eine Häuserzeile und trat am anderen Ende wieder auf den Boulevard. Auch hier war alles abgeriegelt. Metallzäune stellten die Grenze dar, die keiner überschreiten durfte. Die Menge konnte nicht vorwärts, und sie wollte um kei-nen Preis zurück. Die Zäune wirkten harmlos im Gegen-satz zur Entschlossenheit und der glücklichen Vorfreude in den Gesichtern. Ihre Tasche an sich pressend drängte Violet an eines der Gitter heran.

»Na hören Sie mal, wir waren vor Ihnen da«, sagte eine Frau. Ihr Mann stieß eine unverständliche Verwünschung aus.

Sinnlos, den Leuten zu erklären, dass Violet nur den Bahnhof erreichen und dem Hexenkessel Berlin samt Führer entfliehen wollte. Sie zog es vor, nicht aufzufallen, und zog sich zurück. In der Gegenrichtung schien die Straße passierbar zu sein. Mit höflichen Entschuldigungen arbeitete sie sich durch das Gedränge, bis sie die letzten Häuser erreichte. Hier standen weniger Leute, hier gab es nichts zu sehen. Im Rücken der Wartenden lief Violet an den Fassaden entlang und setzte ihren Weg Richtung Bahnhof fort. Es konnte jetzt nicht mehr weit sein.

Ein Ruck ging durch die Menge, eine Woge erfasste sie. Auch wenn der Einzelne noch nicht sah, was geschah, die Masse begriff es. Die Masse reagierte wie ein großer mächtiger Körper, und alle riss die Bewegung mit. Violet drehte sich um. Dort hinten, wo man viel Polizei konzentriert hatte, tauchte ein Wagen auf. Er kam die breite Straße herunter, gefolgt von einer Motorkavalkade. Die Menge wurde wach, Freude erfasste sie. Dort kam der Mann, um dessentwillen sie den Weg aus der Vorstadt gemacht hatten, das Symbol ihrer Hoffnung, unwandelbar in seiner Gesinnung. Er hatte ihnen von Anfang an prophezeit, wie es kommen würde, wenn man ihn nur machen ließe, und so war es gekommen. Er hatte der Menge den Feind gezeigt und den Feind gebrandmarkt. Er hatte vorausgesagt, dass alles besser würde, wenn man dem Feind mit offenem Visier entgegentreten würde, und es war besser geworden, für alle, bis auf den Feind.

Schon konnte sie den Silberstern auf dem Kühler, den Wimpel mit dem Eichenlaub in Gold erkennen, der das Hakenkreuz umrankte. Der Wagen fuhr Schritttempo. Das Idol gab den Menschen Gelegenheit, ihn zu bejubeln.

Während Violet mehr die Verklärung in den Gesichtern der Wartenden bestaunte als das Objekt ihrer Bewunderung, bemerkte sie eine Bewegung, die im Widerspruch zur Massenbewegung stand. Jemand tauchte aus einem Torbogen auf. Das Tor war mit Brettern vernagelt, Unrat lag in der Nische. Violet dachte an das Naheliegende: Der Mann hatte in der uneinsehbaren Ecke seine Notdurft verrichtet. Während alle vorwärts drängten, um der Wagenkolonne näher zu kommen, blieb er in der Einfahrt. Da er trotz der Sommerhitze Hut und Mantel trug, erkannte Violet ihn nicht sofort. Bisher hatte sie diesen Mann entweder in eleganten Anzügen oder im Frack gesehen. Seine Haut war bronzefarben, eine blonde Locke ragte unter dem Hut hervor. Im Schatten der Krempe erkannte sie seine hellen Augen.

»Omar?«, murmelte Violet. »Omar!«, stieß sie hervor. Was machte der Mann, von dem sie sich verabschiedet hatte, in der schmutzigen Einfahrt? Gewiss war er nicht gekommen, um sich dem allgemeinen Jubel anzuschließen. Eine Gruppe junger Leute, die sich bessere Plätze sichern wollten, drängte Violet ab. Zwischen der Menschenmenge und der Hausmauer entstand eine Gasse. Violet trat dem Mann im Torbogen entgegen.

»Was machst du hier?« Sie bemerkte seine Hand in der Manteltasche, seine Entschlossenheit und zugleich den Schrecken in seinen Augen. »Bist du mir etwa gefolgt?«

»Ach, Vi, es tut mir so leid«, flüsterte er.

Die Menge starrte in die entgegengesetzte Richtung. Die jubelnde Masse hatte keinen Blick für das, was sich in ihrem Rücken abspielte. Sie hatten nur Augen für das Fahrzeug, das *ihn* näher brachte, sie waren hingegeben an den Augenblick, als er mit erhobenem Arm an ihnen vorüberschwebte, Freude und Würde gleichermaßen verströmend, Größe und Menschlichkeit. Niemandem außer ihm war es gegeben, den Menschen gleichzeitig so nah und so entrückt zu sein.

Die Tornische hielt einen zweiten Mann verborgen, einen Stämmigen in Grau, die Mütze tief in die Stirn gezogen. Abwartend trat er neben Omar.

»Tu es«, sagte Durbollière.

Violet sah Omar an. Vertrauensvoll war sie ihm in die deutsche Hauptstadt gefolgt, hatte sich von diesem Mann Zärtlichkeit, vielleicht Leidenschaft, jedenfalls aber ein Abenteuer versprochen, wollte sich von ihm aus dem

Trott ihres Alltags entführen lassen und stand ihm nun schutzlos gegenüber, umringt von fremden Leuten einer fremden Nation, die ihrem Heilsbringer zujubelten. Noch nie war Violet von einem Menschen in solchem Maß betrogen worden. Sie hatte keine Begründung dafür, wusste nur, es war der letzte Moment, um zu handeln. Einige Meter entfernt stand ein Schutzmann und sicherte den Kordon, den die Menge nicht durchbrechen sollte. Violet rief den Polizisten um Hilfe. Im Geschrei der Tausenden war ihr Ruf nicht zu hören.

»Tu es jetzt«, sagte Omar. In seinen Worten lag nüchterne Notwendigkeit.

Ohne Hast kam der Stämmige auf Violet zu und legte den Kopf schief, als ob er sie taxieren würde. Dann schlug er sie ohne Vorwarnung ins Gesicht, schlug zu, wie man einem Schlachtvieh zuerst die Besinnung raubte, bevor man es abstach. Violet fühlte das Rauschen, das namenlose Staunen. Der Schmerz ließ noch auf sich warten. Sie war benommen, aber nicht bewusstlos, ihre Beine gaben nach. Wollte sie nicht stürzen, musste sie sich an demjenigen festhalten, der sie geschlagen hatte. Gelassen fing er sie auf, hob die schmale Frau hoch, ihr Arm baumelte schlaff herab. Der Mann trug sie gemessenen Schrittes hinter der Menschenmenge entlang, die keinen Blick auf die Leblose warf. Der Führer war da, der Irrsinn brach los. Der Stämmige brachte Violet zum nächsten Durchgang und trat mit ihr ins Halbdunkel. Omar folgte ihnen in einigem Abstand. Als die schwarze Limousine des Reichskanzlers dicht vor ihm war, hob Omar den Arm zum Gruß. Mit ihrem letzten Gedanken bedauerte Violet, dass sie den Nachtzug nach Ostende wohl nicht mehr erreichen würde.

17

Gemma Galloway

»Mr Durbollière?«

»Ja?«

Ohne Umstände nahm Max am Tisch des Marquets Platz. »Man sagte mir, Sie sind der Reisebegleiter von Miss Violet Mason.«

Omar ließ die Gabel sinken, ein wenig Kartoffelsalat kleckerte auf das Tischtuch. »Wer sind Sie? Ich bin gerade beim Essen.«

»Mein Name ist Hammersmith. Ich berichte für die BBC über die Olympischen Spiele.«

»Was wollen Sie von mir?«

Max bemerkte den heraneilenden Kellner. »Wie ich schon sagte, ich suche Miss Mason.«

»Wünschen Sie zu speisen, der Herr?«, fragte der Mann mit der langen weißen Schürze.

»Ein Bier. Kalt«, antwortete Max.

»Das Savoy bietet Ihnen die Wahl zwischen Öttinger, Warsteiner, Paulaner und Hasseröder Bier, mein Herr.«

»Was würden Sie denn trinken?«, fragte Max den Kellner, um die Sache abzukürzen.

»Meine persönliche Vorliebe gehört dem Bier mit dem Auerhahn«, scherzte der Kellner.

»Dann das. Aber kalt.«

»Sogleich, mein Herr.«

Omar schnitt ein winziges Stück von der Thüringer Rostbratwurst ab. »Was wollen Sie von Violet?«

»Ich bin ein alter Freund von ihr. Wir haben uns neulich getroffen. An der Rezeption sagte man mir, sie sei abgereist.«

Omar kaute langsam und mit Genuss. »Das ist richtig, und zwar schon vorgestern.«

»Sonderbar.«

»Was ist daran sonderbar?«

»Ich habe nach London gekabelt. Die Direktion des Savoy schreibt, dort sei sie nicht angekommen.«

»Wahrscheinlich hat sie einen kleinen Umweg genommen.« Omar lächelte. »Es ist Sommer, Monsieur, Ferienzeit.«

»Aber weshalb ist sie Hals über Kopf abgereist? Die Spiele sind noch in vollem Gang.«

»Violet konnte dem Spektakel nicht allzu viel abgewinnen. Der Trubel, die Hitze, die vielen Menschen.« Omar hob die Hand mit der Gabel. »Es ist mir leider nicht gelungen, sie umzustimmen.«

Max trug Violets Brief in der Tasche. Ihre Zeilen waren deutlich. Ihr spurloses Verschwinden war mit diesem Brief nicht in Einklang zu bringen.

Lieber Max,

ich gebe Dir tausend Mal recht. Berlin ist eine Stadt im Ausnahmezustand, eine Stadt in Hypnose. Ich habe so etwas noch nie erlebt. Es ist unvorstellbar, dass wir Engländer uns einem einzigen Menschen gegenüber so verhalten könnten. Es macht mir Angst. Ich reise, wie Du mir geraten hast, heute noch ab und kehre ins Savoy zurück. Sobald ich ankomme, melde ich mich. Sollte es Deine Zeit erlauben, freue ich mich, wenn wir uns wiedersehen. Du hast mir viel über den Krieg und die Deutschen erzählt, aber so wenig über Dich. Wie ist es

Dir in den Jahren ergangen? Wie geht es Susan, Deiner
Frau? Ich freue mich auf ein Wiedersehen.
Beste Grüße, Vi.

Der Kellner brachte das Bier in der Flasche und goss stil-
voll ein. Eine Pause entstand, in der Durbollière seine Brat-
wurst aß.

»Wohl bekomm's, mein Herr.«

Max nahm den ersten Schluck. »Machen Sie sich denn
keine Sorgen, wo Violet sein könnte?«

»Nein.«

»Und wenn ihr etwas zugestoßen ist?«

»Das glaube ich nicht.« Durbollière war daran gelegen,
das Thema zu wechseln. »Wie finden Sie die Spiele bisher?«

»Jesse Owens lässt den Deutschen keine Chance.«

»Kann man das jetzt schon sagen? Immerhin kommen
noch einige Disziplinen.«

Max tat einen durstigen Zug. »Einhundert Meter Gold,
zweihundert Meter Gold, und wie er sich im Weitsprung
gegen Luz Long durchgesetzt hat, das war außergewöhnlich.«

»Er hat den Deutschen nur deshalb besiegt, weil Luz
Long ihm geholfen hat. Der Neger hatte schon zwei Fehl-
versuche, als der Deutsche ihm den Tipp gab, seine Ab-

sprungposition ein paar Zentimeter vorzuverlegen. So eine Fairness habe ich selten erlebt.«

Max musterte den Marquet. »Ihre Sympathie gehört offensichtlich den Gastebern.«

»Man muss den Deutschen eine Chance geben«, nickte Durbollière. »Sie sind wirklich bemüht, damit jedermann sich in Berlin wohlfühlt. Diese Spiele sind erstklassig organisiert und schlagen alle Rekorde. Das sollte gewürdigt werden.« Ein kurzer Blick zu Max. »Übrigens auch in der BBC.«

»Organisation allein ist nicht alles.«

»Aber damit fängt alles an.« Omar legte das Besteck zusammen. »Jetzt entschuldigen Sie mich bitte. Ich bin sicher, Violet geht es gut. Bestimmt trifft sie in ein paar Tagen wohlbehalten in London ein.« Er stand auf und eilte mit raschen Schritten aus dem Speisesaal.

⁃⎯⎯⎯⎯⎯⎯⎯⎯⎯⎯⎯⎯⎯⎯ᴑ

»Sie hat mich gesehen«, sagte Durbollière.

»Das kommt vor«, antwortete Berta Schuster.

»Sie hätte mich aber nicht sehen dürfen.«

»Solche Dinge lassen sich nicht bis ins kleinste Detail planen, Omar.«

»Das ist aber ein entscheidendes Detail.« Er stieß den Spazierstock in die weiche Erde und blickte in die Runde. »Wo bleibt er denn? Ich muss die Sache mit ihm besprechen, nicht mit dir.«

»Er wird gleich hier sein.«

Die Bank, auf der Berta Schuster und der Marquet saßen, wurde von einer alten Kastanie beschattet. So mächtig stand sie in der Mitte einer Wiese im Tiergartenpark, als ob andere Gehölze sich nicht näher an sie heranwagen sollten. Die Wiese bot freien Blick, schon von Weitem sah man, wenn jemand sich näherte.

Berta Schuster spielte mit den Falten ihres Kleides, braun mit grünen Tupfen. Der Stoff fühlte sich wunderbar an. Ein braunes Kleid passte am besten zu ihrem rostrot getönten Haar. Berta Schuster trauerte der Zeit hinterher, als sie durch strahlendes Blond aufgefallen war, ein Blond, das in der Natur nicht vorkam und ihr gerade deshalb so gut stand. Ihr feines Haar hatte das Bleichen allerdings nicht lange vertragen, daher war sie über den Umweg ihrer natürlichen Haarfarbe schließlich bei Rot gelandet. Berta Schuster liebte das Künstliche, das Kunstvolle, die phantastische Verkleidung, die aus einer Berliner Pflanze ein Geschöpf der Nacht machte, Objekt der Begierde, Circe, Femme fatale – es gab so viele Namen für die Frau, in deren Haut sie so gerne schlüpfte. Deshalb weigerte sie sich auch, den Namen Berta Schuster zu tragen, er war gewöhnlich und unerheblich, eine Frau wie sie wurde erst durch das Ungewöhnliche sichtbar. Es erschien daher natürlich, ihren bürgerlichen Namen abzulegen und sich Gemma Galloway zu nennen. Der Name war nicht nur frei erfunden, er passte als Künstlername zu der besonderen Art von Aufgaben, die Gemma für Viktor Kamarowski erledigte. Dieser Name war wie sie, preziös und voller Raffinesse.

Sie hatte die Aufgabe übernommen, Durbollière, den Berufscharmeur, zur Raison zu bringen. Er mochte aussehen wie ein Freibeuter, in Wirklichkeit war er ein ängstliches Frettchen, weichlich, durchschaubar und nur auf den eigenen Vorteil bedacht. Gemma Galloway hatte sich den Adelsspross vor Zeiten einmal in ihr Bett geholt. Sie konnte sich kaum noch daran erinnern, so gewöhnlich war die Erfahrung gewesen.

Er stand auf und begann einen nervösen Rundgang um die Bank. »Es ist wohl klar, was das bedeutet.«

»Ach ja? Was bedeutet das, Omar?«

»Violet darf nicht wiederkehren.« Er gab seiner Miene einen dramatischen Ausdruck.

»Wieso nicht?«

»Weil sie mich kompromittieren würde.«

»Wie denkst du dir das denn?« Gemma Galloway mischte ihrer Überraschung ein wenig moralische Entrüstung bei. »Glaubst du, wir wollen Violet verschwinden lassen? Ich fürchte, du hast eine falsche Vorstellung von unserem Unternehmen.«

»Genau genommen habe ich gar keine Vorstellung davon. Weshalb sollte ich Violet unbedingt aus London fortbringen?«

»Je weniger du weißt, Omar, desto verlässlicher kann dich niemand zu einer unbedachten Äußerung zwingen.« Gemma lächelte mütterlich. »Bedauerlich nur, dass dein Helfershelfer die Entführung so ungeschickt erledigt hat, dass Violet dich sehen konnte.«

»Das ist leider wahr. Ich könnte Tanguy dafür umbringen.« Durbollière machte einen hektischen Schritt aus dem Schatten und sah sich auf der Wiese um. »Wo bleibt Kamarowski? Ich muss mit ihm sprechen.«

»Viktor ist ein vielbeschäftiger Mann. Setz dich.« Kameradschaftlich klopfte Gemma neben sich auf die Bank. »Warum erzählst du mir nicht, was dich beunruhigt?«

»Dass Violet mich gesehen hat, ist schon schlimm genug. Aber jetzt ist ein Mann von der BBC aufgetaucht.«

»Max Hammersmith«, nickte Gemma.

»Du kennst ihn?«

»Wir wissen, dass er in Berlin ist. Violet hat sich mit ihm getroffen.«

»Wieso sagt man mir so etwas nicht?«

»Wozu wäre das gut gewesen?«

»Der Mann ist Reporter, ein berufsmäßiger Schnüffler. Er wird nicht ruhen, bis er Violet gefunden hat.«

»Niemand findet sie.« Entspannt ließ Gemma ihren Blick über die Parklandschaft schweifen. In der Mittagshitze fanden sich kaum Spaziergänger ein. Man hatte den Eindruck, irgendwo auf dem Land zu sein. »Du wirst weiterhin die Olympischen Spiele besuchen, Omar. Danach reist du wie vorgesehen ab.«

»Und Violet?«

»Das soll nicht deine Sorge sein.«

»Aber wenn Miss Mason eines Tages nach London zurückkehrt, wird sie schwerwiegende Anschuldigungen gegen mich erheben.«

»Deshalb solltest du London in nächster Zeit meiden. Die ganze Welt steht dir offen.«

»Der Arm der britischen Justiz reicht weit, und ich möchte nicht …« Er unterbrach sich. Hinter einer Eibenschonung tauchte ein Mann auf. Omar kniff die Augen zusammen, um den Näherkommenden besser zu sehen.

Nachdem der Fremde die halbe Wiese überquert hatte, blieb er stehen, nahm den Hut ab, blickte zum wolkenlosen Himmel, zog ein Taschentuch und wischte sich die Stirn ab. Dann setzte er seinen Weg Richtung Moabit fort.

»Wo bleibt er nur?«, murmelte Omar.

18

Siebzig Fuß

Es war ein möbliertes Zimmer, ohne Licht, ohne Fenster. Violet hatte den Raum nur mit ihren Händen erkundet. Es gab Nischen, aber keine Durchgänge. Es gab eine Tür, doch die Klinke fehlte. Es gab einen seidenbezogenen Sessel, sie hatte sich den Fuß daran gestoßen. Es roch muffig, wahrscheinlich lag der Raum unter der Erde. Sie ertastete das Bett, der Stoff fühlte sich samtig an, wie ein Fell. Sie breitete ihre Reisejacke darauf, bevor sie sich niederlegte. Die Finsternis machte den Raum heimtückisch. Es war beängstigend, nur auf Gerüche und seinen Tastsinn angewiesen zu sein.

Mithilfe einer Taschenlampe hatte ihr der Entführer den Eimer für die Notdurft gezeigt, eine Feldflasche mit Wasser auf den Tisch gestellt und eine Soldatenration, wie die Truppen sie in ihren Tornistern trugen. Das Paket stammte womöglich noch aus dem Krieg, Kommissbrot verdarb auch nach Jahrzehnten nicht. Gleich darauf war das Licht verschwunden und nicht wiedergekehrt. Violet hatte ihrem Entführer kein Wort der Erklärung entlocken können.

Sie hatte Hunger, aber essen konnte sie nichts. Getrunken hatte sie alles, die Flasche war leer. Die jagenden Gedanken in der Finsternis. Man sollte meinen, es sei leichter, im Dunkeln nachzudenken, es war schwerer, weil alles, auch das Schreckliche, sich grenzenlos ausweitete. In der Finsternis erschien möglich, was sich bei Licht als Trug erwiesen hätte. Violet betastete ihre Wunde. Der Kiefer war nicht gebrochen. Der Bluterguss zog sich vom Kinn bis zum Ohr. Verwunderlich, dass sie nach einem solchen Schlag das Bewusstsein nicht völlig verloren hatte, auch im Wagen nicht, zu dem der Stämmige sie getragen hatte. Er drückte sie zu Boden und warf einen Mantel über sie. Der Wagen fuhr los, bald verloren sich die Jubelschreie für den Führer. Sie fuhren durch ruhige Straßen.

Es konnte genauso gut Tag oder Nacht sein. Von ihrem

nagenden Hunger leitete Violet ab, dass sie wenigstens schon zwei Tage hier sein musste. Angezogen lag sie auf dem Bett. Bis auf den muffigen Geruch war ihr die Kühle willkommen. Im Geist reihte sie aneinander, was ihr an Bruchstücken durch den Kopf ging. Außerhalb ihres Bewusstseins trieb sich die Todesangst herum. Sie war nur auszusperren, solange Violet eine Gedankenordnung in ihre lichtlose Gegenwart brachte. Den Tod schloss sie fürs Erste aus. Wenn ihr Tod das Ziel gewesen wäre, hätte man sie bereits umgebracht. Stattdessen hielt man sie fest, hielt sie in Berlin fest, einer fremden Stadt, einer feindlichen Stadt, wenn Max recht hatte. So brachial die Stadt auch auf sie wirkte, hielt Violet sie doch für einen Nebenschauplatz. Der wirkliche Schauplatz lag woanders.

Sie war nicht aus eigenem Antrieb zu den Spielen aufgebrochen. Omar hatte sie manipuliert, ihn zu begleiten. Freudig war sie mitgekommen, verlockt durch die Vorstellung, einmal Urlaub vom Savoy zu nehmen. Doch worin lag der Sinn, Violet erst nach Berlin zu locken und dann gefangen zu nehmen? Wer war sie, was stellte sie dar, dass man so mit ihr umsprang? Sie war die Direktorin eines Londoner Hotels.

Eines Londoner Hotels.

Das Savoy, dachte Violet.

»Das Savoy«, sagte sie in die Finsternis. Hatte man sie aus ihrem eigenen Haus fortgelockt? Nichts könnte befremdlicher sein. Sie wurde dort gebraucht. Judy brauchte sie, Großvater Laurence wünschte sich ihre Anwesenheit, das Personal brauchte sie. Wem war damit gedient, wenn Violet das Hotel für Wochen sich selbst überließ? Sie war Durbollière nach Berlin gefolgt, trotzdem konnte sie sich nicht vorstellen, dass er der Drahtzieher hinter dem Ganzen sein sollte. Er war ein Leichtgewicht, ein charmanter Hans Dampf, der es genoss, sich im Licht von Berühmtheiten zu sonnen, gut zu speisen und sich im Spiegel von Frauen zu betrachten, die ihn bewunderten. Omar war kein Gewalttäter, er war … Mitten im Gedanken setzte Violet sich auf.

»Ein Köder. Er ist nur ein Köder gewesen. Und ich habe angebissen.«

Wenn sie dahinterkam, wer den Köder ausgeworfen hatte, würde sie vielleicht voraussehen, was geschah, sobald sich diese Tür das nächste Mal öffnete. Das Savoy, dachte sie. Das Savoy war ein Bau mit vielen Zimmern, die nächteweise vermietet wurden. Das Savoy war nicht irgendein Hotel, sondern ein geschichtsträchtiges Haus. Die Großen der Welt waren dort ein- und ausgegangen, Könige, Regierungschefs, Berühmtheiten aller Couleurs.

Es war ein Haus an einem besonderen Platz. An kaum einem anderen Ort präsentierte sich London so vielfältig und farbenfroh. Das Ufer der Themse, die Waterloo Bridge, der Palast von Westminster, auch die Residenz des Königs lagen in unmittelbarer Reichweite. Das Savoy befand sich im Herzen Londons und damit im Herzen der schönsten und traditionsreichsten Stadt der Welt. Das Savoy war gewissermaßen eine Perle im Nabel der Welt. Wenn das Savoy die Perle darstellte, war Violet die Hüterin dieser Perle. Daraus folgte: Wollte irgendjemand die Perle rauben, musste er sie von Violet rauben. Man konnte ein Hotel nicht rauben, dachte sie, aber man konnte die Besitzerin von der Perle trennen. Doch weshalb griff man dann zu einer derart komplizierten Vorgehensweise? Wer profitierte davon, dass Violet nicht nach Hause zurückkehren durfte? Für wen konnte ihre Gefangenschaft von Vorteil sein?

In der Finsternis, ausgeliefert an ihre Verzweiflung, war es ihr unmöglich, eine Antwort darauf zu finden. Sie stellte die Füße zu Boden, streckte die Arme vor, stand auf und tastete sich bis zur nächsten Mauer. Es war eine Kaminwand, der Verputz war abgeblättert, als ob hinter den Ziegelsteinen manchmal große Hitze herrschte. Vom Kamin ausgehend begann sie sich im Zimmer entlangzutasten. Wenn man das Bett etwas zur Seite rückte, entstand genügend Platz für einen Umgang. Das Zimmer maß etwa zwanzig mal fünfzehn Fuß, es hatte eine Tür, kein Fenster. Im Uhrzeigersinn bewegte Violet sich an den Wänden entlang. Sobald sie die Tür wieder erreicht hatte, zählte sie einen Rundgang dazu und hatte siebzig Fuß zurückgelegt. Sie zählte gewissenhaft, aus den Feet wurden Yards und nach einem Zeitraum, den sie für eine halbe Stunde hielt, addierten sich die Yards zu einer Meile zusammen. Violet hatte ihre erste Meile zurückgelegt. Um Eintönigkeit zu vermeiden, wechselte sie die Richtung. Es sollten noch einige Meilen dazukommen, bevor sie das nächste Mal rasten würde. Mit jedem Schritt bewegte sie auch ihre Gedanken weiter. Es hielt sie wach, es hielt ihre Lebensgeister am Laufen. Violet war unterwegs.

***

»Ich war von Anfang an dagegen.« Judys Stimme klang entfernt. Die Leitung war in diesen Tagen häufig schlecht, zu viele Menschen telefonierten von und nach Berlin.

»Wie sollte ich denn wissen, dass Durbollière seinen ehemaligen Offiziersburschen auf die delikate Aufgabe ansetzen würde?«, verteidigte sich Kamarowski. Er hielt den Hörer etwas vom Ohr ab, Schweiß auf der Muschel ekelte ihn.

»Sie hätten das persönlich regeln müssen, Viktor.«

»Es musste schnell gehen. Miss Mason war bereits auf dem Weg zum Bahnhof. Einen Tag später wäre sie in London eingetroffen. Wäre das in Ihrem Sinn gewesen, Judy?«

Eine Pause entstand. Kamarowski drehte sich zur Seite. Nur ein kleines Handtuch bedeckte ihn. Die Hitze wurde von Tag zu Tag unerträglicher. Morgens riss man die Fenster weit auf, aber bereits zu Mittag war jede Bewegung schweißtreibend. Kamarowski betrachtete seinen Körper. Für einen Mann seines Alters sah er noch passabel aus. Nebenan im Bett stieß Berta Schuster einen kleinen Seufzer aus. Beneidenswert, dass sie zu jeder Tages- und Nachtzeit schlafen konnte. Sie verschlief die Hitze einfach. Vorhin war sie als Gemma Galloway aufgetreten, ihre eindrücklichste Rolle. Es war ihr gelungen, den Franzosen ruhigzustellen, diesen eitlen Faun, der als Liebhaber versagt hatte und sich dem Missverständnis hingab, von irgendwelcher Bedeutung zu sein.

»Wir werden Violet wohl umbringen müssen«, sagte Judy versonnen.

»Wäre das wünschenswert?«, entgegnete er ohne eine Spur von Überraschung.

»Nicht die beste Lösung, zweifellos, aber so, wie die Dinge liegen …« Ein kurzes Rauschen in der Leitung. »Vi darf nicht wieder auf freien Fuß kommen. Sind wir uns da einig?«

»Ach Gott, mir ist das so zuwider«, seufzte Kamarowski.

»Mir doch auch.«

Er schmunzelte über Judys feminine Lüge. »Wem sollen wir die Aufgabe Ihrer Meinung nach übertragen?«

»Warum nicht dem Haudrauf, der Violet niedergeschlagen hat? Wer ist das überhaupt?«

»Er heißt Tanguy und war Durbollières Offiziersbursche während des Krieges. Er spricht nur bretonisch.«

»Schwer vorzustellen, dass Durbollière einmal für irgendetwas *gekämpft* hat. Bestimmt hat er sein Möglichstes getan, es zu vermeiden.«

Kamarowski zog das Handtuch beiseite. Später, wenn es kühler war, würde er Berta Schuster wecken. Sie war eigentlich immer in Stimmung.

»Das bedeutet also … ihren Tod?«, fragte Judy schlicht.

»Wie weit sind Sie inzwischen mit den Arbeiten im Savoy?«, fragte Kamarowski ausweichend.

»Der vierte Stock ist fertig. Im zweiten und dritten sind die Arbeiten noch im Gang. Selbst wenn Violet bis zum

Ende der Olympischen Spiele in Berlin geblieben wäre, hätten wir es kaum geschafft.«

»Mit anderen Worten, wir haben noch ein paar Tage.« Mit dem Handtuch wischte er sich über die Stirn.

»Ein paar Tage wofür?«

»Um über diese oder eine andere Lösung nachzudenken.«

»Sollten Sie in Wirklichkeit weicher sein, als Ihr Ruf Ihnen nachsagt, Viktor?« Er hörte Judy lachen.

»Keine Ahnung. Ich habe nur gelernt, dass man tote Menschen nicht wieder lebendig machen kann. Violet ist gut für das Savoy. Sie hat dem Hotel einen weltoffenen Anstrich gegeben, nachdem ihr Großvater Würde und Renommee für das Haus gebracht hat. Weltoffenheit und Würde, beides ist wichtig für uns. Die ganze zivilisierte Welt soll ins Savoy strömen, dazu brauchen wir die richtige Fassade. Das Savoy muss eine einzige wunderbare Verlockung sein, verstehen Sie? Deshalb wäre es schade, wenn Violet umkäme.«

»Wenn ich Sie richtig verstehe, trauen Sie mir diese *Fassade* nicht zu?« Judy wählte einen scherzhaften Ton, doch Kamarowski hörte die Kränkung heraus.

»Liebe Judy, Sie sind ein Kunstwerk der organisierten Skrupellosigkeit. Ich kenne keine Frau, die weniger Gewissen hat als Sie. Aber für die Funktion, von der wir sprechen, braucht es den Glanz von Wahrheit, Menschenliebe und Schönheit. All das hat Violet, sie glaubt an das Gute im Menschen und lebt nach dem Anspruch, die Welt zu einem schöneren Ort zu machen. Wenn auch nicht die ganze Welt, dann doch zumindest das Savoy. Das sind Eigenschaften, die man nicht einfach fortwirft.«

Da Judy schwieg, gab er seinen Argumenten zusätzlich Zunder. »Die Öffentlichkeit liebt das romantische Märchen, das sich um Violet rankt, die Geschichte von der *Prinzessin über Nacht.* Sie war eine graue Maus im Londoner Theaterbetrieb, hat unwichtige Texte für das Radio geschrieben und in einer billigen Bleibe in Pimlicoe gehaust. Durch das Testament ihres Großvaters wurde die uneheliche Enkelin über Nacht zum Paradiesvogel, der durch das Hotel flattert. Lassen wir sie fliegen, Judy. Solange eine Frau wie Sie ihr jederzeit die Flügel stutzen kann, sehe ich darin keine Gefahr.«

»Und wie wollen wir Violet ihre Gefangenschaft später erklären?«

»Wir haben ihr gar nichts zu erklären«, lächelte Kamarowski. »Es sind unsichere Zeiten. Sie befindet sich in einer barbarischen Stadt, da kommen solche Dinge vor.

Woher sollen ausgerechnet wir wissen, wer Miss Mason Gewalt angetan hat?«

»Und Durbollière? Er hat sich von Violet erwischen lassen. Sie wird wissen wollen, was er damit zu tun hatte.«

»Das ist ein guter Punkt, Judy. Wenn irgendjemand sterben muss, sollte das der Franzose sein.« Kamarowski legte seine Hand auf Berta Schusters unvergleichliches Hinterteil. »Danke für Ihren Anruf, Judy. Wie ist das Wetter in London?«

»Feucht und zu kühl für die Jahreszeit.«

»Ich beneide Sie. Wir sterben hier vor Hitze. Die armen Athleten tun mir leid, die bei solchen Temperaturen im Stadion herumhampeln müssen.«

Sie verabschiedeten sich, Judy legte als Erste auf. Kamarowski lauschte noch einen Moment auf das Rauschen.

19

Die Augen eines Hundes

Omar betrat die Kneipe *Zum weißen Schornsteinfeger*. Hierher kam man, um sich zu betrinken, hier ruhten sich die Huren, manchmal auch die Schutzmänner aus, wenn ihnen die Füße wehtaten. Man fragte nicht viel im *Schornsteinfeger*, man erzählte nicht viel. Die Leute saßen nur da, ihre Konzentration gehörte dem Trinken. Tanguy, der Bretone, erwartete seinen Herrn. Er saß an einem Tisch und betrachtete seine großen behaarten Hände.

Abgewandt von den übrigen Gästen nahm Omar Platz. »Wie geht es ihr? Was macht sie?«

Tanguy betrachtete seine Hände. »Sie hat kein Licht. Sie kann nicht viel machen.«

»Warum gibst du ihr kein Licht?«

»Dort ist kein elektrischer Strom, mon Lieutenant.«

»Stell ihr ein paar Kerzen hin.«

»Mit Kerzen könnte sie Unfug anstellen, und ich kann nicht die ganze Zeit auf sie aufpassen. Ich habe ihren Eimer gewechselt. War fast nichts drin.«

»Isst sie?«

»Wenig.«

»Gibst du ihr genug zu trinken?«

»Jeden Tag kriegt sie eine volle Flasche, Lieutenant.«

»Bei der Hitze? Gib ihr mehr.«

»Wie Sie befehlen.«

»Bring ihr Kerzen. Sie wird froh sein, wenn sie Licht hat.«

Der Bretone betrachtete seine Hände.

Philibert hätte liebend gern mit jemandem über die Angelegenheit gesprochen, doch wie redete man mit einem, der nur dasaß und keinen Muskel bewegte? »Ich finde die ganze Sache schrecklich, Tanguy. Ich fürchte, Miss Mason wird uns in schlechter Erinnerung behalten.«

»Was soll mit ihr geschehen, Lieutenant?«

»Ich weiß es nicht. Ich meine … ich habe es noch nicht entschieden.«

»Zu lange sollte sie nicht da unten bleiben. Die Luft ist nicht gut zum Atmen.«

»Was ist mit der Luft?«

»Die Gasleitungen verlaufen gleich daneben. Es riecht sonderbar.«

»Willst du sagen, dass Gas austritt? Dann solltest du ihr besser keine Kerzen bringen. Spätestens zum Ende der Spiele ist es vorbei, Tanguy.«

Der Bretone stand langsam auf. »Wollen Sie auch etwas trinken, Lieutenant?« Er wandte sich zur Theke.

»Absinth. Und nenn mich nicht dauernd so.«

»Entschuldigung.« Tanguy ging an den Tresen und bestellte. Mit zwei Gläsern kam er zurück. »Wollen Sie sie sehen?«

»Miss Mason sehen, warum?«

»Weshalb sind Sie sonst hergekommen, in eine solche Gegend?«

»Sie *sehen*?« Der Marquet schüttelte den Kopf. »Nein, ich mache mir lediglich Sorgen um sie.« Philibert entdeckte schmutzige Flecken am Rand des Glases. Er stellte es wieder ab.

»Wollen Sie keinen Absinth?«

»Ich muss los, Tanguy. Brauchst du Geld?«

»Sie haben mir genug Geld gegeben.«

»Schön. Schön.« Omar hätte gehen können, aber etwas hielt ihn zurück. Er hatte niemanden auf der Welt, dem er wirklich vertraute, keine Menschenseele, bis auf seinen Burschen, mit dem er an der Marne gelegen hatte, an der Somme, überall, wo sich die französische Armee für den Stellungskrieg eingegraben hatte. Die Schlachten waren sämtlich ohne Ergebnis geblieben. Es hatte weder Sieger noch Besiegte gegeben. Man tat nichts weiter, als den Feind auf der anderen Seite anzustarren und zu warten, bis die nächste Offensive befohlen wurde. In dieser Zeit hatten die Soldaten von Frauen oder von zu Hause geträumt. Omar träumte nicht, er begnügte sich mit der Gesellschaft von Tanguy. Als ob er einen großen starken Hund um sich hätte, so kam es ihm vor.

»Wie gefällt dir Berlin, Tanguy?«

»Ich habe nichts davon gesehen.«

»Willst du bummeln gehen?« Philibert tastete nach seiner Brieftasche.

»Ich will nicht bummeln, Lieutenant. Hier ist es gut. Die Wirtin kocht anständig. Ich kann ja auch nicht fort wegen Miss Mason.«

»Gleich nachdem die Spiele vorbei sind, kannst du nach Hause.«

»Und Sie, Lieutenant?«

»Ich weiß noch nicht, wohin es mich als Nächstes zieht.«

Tanguy betrachtete seine Hände.

Philibert schob sein Glas zum Bretonen. »Trink du ihn.« Ohne ein weiteres Wort stand er auf und verließ den *Schornsteinfeger*.

Jeder, der Omar kannte, nahm an, dass er mehr Freunde und Bewunderinnen hatte, als ihm lieb war, aber niemand kannte ihn eben richtig. Im Freien fühlte er sich plötzlich einsam. Meistens versuchte er, seiner Einsamkeit zu entfliehen, aber heute trug er sie lieber mit sich herum. Er hätte in die Oper gehen können, Götterdämmerung. Er hätte zu den Frauen gehen können, aber eigentlich war es immer das Gleiche, egal ob Wagner oder Frauen, die unerbittliche Hausmannskost des Lebens. Ohne Ziel wandte sich Omar in irgendeine Gasse, es war egal. Er verschwand unter den Linden, die entlang der Straße standen.

Während der Marquet ging, trat hinter einer Ecke ein groß gewachsener Mann hervor. Trotz der Hitze trug er Anzug und Weste. Er nahm die Brille ab, putzte sie und setzte sie wieder auf. Max Hammersmith betrat den *Weißen Schornsteinfeger*.

Violet schloss die Wasserflasche. Sie ertastete das Päckchen mit der Feldration, zerbröckelte das Kommissbrot und begann zu kauen. Sie musste bei Kräften bleiben.

Schritte näherten sich, sie fuhr zusammen. Zum vierten, fünften, zum wievielten Mal bekam sie Besuch? Hätte sie mitgezählt, wüsste sie, wie viele Tage sie schon hier war. Er kam immer nur einmal am Tag, dieser Mann aus Stein. Er redete nicht, brachte Wasser und eine Feldration, er tauschte den Eimer aus. Violet hatte mehrmals versucht, ihn anzusprechen, doch die Ziegelwände, die sie umgaben, waren gesprächiger als er.

Draußen wurde der Riegel zurückgeschoben. Immer wenn das geschah, machte sich Violet schockhaft ihre Lage bewusst. Niemand ahnte, wo sie war, niemand würde ihr zu Hilfe kommen. Dieser Mann konnte sie töten, ihren Körper vergraben, niemand würde je erfahren, wie Violet Mason geendet hatte.

Der Mann aus Stein stand vor ihr. Heute kam er ohne Taschenlampe, trug stattdessen einen Kerzenleuchter.

Wäre nicht so viel Angst in ihr gewesen, Violet hätte über diesen melodramatischen Auftritt gelächelt. Der Mann stellte den Leuchter auf den Tisch.

»Darf ich das Licht behalten?«, fragte sie, um ein Gespräch zu beginnen. Sein stumpfer Blick mochte ein Hinweis sein, dass er sie nicht verstand. Violet wiederholte den Satz auf Deutsch. »Wollen Sie mich einschüchtern? Sie können mich nicht einschüchtern. Zumindest nicht stärker, als ich schon eingeschüchtert bin.«

Er wandte sich zum Eimer und nahm den Deckel hoch.

»Wo bin ich? Was haben Sie mit mir vor? Wollen Sie mich umbringen?«

Er stellte einen leeren Eimer ab.

»Warum reden Sie nicht mit mir?«

Er tauschte auch die Wasserflaschen aus.

Violet hatte genug von der einseitigen Unterhaltung, sprang auf ihn zu und packte den Mann bei den Schultern. »Sie können mich nicht ewig hier festhalten. Was soll mit mir geschehen?«

Sie schaute in die Augen eines Kindes. Nein, kein Kind, das waren die verständnisvollen Augen eines Hundes. Ein Hund, der nicht beißen wollte, seine Aufgabe, sie zu bewachen, aber sehr ernst nahm. Er war der Wachhund, an dem sie nicht vorbeikam. Seine riesige Hand näherte sich, er betastete ihren Bluterguss am Wangenbein. Violet zuckte zurück. Ein Ausdruck des Bedauerns trat in die Hundeaugen. Mühelos schüttelte er ihre Hände ab und ging zur Tür.

Sie konnte ihre Panik nicht länger unterdrücken. »Ich will, dass Sie mich gehen lassen!« Sie stürzte ihm nach. Die Tür schloss sich vor Violet, der Riegel wurde vorgeschoben.

Er hatte den Leuchter zurückgelassen. Zwei Kerzen, die eine war halb heruntergebrannt. In ihrer Einsamkeit, ihrer Verzweiflung empfand Violet das fensterlose Zimmer zum ersten Mal als *Heim.* Der Sessel war mit rotem Samt bezogen. Das Bett hatte eine Wolldecke mit dem Aufdruck *Bat5-Zg12,* die Soldatendecke aus einem Regiment, das es längst nicht mehr gab. Wie ein blindes Tier aus der Tiefsee hatte Violet die letzten Tage verbracht. Sie musste ihre Augen erst wieder an das Sehen gewöhnen. Ängstlich trat sie vor den Spiegel im Barockrahmen, den sie bisher nur ertastet hatte. Sie rechnete mit einem schlimmen Anblick, mit der beginnenden Entmenschung der Gefangenen. In den vielen Stunden ihrer Dunkelheit hatte Violet an den *Grafen von Monte Christo* denken müssen, jenem heroischen Roman, in dem der Titelheld sein Leben jahrelang in einer lichtlosen Zelle fristete und nach seiner Flucht schockiert vom eigenen Spiegelbild war. Violet dagegen sah ganz passabel aus. Blasser war sie, die Haare wirrer als sonst, aber nicht einmal der Bluterguss im Gesicht gab das Elend wieder, das sie empfand. Sie war eingesperrt in einem Zimmer unter der Erde. Violet blies eine der Kerzen aus. Sie wollte sparen, wollte so lange Licht im Zimmer haben, wie nur möglich.

20

Die Flamme

Max Hammersmith nahm auf der Bank Platz. Ob Sommer oder Winter, immer stand diese Bank vor dem *Schornsteinfeger*. Das gusseiserne Ding war zu schwer, um es hineinzutragen. Er legte die Jacke ab und öffnete den Hemdkragen. Während er in das Sonnenfunkeln zwischen den Lindenblättern blinzelte und einer Wolke nachsah, die ihn an Rauken erinnerte, während Passanten an ihm vorüberschlenderten, fanden zur gleichen Zeit die olympischen Rudermeisterschaften statt. Max hatte vorgehabt, die englische Mannschaft anzufeuern, war aber gar nicht erst zur Regattastrecke hinausgefahren. Ein Aufmarsch der Hitlerjugend stand hinterher auf dem Programm. Max hatte längst begriffen, dass der Führer das Reichssportfeld beim Olympiastadion nur angelegt hatte, um dort seine Paraden zu inszenieren. Alles bewegte sich im Gleichschritt seines Willens, auch die Kinder.

Max atmete tief durch. Heute war er zum dritten Mal hier, ohne genaue Vorstellung davon, was er mit seiner Anwesenheit zu erreichen hoffte. Ganz Berlin schrumpfte für ihn auf diese kleine Gasse zusammen. Hinter ihm der *Schornsteinfeger*, gegenüber ein leer stehendes Haus, über ihm das Blätterdach der Linden. Max wartete. Durbollière war nicht wieder aufgetaucht, auch sonst geschah wenig. Der Tag verging. Leute kamen zum Essen. Wenn sie gingen, rülpsten sie und sahen nach dem Sonnenstand. Manche meckerten über die Hitze, manche mochten die Hitze. Es roch nach Zwiebeln, dicker Soße und Zigaretten. Max hatte sich bei den Gästen des Lokals unauffällig nach einer jungen Engländerin erkundigt, ohne Erfolg. Er hatte erwogen, die deutsche Polizei einzuschalten, doch wozu? Damit sie eine Ausländerin ausfindig machen sollten, von der man im Hotel Savoy behauptete, sie sei vor Tagen nach England abgereist?

Max, ein verheirateter Mann, saß in der Sonne und wartete auf eine Frau. Eine Frau, die ihm einmal viel bedeutet, für die er sich gewissermaßen verantwortlich gefühlt hatte. Eine Frau, die er während der vergangenen Jahre aus den Augen verloren und in dieser gefährlichen Stadt wiedergetroffen hatte. Wie sehr war er von der Erkenntnis überrascht gewesen, dass er sich immer noch für Violet verantwortlich fühlte. Deshalb saß er jetzt vor dem *Schornsteinfeger*, wartete, hoffte und unterdrückte die Befürchtung, dass die *Wache*, die er hier bezogen hatte, wahrscheinlich ergebnislos sein würde.

Er dachte an Susan, seine Gattin, die im Buckingham Palace arbeitete und erst vor Kurzem zur Hofdame aufgestiegen war. Eine ungewöhnliche Ehre für jemanden, der aus keiner bedeutenden englischen Familie stammte. Sie war für die Unterbringung von Staatsgästen nicht nur in Buckingham, sondern auch in Sandringham, Windsor und Balmoral zuständig. Max war ein liberaler Journalist, seine Frau eine Hofdame der Krone, ein originelles Spannungsfeld.

In Wirklichkeit lag das Spannungsfeld darin, dass Susan nicht Max, sondern ihren Cousin ersten Grades liebte. Seit Kindertagen waren die beiden einander hingegeben, ohne die geringste Hoffnung, je vor aller Welt zusammenkommen zu können. Verzweifelt und des Lebens ohne eine Perspektive leid, hatte sich Susan vor fünf

Jahren entschlossen, einen anderen zu heiraten, Max Hammersmith. Sie waren verliebt gewesen, auf ihre besondere Weise, doch drei Jahre später hatte Susan Max gestanden, dass sie ihm zwar zugetan sei, die Liebe ihres Lebens aber nicht vergessen könne. Seitdem traf sie ihren Cousin heimlich weiter. In letzter Zeit allerdings seltener, die Umwälzungen im Palast waren der Grund dafür. King George war im Januar gestorben, sein Sohn David hatte als Edward VIII. den Thron bestiegen, die Monarchie allerdings durch seine Ankündigung erschüttert, er wolle eine zweimal geschiedene bürgerliche Amerikanerin heiraten. Die Krone hatte schon viele Anfechtungen überstanden, an dieser drohte sie zu scheitern. Als Oberhaupt der anglikanischen Kirche war es Edward VIII. verboten, eine Geschiedene zu ehelichen – zumindest versuchte die Regierung unter Premierminister Baldwin Seiner Majestät das klarzumachen. Jedermann im Vereinigten Königreich wusste von der Romanze, trotzdem wurde sie von der Presse totgeschwiegen. Der ungewisse Ausgang war umso heikler, da die Krönung des Königs bevorstand und er nach der Sommerpause das Parlament eröffnen sollte.

Max fand eine traurige Ironie darin, dass Susan und er sich in einer ähnlichen Situation befanden wie der König, allerdings unter umgekehrten Vorzeichen. In ihrer persönlichen Variante des Liebesdramas verkörperte Susan den König, während Max die vernachlässigte Monarchie darstellte.

Er steckte die Hände in die Hosentaschen. Leichter Wind kam auf, über ihm schwankte die Tafel *Zum weißen Schornsteinfeger*. Harte, knarrende Schritte waren zu hören, der Soldat näherte sich. Dieser Mann kam jeden Tag vorbei. Obwohl in Zivil, konnte man ihn leicht als Militaristen identifizieren. Manche Männer legten das Soldatenwesen nie ab. Er redete nicht, sein Blick war stets geradeaus gerichtet. Heute kam er später als sonst, es dämmerte schon. Er aß täglich hier. Als er Max zum ersten Mal auf der Bank bemerkt hatte, war er kurz stehen geblieben, schließlich aber grußlos hineingegangen. Meistens blieb der Soldat im *Schornsteinfeger*, bis geschlossen wurde.

Max fragte sich, ob die Engländer beim Rudern erfolgreich sein würden. Die Deutschen waren stark, stärker noch die Amerikaner, doch beim Doppelzweier hatte Großbritannien Medaillenchancen.

<hr />

Violet wischte ihre Tränen ab. Der Mann aus Stein war nicht gekommen. Kam er gar nicht mehr? Hatte sie ihre

Brauchbarkeit überlebt, überließ man sie ihrem Schicksal? Die Ungewissheit, die Unerträglichkeit von Zeit, mit der man nichts anfangen konnte, ließ sie die Fassung verlieren.

Das Wasser war leergetrunken, das Kommissbrot aufgegessen. Bald würde auch das Kerzenflämmchen ausgelebt haben. Ein weiteres Mal würde Violet die Dunkelheit nicht ertragen. Die flackernde Kerze erschien ihr wie das schwindende Leben. Gedanken, Vermutungen, Spekulationen halfen Violet nicht länger, ihre Angst in Schach zu halten. So, wie der Docht am untersten Ende angelangt war, hatte auch sie ihre Hoffnung aufgebraucht. Seit vier Tagen, vielleicht fünf war sie nun hier. Das Zimmer maß zwanzig mal fünfzehn Fuß, es gab keine Öffnung außer der Tür, der Plafond war eine Kappendecke aus massiven Steinen. Müsste die Luft im Raum nicht längst aufgebraucht sein? Es gab zwei Wandnischen, Schächte vielleicht, durch die man früher Kohle in den Keller geschaufelt hatte, sie waren zugemauert. Und es gab den Kamin.

Violet wagte nicht, den flackernden Stumpen herauszulösen, um sich Licht zu verschaffen, sie nahm die Kerze mitsamt dem Leuchter vom Tisch. Vorsichtig bewegte sie sich an der Wand entlang. War da ein Luftzug, flackerte die Flamme oder war das ihr eigener Atem? Violet hielt still. Nein, sie täuschte sich nicht. Woher kam der Zug? Neben dem Kamin entdeckte sie einen dunklen Fleck am Plafond. Sie rückte den schweren Sessel dorthin. Den Leuchter in der Hand stieg sie hoch, streckte sich und betastete die Decke. Sie war aus Stein. Nur hier, in der Ecke ertastete Violet Holz, einen Balken, ein Brett, das sich zur Seite schieben ließ. Als sie ihre Hand in die Öffnung steckte, fühlte sie kühle Luft. War die Decke an dieser Stelle eingebrochen, hatte man sie mit Holz geflickt? War es ein Schacht gewesen? Dies war eine Abzweigung des Schornsteins, wurde ihr plötzlich klar, ein Rauchabzug, der von der tiefsten Stelle des Hauses bis zum Dach führen musste. Durch diesen Abzug drang die Luft. Er war zu schmal, um hindurchzukriechen, und doch stellte er eine Verbindung zur Außenwelt dar.

Plötzlich erglühte der Docht, die Flamme wurde größer und neigte sich zur Seite. Violet starrte das Flämmchen an. Es zuckte, der Atem ging ihm aus, es pulste auf und ab und wurde kleiner. Hastig stieg sie vom Sessel. Der Spiegel, das Bett, der Eimer, im Schattenriss des Zimmers, das der letzte Funke kaum noch erhellte, entdeckte sie nichts, was ihr dienlich sein könnte. Violet betastete sich selbst. Ihr Reisekostüm, das sie seit einer Woche trug, war am Kragen mit Spitze besetzt. Sie stellte den Leuchter ab, packte den Kragen und riss daran. Mit einem scharfen Geräusch löste sich der Stoff. Langsam, damit das Fünkchen nicht zerstört wurde, senkte Violet den geklöppelten Fetzen über die Flamme. Das Feuer zögerte, es ließ sich bitten, doch plötzlich begann es zu schnuppern, zu kosten, es suchte nach Nahrung, wollte nicht sterben. Erst rauchte und knisterte es, dann erwachte das Feuer zu neuem Leben. Violets Kragen brannte.

Die brennende Spitze in der Hand schlüpfte sie aus den Schuhen, zog einen Strumpf aus und überließ auch ihn der Flamme. Sie ließ den Kragen und den brennenden Strumpf auf den samtbezogenen Sessel sinken. Es qualmte, Violet schaute nach oben, tatsächlich, der Rauch suchte sich seinen Weg durch den Kamin. Gleich würde er mitten im Hochsommer hoch oben aus dem Schornstein steigen. Es würde auffallen, es musste auffallen. Der Rauch brannte in ihren Augen, sie hielt die Hand davor. Sie hustete und suchte nach Nahrung für ihr Feuer.

21

Der schönste Ort auf Erden

»Was ist da los?« Max stellte das Glas ab.

Im Freien war ihm zu heiß geworden, er gönnte sich einen Schoppen im *Schornsteinfeger*. In London trank er selten, meistens Whisky, Wein so gut wie nie. Was war das nur mit dem deutschen Wein? Man sah ihm nicht an, welche Wirkung er hatte, aber mit einem Mal kam durch ihn die ewige Sorgenmaschine bei Max zum Stillstand. Sorgen um seine Ehe, Sorgen, weil er und Susan keine Kinder hatten, Sorgen um den Zustand der Welt. War dies das Geheimnis der sonst so stromlinienförmigen Deutschen, ihre Sorgen dem Wein zu überlassen?

Eine Frau kam hereingestürzt.

»Was ist passiert?« Max stand auf.

»Feuer!«, schrie die Frau. »Es brennt!«

»Ich habe einen Knall gehört«, sagte er.

»Ja, ein dumpfer Knall«, bestätigte sie.

»Von wo?«

Sie zeigte auf das Haus gegenüber. »Da drüben.«

»Dieses Haus steht seit Jahren leer«, sagte der Wirt.

»Aber schauen Sie doch«, rief die Frau. »Es raucht.«

Der Wirt öffnete die Tür, die Kneipengäste waren aufgestanden. Max war unter den Ersten, die hinausdrängten. Der Rheinwein besiegte die berühmte englische Zurückhaltung. Nur einer blieb sitzen, der Soldat.

»Kommen Sie, es brennt!«, rief die Frau ihm zu. Er rührte sich nicht.

Rauchschwaden drangen aus den geschlossenen Fenstern, Rauch über dem Dach. Dort flackerte, dort glomm es.

»Gibt es Gas in diesem Haus?«, fragte Max.

»Jedes Haus in Berlin hat Gas«, antwortete der Wirt dem Engländer.

Funken stiegen in den Himmel, der sich eingedunkelt hatte. Kein Schrei war zu hören, kein Fenster wurde aufgerissen, kein Bewohner stürzte heraus, der Hab und Gut in Sicherheit bringen wollte. Das Haus schien tatsächlich unbewohnt zu sein.

Heute stand das Polo-Turnier auf dem olympischen Programm, es begann wohl gerade. Angeblich war es das letzte Mal, dass man bei Olympia Polo spielen würde. Zu wenige Nationen huldigten dem Sport. Die Briten, die Argentinier und die Inder natürlich, aber die traten als Nation nicht an. Es wurde nach den Regeln des Londoner *Hurlingham Polo Club* gespielt, sieben Chukkers zu je acht Minuten. Argentinien spielte mit Mexiko und dem Vereinigten Königreich in einer Gruppe, Deutschland trat gegen Ungarn an. Max war vorhin bereits zum Austragungsort unterwegs gewesen, als ihn auf halber Strecke das sonderbare Gefühl gepackt hatte, dass er Violet nicht im Stich lassen dürfe. Sein einziger Anhaltspunkt war, dass Durbollière vor Tagen diese Kneipe aufgesucht hatte, die nicht seinem Stand entsprach. Beim Herauskommen war der braun gebrannte Mensch, der sonst durch das Leben tänzelte, bleich und ernst gewesen. Mehr wusste Max nicht. Doch es genügte, um den Taxifahrer aufzufordern, umzudrehen.

»Was denn, nicht zum Polo, Mister?«, fragte der Fahrer.

»Nein. Nach Moabit.«

»Was wollen Sie denn da?«

»Machen Sie schon.«

»Das kann nicht Ihr Ernst sein. Polo ist ja wohl der einzige Sport, bei dem Sie uns Deutsche schlagen können.«

Max beendete die Diskussion, indem er den Mann bezahlte. Achselzuckend machte der Fahrer kehrt und setzte ihn wenig später vor der angegebenen Adresse ab.

Vorhin hatte der Wein Max sanft gestimmt, jetzt machte er ihn wach. Er lief über die Straße. Die Eingangstür des unbewohnten Hauses bestand aus massiver Eiche. Die ebenerdigen Fenster waren zugemauert, bis auf eines, das mit Brettern vernagelt war. Max drängte die Schaulustigen zur Seite.

»Was haben Sie vor?« Dem Wirt des *Schornsteinfegers* war der entschlossene Engländer nicht geheuer.

»Helfen Sie mir.«

»Dafür ist die Feuerwehr zuständig.«

»Hat überhaupt schon jemand die Feuerwehr verständigt?« Da niemand Anstalten machte, Max beizustehen, wandte er sich an einen Herren im hellen Mantel. »Bitte fassen Sie mit an. Ich bitte Sie.«

»Das Haus ist unbewohnt«, gab der Herr zu bedenken. Seine hochgezwirbelten Bartspitzen wirkten wie eine Reminiszenz an die Kaiserzeit.

»Wir müssen da hinein.« Max lief zurück zum Wirtshaus. »Dazu brauchen wir einen Rammbock.«

Der Herr nahm seinen Hut ab und zog den eierschalenfarbenen Mantel aus. Er wandte sich an die Frau, die das Feuer entdeckt hatte. »Wären Sie so nett, das zu halten?«

Währenddessen hob Max die gusseiserne Bank an einem Ende an.

»Moment mal«, rief der Wirt. »Sie wollen meine Bank als Rammbock verwenden?«

Max ignorierte ihn.

Barhäuptig trat der Herr mit dem Schnäuzer hinter Max und versuchte, das andere Ende hochzuheben. Er war ihm nicht gewachsen. »Ach herrje, ich fürchte ...«

Der Soldat trat aus der Kneipe. In seiner Miene spiegelte sich weder Neugier noch Anteilnahme.

»Helfen Sie mir!«, rief Max.

Der Soldat rührte sich nicht.

Der Wirt hob den Blick zum Obergeschoss des Hauses, wo helle Flammen aus dem Dachstuhl schlugen, ein Funkenregen vor dunkelblauem Himmel. »Wenn da noch jemand drin ist, wäre er längst verbrannt.«

»Helfen Sie!«, schrie Max.

Der Herr mit dem Kaiserbart versuchte es erneut. Diesmal hievte er das eiserne Ding um eine Winzigkeit empor.

»Steht nicht so da«, machte sich eine Frau bemerkbar. Es war die Wirtin. Mit weißer Schürze und weißem Häubchen baute sie sich vor ihrem Mann auf. »Wird's bald? Oder soll ich es dir vormachen, Erich?«

»Die Feuerwehr müsste doch gleich …«

»Wenn wir auf die Feuerwehr warten, kann es Weihnachten werden«, schnauzte sie ihn an. »Du hilfst jetzt diesem Herrn. Ich will in keinem Haus leben, wo gegenüber jemand verbrannt ist.«

Erich band die Schürze auf, trat neben den Kaisertreuen und drehte sich zu dem Soldaten. »Statt nur rumzustehen, können Sie auch mit anpacken.«

Der Soldat spannte die Backenmuskeln, schließlich trat er zu den Übrigen, die sich über die Bank bückten.

Max packte das Eisen mit beiden Händen. »Auf drei!«

Die Bank mit sich schleppend liefen sie los.

»Hoch damit!«, schrie Max.

Rennend hievten sie das Ding in Schulterhöhe, gewannen an Tempo und ließen den improvisierten Rammbock gegen den Fensterladen krachen. Er hielt stand. Mit dumpfem Krach rutschte die Bank ab und landete auf dem Pflaster.

»Noch einmal!«

War es der Krieg, der den Männern noch in den Knochen steckte? War es die Aussicht, ein brennendes Haus mit Gewalt zu erstürmen? War es die Erinnerung an Fahneneid, Jubelschreie und Sturmangriff? Plötzlich übertrug sich der Befehl, in dieses Haus einzudringen, auf die Übrigen. Von allen Seiten griffen Hände zu, ein Alter mit Schirmmütze, ein Hinkender, ein Dicker im feinen Anzug, sie alle packten an. Man trug die Bank zurück, fünf, sechs, sieben Männer hoben sie mühelos auf ihre Schultern. Auf Maxs Zeichen rannten sie los. Der Stoß erfolgte, das Holz knirschte, gab aber noch nicht nach.

»Und wieder!«

Sie rannten ein drittes und viertes Mal an, Schweiß auf der Brust, mit begeistert roten Gesichtern. Das Holz barst mit hellem Ächzen. Der Bretterverschlag sprang aus der Fensteröffnung. Die Männer ließen die Bank zu Boden gleiten. Max bückte sich nach einem losen Pflasterstein und warf ihn gegen die Scheibe. Das Glas barst in einer Fontäne von Scherben. Rauch drang hervor, dichter, schwarzer, beißender Rauch.

»Sie wollen doch da nicht reingehen«, sagte der Wirt.

Statt einer Antwort zog Max sein Taschentuch heraus. »Wo bleibt die Feuerwehr?«

»Ich zeige denen mal den Weg«, rief der Kaisertreue und lief die Straße hinunter.

Max stieg auf die Bank, wischte mit dem Taschentuch die Scherben vom Gesimse und schwang sich hoch.

»Vorsicht, Mister!«, rief die Wirtin.

Hockend drehte Max sich um und bemerkte, dass sich der Soldat wieder zurückgezogen hatte. Max hielt sein Taschentuch vor den Mund und sprang in das Haus.

Sie hatte den Tisch vor die versperrte Tür gerückt und alles daraufgepackt, was brennbar schien, auch den samtbezogenen Sessel. Sein Innenleben brannte lichterloh, die Flamme schoss bis zur Decke empor. Die Flamme leckte an der Türfüllung, fraß sich aber nicht hindurch. Der Rauch kam schneller, der Rauch war überall. Die Bettdecke, die Matratze, alles war ein Raub der Flammen. Violet hatte nichts, womit sie sich schützen konnte. Ihre Hände waren schwarz und blutig. Sie trat gegen die Tür. Sie schrie um Hilfe. Draußen blieb es still, niemand antwortete. Niemand schien das Feuer zu bemerken. Sie war allein.

Sie war allein in einem brennenden Haus! Die Einsicht brach so unvorhersehbar über sie herein, dass sie schrie. Sie fackelte ein Zimmer in einem leeren Haus ab. Sie wusste nicht, ob Tag war oder Nacht, vielleicht konnte man den Rauch vor einem nächtlichen Himmel gar nicht sehen. Vielleicht wurde der Schornstein, aus dem es qualmte, nicht einmal bemerkt. Umringt von Flammen, eingehüllt von Rauch, verfluchte Violet, was sie getan hatte. Sie schrie in Todesangst. Sie schrie vor Schmerzen, denn die Flammen waren neugierig. Sie wollten an ihr lecken, von ihr kosten. Violet floh von einem Winkel in den anderen, schreiend, weinend, den Tod vor Augen.

Der Tod kommt später. Wer hatte das gesagt? Ihr Großvater war es gewesen, an dem Tag, als er den Herzinfarkt erlitten hatte. Er wollte Violet beruhigen, dass er noch nicht sterben würde, und hatte recht behalten. Larry war nicht gestorben. Er hatte genügend Zeit gehabt, über den Tod nachzudenken. Dieses Privileg besaß Violet nicht. Das Zimmer stand in Flammen.

Mit dem Nachlassen ihrer Kräfte, dem allmählichen Schwinden der Sinne bemächtigte sich ihrer eine sonderbare Ruhe. Sie erinnerte sich an den Zimmerbrand im Savoy vor einem Jahr. Eine Frau war dabei umgekommen. Der Hauptmann des Feuerwehrkommandos hatte erklärt, die Frau sei nicht verbrannt, sondern erstickt. Brandverletzungen wären bei Opfern von Gebäudebrän-

den weniger gravierend als die Folgen der Rauchgasein-
wirkung.

Im dichten Qualm hob Violet die Augen. Die Reste
ihrer Jacke vor den Mund gepresst, näherte sie sich der
Wand und packte den Spiegel. Der Rahmen war aus Gips
und hatte sich erhitzt. Sie versuchte, ihn abzunehmen.
Etwas sperrte sich, er war an einem Draht befestigt. Violet zerrte, der Draht zerriss mit einem hohen Ton. Sie
taumelte rückwärts und balancierte den Spiegel durch
das brennende Zimmer. Wenn sie ihn fallen ließ, war er
nutzlos. Der Spiegel maß fünf Fuß in der Höhe, drei in
der Breite. Sie stellte ihn zu Boden und lehnte ihn an die
Wand. Der Spiegel war ihr Schutzschild. Ein Zelt sollte
er sein, ein lächerlich kleines Zelt. Zusammengekauert
kroch sie an diesen Zufluchtsort. Sie suchte das letzte
Restchen Luft zum Atmen. In kleinen Schlucken saugte
sie den Sauerstoff in ihre Lungen und schützte ihren Kopf
mit beiden Armen.

Das war der Augenblick, als sie einen Knall hörte, ein
dumpfes Krachen draußen, eine Erschütterung ging durch
das ganze Haus. Sie schloss die Augen, es war so weit. Es
würde nicht mehr lange dauern. Ein Gebet? Weshalb
konnte sich Violet nicht entschließen, ihre Seele Gott zu
überantworten, aus Mut, aus Trotz? Wenn alles im Zim-

mer verbrannt war, müsste das Feuer ausgehen, gaukelte ihr die Hoffnung vor, und der Rauch würde abziehen. Doch die grauschwarzen Schwaden kamen von allen Seiten näher. Violet dachte an Sir Laurence in seinem einsamen Bett unter der Glaskuppel und an seinen Hund Trudy. Sie dachte an Judy, die das Hotel von nun an allein leiten musste, an John, den Hausmechaniker, an Max und die BBC, an den neuen König Edward in seinem Palast, an London und an England. Wenn sie je noch einmal einen Wunsch aussprechen durfte, dann diesen, dass sie England wiedersehen wollte, ihr geliebtes Königreich, nichts weiter.

Wie wunderbar, dass der Mensch träumen konnte. Violet träumte selten, das nahm sie zumindest an, weil sie sich am Morgen nie an etwas erinnern konnte. In ihrem Traum hob sie den Kopf. Inmitten des Rauches erschien das Gesicht von einem, der unmöglich in diesem Zimmer sein konnte. Nur im Traum tauchte im letzten Augenblick ein Retter in der Not auf, der einer brennenden Frau zu Hilfe eilte. War er der Tod, dachte sie, der freundliche Tod? Kam der Tod in Gestalt von einem, den sie früher geliebt hatte? Jetzt streckte er die Hand nach ihr aus.

»Violet, komm!«, rief der Retter, riss den Spiegel beiseite und warf ihn hin, dass er zerschellte. Er schien das Unglück nicht zu fürchten, das ein zerbrochener Spiegel brachte.

»Das bringt Unglück«, röchelte sie.

»Komm, komm!«

Das waren Arme, wirkliche Hände, die Traumgestalt war imstande, Violet ihre Kraft zu leihen. Seine Hände fassten unter ihre Achseln, sie wurde emporgezogen. Ihr Kopf pendelte hin und her. Sie sah ihre nutzlosen Beine, an einem fehlte der Strumpf. Violet lag in den Armen eines Mannes, den es gar nicht geben konnte, da sie doch träumte. Trotzdem trug er sie fort.

»Bring mich nach England«, sagte sie. Er konnte sie nicht verstehen, das Feuer war zu laut. Ihr Kopf fiel gegen seine Schulter, ihr Blick glitt nach oben. Er hatte ein Taschentuch vor Mund und Nase gebunden, es war fast schwarz, trotzdem konnte man die Initialen lesen. *M. H.*, las Violet. Das Taschentuch erinnerte sie an etwas.

Tanguy beobachtete, wie der Engländer die Gefangene aus dem Haus führte. Er brauchte sie nicht mehr zu tragen, sie stolperte auf eigenen Beinen weiter. Die Eingangstür war aufgebrochen worden, die Feuerwehr hatte das getan. Der rote Spritzenwagen stand daneben. In dem Land, aus dem Tanguy kam, fuhr die Feuerwehr noch mit dem Pferdegespann. Die deutsche Feuerwehr war schnell gewesen. Tanguy hatte gehofft, sie würde zu spät kommen. Schon im Krieg hatte er brennende Menschen gesehen. Wie die Fackeln waren sie vor ihm hergerannt, wenn er den Flammenwerfer bediente. Der Name *Tanguy* bedeutete so viel wie *Feuerhund,* ein beliebter Name in der Bretagne. Vielleicht stammte Tanguys Vorliebe für das Feuer von seinem Namen.

Trotz der allgemeinen Hektik wirkte alles auf Max, als ob es stillstehen würde. Seine Augen fühlten sich wie Insektenaugen an, die die Menschenwelt in ihrer Langsamkeit erfassten. Die rennenden Männer in den Uniformen, die Helme im Laternenschein, die Gesichter im Flackern, Gesichter verweht im Rauch. Violets Schulter, ihr Haar, wie in Kohle getaucht, das Blut an ihrem Kinn. Der grüne Rock zerfetzt, wo waren ihre Schuhe?

Hand in Hand mit der Wirtin betrachtete der Wirt die Feuersbrunst. Daneben entdeckte Max den Soldaten. Max führte Violet von dem brennenden Haus fort. Der Soldat stand in ihrem Weg.

»Wir wollen durch.«

Der Soldat wich nicht zur Seite. Als Max ihn umgehen wollte, näherte sich ein Feuerwehrmann.

»Der Krankenwagen ist unterwegs. Setzen Sie sich doch so lange hin, Fräulein.« Er zeigte auf die Eisenbank.

Max führte Violet zu der Bank, die ihm als Rammbock gedient hatte. Er spürte ihr Zögern.

»Nicht ...«, flüsterte sie.

»Du musst dich ausruhen.«

»Später.« Sie hustete und rang nach Luft.

»Gleich bringen sie dich ins Krankenhaus.«

Sie drückte seine Hand so fest, dass es schmerzte. »Ich will nicht.«

»Du musst behandelt werden.« Er suchte in ihrem Blick.

Violets Augen fixierten den Soldaten.

»Kennst du ihn?«

»Ich will woaders hin.«

»Wohin, Vi? Sag es mir.«

»An einen hübschen Ort, den ich gerne mag.«

»Vielleicht können wir ja gleich nach dem Krankenhaus dorthin fahren.«

»Nein, das geht nicht. Wir können dort nicht hin.« Sie bewegte keinen Muskel.

»Vielleicht aber doch. Sag mir einfach, wo du hinwillst, Vi.«

Sie hob den Blick. »Zur BBC.«

Sein rauchgeschwärztes Gesicht verzog sich zu einem Lächeln. »Nach London?«

»Auf den Portland Place, ins Studio 5. Weißt du noch, wo wir damals mein Hörspiel aufgenommen haben? Das einzige Hörspiel, das ich je beendet habe.«

»*Der Lügner?* Natürlich weiß ich das.«

»Larry Olivier hat die Titelrolle gesprochen. Er war wunderbar.«

»Stimmt, er war ziemlich gut. Ein bisschen eitel, aber das ist er meistens.« Max spürte, wie Violets Arm unter seinen glitt und sie ihn weiterzog. »Von allen Plätzen auf der Welt möchtest du dort am liebsten sein?«

Sie erreichten den Soldaten. Violet schien ihn nicht mehr zu bemerken. »Komm, Max, komm.«

»Und das Krankenhaus?«

Sie setzte Schritt vor Schritt. Er blieb an ihrer Seite. Diesmal machte der Soldat Platz.

»Zurück!«, rief ein Feuerwehrmann in ihrem Rücken.

Im Inneren des Hauses barst etwas, Funken stoben, der Dachstuhl gab nach. Das Feuer begrub das Gebäude unter sich. Die Leute auf der Gasse brachten sich in Sicherheit.

Tanguy kümmerte das nicht. Er stand inmitten des Funkenmeeres, hinter ihm das rot glühende Dachgebälk. Die Gefangene und der Engländer ließen den Feuerschein hinter sich. Bald hörte man nur noch ihre Schritte in der Dunkelheit.

22

Sechzig Meilen die Stunde

Violets Hände waren verbunden, das Blut auf ihrer Stirn bildete eine dunkle Kruste. Obwohl man ihr das Haar geschnitten hatte, waren manche Stellen verbrannt und angekohlt.

»Mein Gott. Wie hast du das nur überlebt?«

»Durch dich. Woher wusstest du, wo ich war?«

»Ich wusste es nicht.«

»Aber wie konntest du dann …?«

»Du musstest in diesem Haus sein. Als das Feuer …«

»Ich habe das Feuer selbst gelegt.«

»Das war klug und dumm zugleich.«

»Wieso?«

»Das Gas.«

Sie sank auf das schmale Bett. Ihr Atem ging rasselnd. Entkräftet sah sie sich um. »Wie hast du das alles herbeigezaubert, Max?«

»Was denn?«

Sie zeigte in die Runde. Wo man hinsah Mahagoni, fein poliert, als ob es als Spiegel dienen sollte. Der Deckenbogen war beleuchtbar, das Bett in blauer Seide bereits aufgeschlagen. Hinter der Zwischentür ein zweites Bett. Ein Fauteuil war in die Ecke eingepasst, daneben ein Waschtisch mit verzinkter Armatur. Längsseits das breite Fenster, an dem die Welt vorbeifuhr.

»Wie hast du das gemacht?«

Max hob ihre Tasche in die Ablage. »Ich bin akkreditiertes Mitglied im internationalen Presse-Corps, außerdem habe ich den Schaffner bestochen.«

»Das muss dich ein Vermögen kosten, Max.«

Er schmunzelte. »Es kostet ein Vermögen. In diesem Abteil ist zuletzt der Sultan von Bahrain gefahren. Der Schaffner hat es mir erzählt.« Er half Violet aus der Jacke. Sie lachte, weil das alles so schön war. Sie hustete, hustete heftiger.

»Du hättest im Krankenhaus bleiben sollen.« Er setzte sich zu ihr.

»Ich bin froh, dass der Arzt mich gehen ließ.«

»Was kann ich für dich tun?«

»Sag mir, sind meine Wangen ungewöhnlich rot?«

Er hob ihr Kinn. »Nein, bleich.«

»Bleich ist gut«, nickte sie. »Bei Vergiftungen durch Kohlenmonoxyd sehen die Leute manchmal aus wie das blühende Leben.« Sie streckte ihm die Zunge entgegen. »Und was ist damit?«

»Deine Zunge ist …« Er zögerte. »Blau angelaufen.«

»Das hat der Arzt vorhergesagt. Es kommt vom Cyangas.«

Max stand auf, öffnete das Fenster. Auf dem Perron verabschiedeten sich Menschen, lachend, weinend, in vielen Sprachen. »Wir hätten nicht gleich fahren sollen. Was machen wir, wenn es dir unterwegs wieder schlechter geht?«

Sie richtete sich auf. »Mit jeder Meile, die wir uns von Berlin entfernen, wird es mir besser gehen, das verspreche ich dir. Ich brauche nur dieses … wie heißt es? Natriumthiosulphat.«

Er holte eine durchsichtige Dose mit weißem Pulver aus der Tasche. »Woher weißt du so viel darüber? Du hast mit dem Arzt regelrecht gefachsimpelt.«

»Aus dem Krieg. Ich sagte es dir schon.«

»Das kann nicht sein. Als der Krieg begann, warst du gerade acht Jahre alt.«

Sie zögerte. »Du hast recht. John hat es mir beigebracht.«

»Woher wusste er es?«

»John ist als Junge etwas Ähnliches passiert. Seine Eltern waren ausgegangen. Er sollte auf seine kleine Schwester aufpassen, aber er stand draußen mit Freunden im Garten. Im Haus ist eine Kerze umgefallen, der Vorhang hat Feuer gefangen. Die Schwester war zu klein, um die Tür zu öffnen. Sie kam nur knapp mit dem Leben davon. Damals war der Krieg schon ausgebrochen. Die Ärzte hatten viel zu tun. Die ganze Zeit über blieb John bei seiner Schwester im Krankenhaus. Er gab ihr Sauerstoff und Medikamente. Er salbte ihre Verbrennungen, las ihr Geschichten vor, wenn sie Schmerzen hatte.«

»Soll ich dir auch Geschichten vorlesen, wenn du Schmerzen hast?«

»Das wäre wundervoll, Max.«

Eine seltsam schweigende Sekunde.

»Ich will mal sehen, ob der Schaffner ...«

Sein Satz blieb unvollendet. Mit einem Ruck setzte sich der Zug in Bewegung. Aufgeregte Rufe, Türen wurden zugeschlagen, ein langgezogener Pfiff. »*Berlin, Bahnhof Zoo!*«, hallte eine Stimme über den Bahnsteig. »*Abfahrt Reichsbahn nach Ostende, über Hannover, Dortmund, Köln. Nächster Halt: Berlin-Spandau. Reisende der ersten Klasse …*« Der Rest ging im Stampfen der schweren Räder unter.

Max schloss das Fenster. »Bist du müde?«

»Ein bisschen.«

»Hast du Hunger?«

»Nicht besonders.«

»Wir könnten uns etwas aus dem Speisewagen servieren lassen.«

»Alles ist ganz wunderbar, Max.« Sie öffnete die Dose mit dem Pulver.

»Ich helfe dir«, sagte er, als sie mit den bandagierten Händen nicht zurechtkam.

Violet nahm ihre Medizin. Sie fuhren durch dicht bewohntes Gebiet. Knapp vor ihrem Fenster huschten Hausfassaden vorbei. »Ich werde Berlin nicht so schnell vergessen.«

»Das solltest du aber.«

Ein kurzer Schmerz, ihre Lider zuckten. Violet betrachtete die Häuser, wie Schlote ragten sie zu beiden Seiten empor. »Wenn wir nur schon da wären.«

»Das ist ein Zug der Deutschen Reichsbahn«, sagte er.

»Ja, und?«

»Der macht sechzig Meilen die Stunde. Etwas Schnelleres gibt es derzeit nicht auf der Welt.«

Endlich wurde der Blick weit. Der Zug nahm Fahrt auf.

DAS ANDERE SAVOY

23

Winston und Charlie

An diesem bewölkten Augusttag betrat Winston Churchill das Savoy. Tim Cordle, der Chefbutler, nahm ihm Hut und Stock ab und geleitete Sir Winston zur Dorchester Suite, wo Erfrischungen bereitstanden. Er war der Erste bei der Konferenz, denn er schätzte es, sich mit den Gegebenheiten vertraut zu machen, bevor die anderen eintrafen.

Winston bestellte Tee und Brandy und ließ sich von Cordle die Zigarre entzünden. Nachdenklich, aber gut gelaunt lehnte er sich in der ochsenblutroten Polsterung zurück und überdachte die kommende Sondierung. Niemand wollte einen neuen Krieg. Es war undenkbar, der Bevölkerung ähnliches Leid wie im Großen Krieg noch einmal zuzumuten. Daher tat die Regierung alles, den potenziellen Kriegsgegner durch politische Zugeständnisse ruhig zu halten.

Winston besaß keinen ernstzunehmenden politischen Einfluss mehr. Seit einem halben Jahrzehnt war er kaum noch im Parlament gewesen, das rächte sich natürlich. Jemand, der sich vierzigjährig auf seinen Landsitz Chartwell in Kent zurückzog, dort großflächige Landschaftsschinken malte und ellenlange Bücher schrieb, schien an Tagespolitik nicht mehr interessiert zu sein.

Während der Wirtschaftskrise hatte er fast sein ganzes Vermögen verloren und war nur durch seine schriftstellerische Tätigkeit imstande, dem Ruin zu entgehen. Seine Werke waren dickleibig, so die vierbändige *Geschichte der englischsprachigen Völker*, die er mehreren Schreibkräften in nächtelangen Sitzungen diktierte. Er verhandelte mit Charlie Chaplin über die Abfassung eines Filmdrehbuchs, und es galt als sicher, dass Winston derzeit der bestbezahlte Schriftsteller und Kolumnist der Welt war. Das machte ihn froh, aber nicht zufrieden, was bei seiner Herkunft verständlich war. Winston entstammte dem britischen Hochadel, sein Vater war ein führender Mann bei den Konservativen, bereits 1901 war auch Winston als Abgeordneter ins Unterhaus eingezogen. Als Erster Lord der Admiralität betrieb er die Modernisierung der Royal Navy und befehligte die Flotte bei Ausbruch des Krieges 1914. Als die sieggewohnten Engländer 1915 bei Gallipoli von den Türken vernichtend geschlagen wurden, gab man Winston die Schuld dafür. Er nahm sie auf sich und trat zurück. Premierminister Lloyd George holte ihn schon 1916 wieder ins Kriegskabinett, 1924 wurde Winston Schatzkanzler. Als Premierminister Baldwin 1929 durch Ramsey MacDonald abgelöst wurde, bedeutete dies auch das politische Aus für Winston. Er behielt seinen Parlamentssitz, machte aber nur noch selten Gebrauch davon und malte lieber die Seerosen auf seinem Teich in Chartwell. Doch wenn es um Fragen der Royal Navy ging, war Winstons Meinung immer noch gefragt.

Er wusste, dass die Pläne des Mannes in Berlin weit über die Aufrüstung seiner Marine hinausgingen. Winston hätte den Österreicher, der Deutschland im Sturm erobert hatte, fast einmal kennengelernt. In München waren sie verabredet gewesen, doch Hitler hatte das Treffen wegen der kritischen Bemerkungen Churchills über die Judenpolitik kurzfristig abgesagt.

Winston verstand die Deutschen in ihrem Wesen und

in ihrem Streben. Er begriff, dass sie mit dem Versailler Vertrag nicht leben konnten. Er hatte sogar Verständnis dafür, dass Hitler wesentliche Bestandteile des Vertrages brechen musste, um den Deutschen ihren Stolz zurückzugeben. Anders als die Franzosen hatten die Engländer nichts dagegen, dass Deutschland zur Hegemonialmacht Mitteleuropas aufstieg, vorausgesetzt, sie ließen sich in internationale Verträge einbinden. Der deutsche und der englische Hochadel waren einander durch Verwandtschaftsbande immer noch gewogen, und so respektierte Winston die Haltung seiner Regierung, Hitler weitgehend gewähren zu lassen, um jede kriegerische Handlung zu vermeiden. Ein anderer, aber vielleicht noch wesentlicherer Grund bestand darin, dass weder die Army noch die Royal Navy ausreichend gerüstet waren. Man wäre einfach noch nicht so weit gewesen, einem neuen Krieg ins Auge zu sehen.

»Hundertfünfzigtausend Bruttoregistertonnen«, sagte Churchill.

Seine Gesprächspartner waren inzwischen eingetroffen. Ihr Weg zu dem geheimen Sondierungsgespräch war kürzer als der von Winston, da sie nur aus ihren Hotelzimmern in die Dorchester Suite zu kommen brauchten.

»Hundertfünfzigtausend bezieht sich lediglich auf die Tonnage der Zerstörer, nicht wahr?«, hakte der amerikanische Teilnehmer nach.

»So ist es. Allerdings unter der Bedingung, dass der U-Boot-Bestand auf zweiundfünfzigtausend Bruttoregistertonnen beschränkt bleibt«, räumte Winston ein.

»Was ist mit den Japanern?«, fragte der Franzose, ein bleicher Mensch, der sich heißes Wasser mit Ingwer servieren ließ.

»Ich nehme an, dass wir auf die Japaner nicht mehr zählen können.« Winston streifte die Zigarrenasche ab.

»Japan hat zugesagt, an der Flottenkonferenz im Herbst teilzunehmen«, entgegnete der Franzose.

»Schein-Diplomatie«, knurrte Winston. »Sie werden eine Schattendelegation schicken und zum frühestmöglichen Zeitpunkt unter Protest wieder abreisen.« Auf den skeptischen Blick der Übrigen ereiferte er sich. »Die Japaner wollen Gleichstellung mit den angelsächsischen Seemächten. Dem kann die Regierung Seiner Majestät nicht zustimmen. Wir halten die angebotenen einhundertfünftausend Bruttoregistertonnen für Japan für mehr als großzügig. Natürlich werden sie es ausschlagen, denn wie die Ambitionen Japans aussehen, wissen wir spätestens seit der Invasion in die Mandschurei.«

»*Natürlich werden sie es ausschlagen*«, war tief unter der Erde zu hören. »*Seit der Invasion in die Mandschurei*«, war klar und deutlich zu verstehen. Der Raum im zweiten Untergeschoss des Savoy hatte die Größe einer Lagerhalle und war früher auch so etwas Ähnliches gewesen. Ein verheerender Wasserrohrbruch hatte vor Jahren den gesamten Bestand an Bettwäsche, Tischtüchern und Berufsbekleidung ruiniert. Alles war überschwemmt gewesen. Es hatte Wochen gedauert, den Raum trockenzulegen. Trotzdem roch es nach wie vor moderig und muffig. Der Geruch saß in den Wänden.

Die meisten hätte das gestört, nicht aber Charlie Saunders. Charlie litt unter Heuschnupfen. Während der Sommermonate roch er so gut wie nichts. Eine Laune der Natur wollte es, dass er dafür umso besser hörte. In Kindertagen war er wegen seiner übergroßen Ohren gehänselt worden. Selbst der erwachsene Mr Saunders hatte noch zwei erstaunlich große *Löffel* links und rechts.

Charlie saß an einem der fünf Schreibtische im Keller, die sämtlich mit den gleichen Röhrengeräten ausgerüstet waren. Dort befanden sich auch ein Shellackgerät und ein Verstärker. Schwarze Kabel liefen senkrecht nach oben und verschwanden durch eine Deckenöffnung. Jeder Schreibtisch war mit zwei Kopfhörern und einer

Umschaltvorrichtung ausgestattet, mit deren Hilfe man die Stockwerke und Zimmer wechseln konnte. Nicht alle Zimmer des Hotels waren an die unterirdische Anlage angeschlossen, doch ihre Anzahl war beträchtlich. Selbstverständlich gehörte die Dorchester Suite dazu.

»*Die Japaner sind aus dem Völkerbund ausgetreten*«, hörte Charlie Sir Winston mehrere Stockwerke über ihm sagen. »*Wieso sollten sie sich also an bereits unterzeichnete Flottenverträge halten?*«

Bei gewöhnlichen Gesprächen, die in gewöhnlichen Hotelzimmern geführt wurden, machte Charlie lediglich Notizen. Enthielt eine solche Konversation etwas Substanzielles, gab er sie an Miss Rachel, die Stenotypistin, zum Abtippen weiter. Eine Konferenz wie die heutige zeichnete Charlie allerdings auf. Zu diesem Zweck bediente er die Shellack-Apparatur. Eine Stahlnadel ritzte die Laute, die sich zu Worten formten und schließlich Sätze ergaben, in eine schwarze Platte. Charlie hatte nichts weiter zu tun, als alle zehn Minuten die Platten zu wechseln. Ihr Inhalt wurde transkribiert.

»*Mir wäre wohler, wenn wir die Japaner einbinden könnten*«, sagte der Amerikaner gestochen deutlich. Die Mikrofone waren nach Charlies präzisen Angaben angebracht worden. »*Seit Hitler die Wehrhoheit Deutschlands*

proklamiert hat, rüstet er alle drei Teilstreitkräfte auf. Die
Sache droht aus dem Ruder zu laufen.«

»Hitler ist ein maritimer Habenichts«, entgegnete der
Franzose oben in der Dorchester Suite. »Die ehemalige
deutsche Flotte hat sich zu Kriegsende vor Scapa Flow
selbst versenkt. Hitler ist noch nicht einmal vier Jahre an
der Macht. Es ist absolut unmöglich, in nur vier Jahren
eine komplette neue Marine vom Stapel laufen zu lassen.«

Winston widersprach. »Schneller, höher, weiter ist das
Prinzip der Deutschen. Der Leistungsstand auf den dor-
tigen Werften ist beängstigend. Dabei kennen wir durch
unsere Luftaufnahmen nur die oberirdischen Aktivitäten.
Was Hitler unter der Erde treibt, wie weit seine U-Boot-
Flotte bereits gediehen ist, können wir nur vermuten. So
oder so sind die Deutschen dabei, das Internationale Flot-
tenabkommen zu sprengen. Die Klausel, wonach die
deutsche Flottenstärke nicht mehr als fünfunddreißig
Prozent der britischen Überwasserschiffe betragen darf,
ist für Hitler nichts als ein Fetzen Papier.«

»Und die Italiener?«, warf der Franzose ein.

»Mussolini verweigert die Ratifizierung sämtlicher Verträge, seit der Völkerbund ihm wegen des Massenmords
in Abessinien auf die Finger klopft«, seufzte Winston.

»Multilaterale Verträge verlieren jede Wirksamkeit, wenn sich nur einige daran halten und die anderen sie mit Füßen treten.«

In dem kühlen, muffigen Raum unter der Erde warf Charlie einen Blick auf die Nadel, die jedes Wort aus der Dorchester Suite in die Schellackmasse gravierte. Er musste die Platte in ein paar Minuten wechseln. Schließlich würde er die Aufnahmen persönlich ins Büro von Mrs Wilder hochbringen.

Die Kopfhörer auf seinen großen Ohren, lehnte Charlie sich zurück und schloss konzentriert die Augen, als ob er einer Beethoven-Symphonie lauschen würde.

24

Unsichtbar

Die Tür schwang auf, Violet betrat das Savoy so zögerlich, als ob sie ihre Schritte in ein unbekanntes Haus
setzen würde. Dabei war sie nur zehn Tage fort gewesen.
Der sommerliche Strohhut, die dunkle Brille, der Reise-
mantel waren ihre Verkleidung.

Sie brauchte nicht stehen zu bleiben, um den ver-
schmutzten Fußabtreter mit dem Schriftzug *The Savoy* zu
registrieren. Das musste heute noch behoben werden. Ihr
Blick schweifte zur Rezeption. Spätestens jetzt hätte der
Chefbutler die eintretende Lady begrüßen und zugleich
mit einem unsichtbaren Wink den Pagen zu ihr dirigieren

müssen, der sich erkundigte, ob Zeitungen oder Erfrischungen gewünscht seien. Aber dieser Chefbutler war eben nicht Mr Sykes, der alte Meister seines Fachs. Mr Sykes hätte seine Direktorin sofort erkannt und sie nach ihrer Rückkehr willkommen geheißen. Elegant, dabei nachlässig in der Haltung, verharrte Timothy Cordle bei der Rezeption, mit einem Blick, als ob er die Nabe sei, um die sich der ganze Hotelbetrieb zu drehen habe.

Vor ihrer Abreise hatte Violet zugesagt, Mr Sykes wieder in sein früheres Amt einzusetzen und Cordle lediglich auf Probe zu behalten. Vieles war dazwischengekommen, ein ganzes Leben, schien ihr, war seitdem dazwischengekommen. Alles wirkte diesmal anders, es roch anders, fühlte sich anders an. Der Lüster über ihr war immer noch jener gleißende Ring aus Licht, den sie schon als Kind bewundert hatte. Der Klang der Halle umfing Violet wie früher, das leise Klirren des Teegeschirrs, das Knautschen der Ledersessel, die Melodie des Jazztrios, die anschwoll oder abnahm, je nachdem ob ein eilender Kellner die Schwingtür bediente. Die Geigentöne aus dem Wintergarten hingen wie zu allen Zeiten träge in der Luft. Dazu das zarte Singen von den sommerlichen Kleidern der Ladys, der flüchtige Tritt ihrer Absätze auf Marmor, nein, äußerlich hatte sich nichts verändert. Wieso erschien Violet dann alles neu und unvertraut? Früher hatte sie die kleine Symphonie der Lobby als Begrüßungsmelodie genommen, zu deren Klang sie ihr Haus betrat. Heute hatte sich ein ahnungsvolles Moll über das vertraute Dur der eleganten Welt gelegt, die sich im Savoy tummelte.

Es musste an ihr selbst liegen, dachte sie, an ihrer Schwäche, der Unsicherheit und der Angst, die Violet nicht abschütteln konnte. In Berlin hatte sie erlebt, wie leicht ein Mensch zerbrochen und aus seiner Lebensmitte gestoßen werden konnte. War es da verwunderlich, wenn Violet nicht nahtlos wieder an ihr altes Leben anschließen konnte?

Auf den Rat von Max waren sie nicht gleich ins Hotel gefahren, sondern hatten zusammen Scotland Yard aufgesucht und Anzeige gegen den Marquet de la Durbollière erstattet. Violet war unsicher, was diesen Schritt betraf, da sie selbst derzeit Gegenstand von Ermittlungen war. Der Mordfall Ayumi, die grausame Tat der Japanerin war seit Violets Reise zwar aus den Schlagzeilen, nicht aber aus der Welt verschwunden. Max hatte ihr verdeutlicht, dass der eine Fall mit dem anderen nichts zu tun habe und man Durbollière nicht so leicht davonkommen lassen dürfe.

Der Inspector auf dem Yard hatte Violets Angaben zu

Protokoll genommen, ihr aber verdeutlicht, dass die britische Polizei im Deutschen Reich keinerlei Befugnis hätte und man die Kollegen aus Deutschland bestenfalls um Unterstützung bitten könne. Nur falls man den französischen Marquet auf englischem Boden dingfest machte, wäre man in der Lage, einzuschreiten.

Max hatte Violet nach Hause begleiten wollen, doch sie trat den Weg zum Savoy lieber allein an.

»Ich weiß gar nicht, was ich sagen soll.« Auf der Straße, wo die Taxis warteten, standen sie voreinander.

»Sag mir einfach, wann wir uns wiedersehen.« Er schob den Hut aus der Stirn.

Violet stieg auf die Zehenspitzen, um ihn auf die Wange zu küssen. »Bald, Max, wenn du willst. Die Reise mit dir ...« Sie wusste nicht gleich weiter. »Es war sehr schön. Du hast mich gesund gemacht.«

Sonst nicht um Worte verlegen, schien auch er nach der rechten Antwort zu suchen. »Ich dachte, das lag am Natriumthiosulphat«, sagte er schließlich und nahm sie in seine Arme.

»Ohne dich wäre ich nicht mehr nach England zurückgekehrt.« So standen sie Sekunde um Sekunde, bis Violet sich impulsiv von ihm löste. »Grüß Susan von mir.«

Er trat zurück. »Warum sagst du das?«

»Weil du jetzt nach Hause fährst und deiner Frau von Berlin erzählen wirst, nehme ich an.« Sie wollte ihrer Stimme einen leichten Ton geben.

Max nahm die Brille ab. »Sonderbar.«

»Was ist sonderbar?«

»Wir beide tun so, als ob das Leben jetzt weitergehen könnte wie bisher.«

»Tut es das nicht?« Da er schwieg, sprach sie hastig weiter. »Du hast recht. Es ist wirklich kaum zu glauben, nach allem, was passiert ist. Der Wahnsinn in Berlin, das Feuer und dass du mich gerettet hast …«

»Das meine ich nicht«, unterbrach er sie sanft. »Ich meine die Stunden mit dir im Zug.« Er lächelte. »Ich war mehrmals kurz davor, diese verfluchte Zwischentür zu öffnen.«

»Warum hast du es nicht getan?«

»Ich dachte, Violet ist verwundet, sie ist vergiftet, da darf ich sie nicht wecken.«

»Ich habe nicht geschlafen.«

»Dann hatten wir also beide eine schlaflose Nacht.«

Sie suchten in den Gesichtern des anderen nach einer Antwort und fanden nur Fragen.

»Dann will ich also jetzt heimfahren und Susan von dir grüßen.« Er setzte die Brille auf. »Und du grüß das Savoy von mir.«

»Das mache ich, Max.«

Sie stiegen in zwei Taxis und fuhren ab. Unterwegs konnte sich Violet kaum erklären, warum sie so traurig war.

Unerkannt erreichte sie die Fahrstühle in der Halle. Aufzug Nummer drei schwebte in die Lobby, der Liftboy öffnete. Das war keiner der halbwüchsigen Burschen in ihren flotten Livreen mit dem Käppchen auf dem Kopf, das war Otto, der Supervisor.

»Guten Morgen, Otto«, begrüßte ihn Violet. »Seit wann bedienst du den Fahrstuhl wieder selbst?«

Mit seiner Überraschung, vielleicht mit einer kleinen Freude hatte sie gerechnet, doch in Ottos Gesicht spiegelte sich namenloses Staunen, geradezu Entsetzen, als er Violet erkannte. Waren es ihre Verletzungen, die sichtbaren Folgen des Feuers, die ihn so aus der Fassung brachten? Durch Hut und Brille konnte er davon eigentlich nicht viel sehen.

»Was ist denn, Otto?«

»Nichts, Miss Mason. Zwei von den Boys sind krank, daher muss ich selbst ...« Er bemerkte ihren aufmerksamen Blick. »Entschuldigen Sie, es ist nur, ich dachte, die Olympischen Spiele dauern noch an. Wir haben noch gar nicht mit Ihnen gerechnet.«

»Wir? Wer ist wir?«

»Ich meine, ich und das übrige Personal. Aber deshalb freue ich mich umso mehr, Sie wiederzusehen.«

Kurzfristig hatte Violet entschieden, ihre Rückkehr im Savoy nicht anzukündigen. Die Folgen erschienen ihr nun doch erstaunlich.

Otto schloss das Scherengitter. »Wollen Sie in Ihr Apartment?«

»Nein. Fahr mich in den Dritten, Otto.«

»Der Dritte? Aber das ist …« Er zögerte. »Die Etage von Mrs Wilder.«

»Hast du etwas dagegen, dass ich Judy besuche?«

»Ich dachte nur …«

»Was dachtest du?«, fragte sie schärfer.

»Dass Sie vielleicht müde sind und in Ihre Wohnung wollen.«

»Mach schon, Otto, fahr mich rauf.«

Während der Lift nach oben schwebte, schwiegen sie. Violet konnte Otto seine Unruhe selbst von hinten ansehen.

»Dritter, Miss Mason.« Er öffnete das Scherengitter.

Violet erwartete nicht, hier oben jemandem zu begegnen, bevor sie bei Judy eintrat. Umso überraschter war sie, als ihr auf dem Korridor ein bekanntes Gesicht entgegentrat, ein Gesicht, das im gesamten Königreich bekannt war.

»Lady Edith.« Sie nahm die Sonnenbrille ab.

»Miss Mason?«

Täuschte sie sich, oder wich die Herzogin einen Schritt zurück? Fand etwa auch Lady Edith Violets Anwesenheit in ihrem eigenen Hotel unerklärlich? Was hatte der adelige Gast überhaupt hinter den Kulissen des Savoy zu suchen? »Haben Sie sich verlaufen, Mylady?«, fragte Violet direkt. »Sie befinden sich im Verwaltungstrakt.«

»Ich weiß. Natürlich«, erwiderte die Herzogin fast ein wenig ungehalten. »Ich hatte mit Mrs Wilder etwas zu besprechen.«

Lächelnd stellte sich Violet der hochgewachsenen Frau in den Weg. »Gab es für Sie Grund zu einer Beschwerde? War etwas im Hotel nicht zu Ihrer Zufriedenheit? In diesem Fall hätte sich Mrs Wilder doch zu Ihnen in die Erkersuite bemüht.«

Lady Edith richtete sich auf. »Am besten, Sie fragen Mrs Wilder selbst«, antwortete sie kühl, ließ die Direktorin stehen und ging zum Aufzug.

Normalerweise klopfte Violet nur einmal kurz und trat sofort bei Judy ein. Heute wartete sie nach dem Klopfen einen Augenblick.

»Was gibt's?«, rief die herbe Frauenstimme.

Violet betrat das Büro. Neben Judys Schreibtisch stand ein Mann, den Violet noch nie gesehen hatte, ein Mann mit ungewöhnlich großen Ohren.

Langsam, wie von einer Schnur gezogen, stand Judy auf. »Hallo, Vi. Du bist schon zurück?« Nicht nur Erstaunen, fast so etwas wie Panik stand ihr ins Gesicht geschrieben.

»Wie du siehst«, antwortete Violet und musterte die Frau, die sie während ihrer Berlinreise vertreten hatte, neugierig.

Judy bemerkte Violets fragenden Blick auf den Unbekannten. »Das ist Mr Charles Saunders«, stellte sie ihn vor. »Er arbeitet seit Neuestem für uns.«

Den Telefonhörer am Ohr, schaute Kamarowski auf die Nordsee, die selbst im Sommer eine winterliche Anmutung hatte. »Wäre es Ihnen lieber gewesen, wenn Miss Mason das Feuer nicht überlebt hätte?«, fragte er.

»Mir ist unbegreiflich, wie sie das geschafft hat«, antwortete Judy.

»Ich hätte es ehrlich gestanden bedauert, wenn Violet in Berlin verbrannt wäre.«

»Davon rede ich gar nicht. Ich frage mich, ob Durbollière fähig wäre, einen solchen Schritt zu befehlen?«

»Sie meinen, Feuer an ein Haus zu legen?« Kamarowski beobachtete die gierigen Möwen auf dem Pier. »Unwahrscheinlich. Vielleicht hat Tanguy aus eigenem Antrieb gehandelt.«

In diesem Moment betrat Gemma Galloway das Post- und Telegraphenamt. In ihrem schwarz-weißen Pepitakostüm drehte sie sich suchend im Kreis, bis sie Kamarowski in der Telefonzelle entdeckte und ihm zu verstehen gab, dass es höchste Zeit sei, einzusteigen. Beruhigend zeigte er auf den Strom von Menschen, die draußen erst abgefertigt wurden, bevor sie auf die Fähre drängten.

»Durbollière ist seit gestern nicht erreichbar«, sagte Kamarowski ins Telefon. »Er dürfte verschwunden sein.«

Ein dreimaliges Signal des Schiffshorns unterbrach das Gespräch.

»Ich muss Schluss machen.« Er öffnete die Tür der Kabine.

»Werden Sie von Dover aus direkt hierherkommen?«

Er beobachtete, wie Gemma an der Fähre ihr First-Class-Ticket vorzeigte und an den Wartenden vorbeispazierte.

»Selbstverständlich. Ich kann es kaum erwarten, Gast

in unserem *neuen* Savoy zu sein. Wann findet das Gala-Dinner statt?«

»Freitag in einer Woche.«

»Und die Gästeliste?«

»Praktisch alle haben zugesagt.«

»Auch die Regierung?«

»Nur der Gesundheitsminister wird fehlen. Er ist krank.«

»Kommt auch Churchill?«

»Samt Gattin. Sogar von den königlichen Hoheiten haben wir eine Zusage. Zwar nur zweite Garnitur, aber immerhin royaler Glanz.«

»Ausgezeichnet, ganz ausgezeichnet, Judy. Ich freue mich riesig darauf.«

»Das Savoy ist ausgebucht bis auf das letzte Bett, daher mussten wir die *Normalsterblichen* in die Dependance auslagern. Nur wer zum Who's who gehört, wird in dieser Nacht hier wohnen.«

»Wie macht sich Charlie Saunders bisher?«

»Er arbeitet sehr effizient. Violet hat ihn übrigens schon kennengelernt.«

»Ach ja? Wann?«

»Heute Morgen. Als sie in mein Büro kam und ich zuerst glaubte, ein Gespenst zu sehen, war Charlie gerade bei mir. Ich habe ihn als neuen Buchhalter vorgestellt. Mir ist nichts Besseres eingefallen.«

»Genau genommen ist er das ja auch. Mr Saunders führt Buch über das, was Interessantes im Savoy geschieht.« Lachend beendete Kamarowski das Gespräch, verließ das Postamt und folgte Gemma Galloway auf die Fähre von Ostende nach Dover.

25

Zu schmal für zwei

»Kennst du das, in manchen Märchen kommt es vor, dass ein Prinz unvermutet ein Schloss im Wald entdeckt? Er ist in die Welt hinausgezogen, um Abenteuer zu bestehen, und plötzlich sieht er dieses Schloss.«

»Das Schloss im Wald.« Max streute Salz auf Violets Chips.

»Er reitet darauf zu. Man heißt ihn willkommen. Er wird bewirtet, und wenn er Glück hat, verspricht der König ihm die Königstochter als Frau.«

»Glücklicher Prinz.«

Violet hatte ihren Fisch noch nicht angerührt. »Aber

bevor er das Schloss samt Königstochter kriegt, muss er drei Prüfungen bestehen.«

»Anders geht's nun mal nicht.« Max nickte kauend.

»Der Prinz zieht also fort und erobert den silbernen Apfel oder die goldene Feder oder was sonst auf dem Programm steht. Beladen mit seinen Schätzen reitet er in den Wald zurück.«

Max wischte die Hände an dem Handtuch ab, das neben dem Waschbecken hing. »Inzwischen ist das Schloss aber verschwunden, stimmt's?«

»Verschwunden, nein, wieso?«

»So ist es doch meistens, der Prinz kann das Schloss nicht mehr wiederfinden.«

Sie lehnte sich im Schreibtischsessel zurück. »Erzählst du die Geschichte oder ich?«

Er zeigte auf die halb leere Pappschachtel. »Iss etwas, ich bitte dich, sonst stopfe ich noch mehr von dem Zeug in mich hinein.«

Violet nahm ein Stückchen Fisch. »In meinem Märchen findet der Prinz das Schloss wieder. Aber alles dort hat sich verändert.« Mit dem panierten Fisch zeigte sie auf Max. »Alles kommt ihm wie ausgewechselt vor. Grau und düster ist das Schloss. Die Sonne scheint nicht mehr, es wird von Schatten regiert. Das verstört unseren Prinzen.«

»Mhm.« Max legte das Handtuch zurück. »Und dieser Prinz, das bist du?«

»Ich bin der Prinz.«

»Und das Schloss ist das Savoy.« Max krempelte die Hemdsärmel herunter. »So weit, so gut. Was ich noch nicht kapiere, wie willst du aus dieser dünnen Story ein Hörspiel machen?«

»Es ist kein Hörspiel, Max.« Verblüfft sah sie ihn an. »Es ist die Wirklichkeit. Ich erlebe es täglich. Ich laufe durch mein Hotel und erkenne es kaum wieder. Die Blicke, die mir meine Angestellten zuwerfen. Manche verschwinden rasch um die Ecke, sobald sie mich sehen. Der Chefbutler weicht mir aus, die Kellner tuscheln, wenn ich das Restaurant betrete. Es kommt mir wie ein Alptraum vor. Nur leider ist es keiner.«

Max stand von seinem Schreibtisch auf, wo sie ihr kleines Dinner abhielten, und setzte sich auf sein Feldbett, das stets bereitstand, falls es in der Redaktion mal wieder so spät werden sollte, dass es nicht mehr lohnte, nach Hause zu fahren. »Vi, nun hör mir mal zu.«

Sie hob den fetttriefenden Zeigefinger. »Bitte behandle mich nicht, als ob ich den Verstand verloren hätte, Max.«

»Gut, verstehe. Wenn du also dieser Prinz bist, welche Prüfungen hast du zu bestehen?«

Sie wischte Mund und Hände ab und folgte ihm zu der altersschwachen Liege. »Ich muss das Savoy ... Ich weiß nicht ... Ich glaube, ich muss das Hotel von einem bösen Fluch befreien.«

Als sie vor ihm stand, nahm er ihre beiden Hände. »Jetzt mal ernsthaft, Vi, könnte das nicht eine späte Wirkung deiner schrecklichen Erlebnisse sein?«

»Vielleicht.« Sie betrachtete sein besorgtes Gesicht und schüttelte seine Hände. »Nein, Max, nein. Ich sehe keine Gespenster.«

»Was willst du also tun?«

»Ich habe eine ziemlich verrückte Idee, wie ich der Sache auf den Grund gehen kann«, antwortete sie nachdenklich. »Freitag in einer Woche geben wir den großen Empfang, unseren traditionellen Ball im Savoy. Judy und ich haben das seit Monaten organisiert. Alles, was in London Rang und Namen hat, wird da sein. An diesem Abend mache ich meinen Zug.«

Max zog sie näher zu sich. »Einen *Zug*? Sehr geheimnisvoll.«

»An diesem Abend brauche ich dich, Max.«

»Wozu?«

»Du sollst mein Tischherr sein.« Auf seinen erstaunten Blick setzte sie sich neben ihn. Das Stahlgerüst des Bettes quietschte. »Ich brauche einen Begleiter an meiner Seite. Vor der Reise nach Berlin dachte ich, Durbollière könnte das sein. Aber wie es aussieht ...« Sie legte den Kopf schief.

»Wie es aussieht, dürfte der Marquet an diesem Abend schon etwas anderes vorhaben.«

»Würdest du mir den Gefallen tun?«

»Dazu muss ich wissen, worum es geht.«

»Gib mir noch ein paar Tage, bevor ich dich einweihe. Ich will erst eine bestimmte Sache klären.«

Lächelnd sah er sie an. »Wenn ich dich auf den Ball begleiten soll, müsste ich erst mal nachsehen, ob mein Frack gebügelt ist.«

»Könntest du das deiner Frau erklären, dass du diesen Abend mit mir verbringst?«

»Ich brauche Susan nichts zu erklären.«

»Wieso nicht?«

Er sah Violet an. Sie saßen in seinem Büro, es war kurz vor Mitternacht. Max war Chefredakteur der BBC. In dieser Position hätte er ein repräsentativeres Büro benützen können, ein größeres, mit einem schöneren Ausblick. Aber er wollte es nicht anders. Dies war der Ort, an dem er denken konnte und schreiben wollte. Ein Waschbecken, falls er übernachtete, das Feldbett, dunkle Jalousien, um die Sonne auszusperren. In diesem Raum war es immer dämmerig. Es war ein Ort der Gedanken und Ideen. Es war ein Ort, an dem Geschichten ihren Anfang nahmen oder im Papierkorb landeten. Max liebte dieses Büro. Er mochte sein Bett. Allerdings war es zu schmal für zwei.

Max schloss Violet in seine Arme. Er strich ihr Haar beiseite und küsste die verletzte Stelle an der Schläfe. Zärtlich küsste er ihren Mund. Gemeinsam sanken sie zurück. Das Feldbett knackte, aber es hielt stand.

26

Der Faschist

Das Savoy war vorbereitet. Das Savoy gab sich die Ehre. Nichts wurde im Savoy dem Zufall überlassen. Die Liftpagen berichteten Otto, wen sie täglich transportierten. Otto fertigte Listen mit den Besonderheiten dieser Gäste an, die die offiziellen Namenslisten vervollständigten. In seinen Einträgen notierte Otto die täglichen Gewohnheiten eitler Ladys, die Verschwendungssucht eines bekannten Tennisspielers, die Sparsamkeit von Jungverliebten, die ihr letztes Erspartes zusammengekratzt hatten, um sich das Savoy zu leisten. Otto unterschied Hundenarren, die sich nie von ihrem Tier trennten, von solchen, die den

Hausdiener mit den Tölen zum Spaziergang schickten. Er unterschied liberale Juden von solchen orthodoxen Glaubens. Er durchschaute ältere Herren in Gesellschaft leichter Mädchen, die sie als ihre *Cousine* vorstellten, begrüßte ambitionierte amerikanische Maler, die das Geld ihres Vaters durchbrachten, er bat eine spanische Tanztruppe, nicht so laut zu sein, und half einem Kleinwüchsigen mit dem Handgepäck.

Meistens schwebte in den Aufzügen des Savoy die übliche Mischung aus englischen Familien, verwitweten Professorengattinnen und Gouvernanten auf und ab. Otto notierte magenkranke Ärzte, Herausgeber von Zeitschriften mit intellektueller Tendenz, wohlhabende Greise mit verarmten Verwandten, die von den Alten wie Sklaven gehalten wurden.

Nicht nur Otto machte sich Notizen, auch der tüchtige Timothy Cordle überwachte die Vorgänge im Hotel. Er hatte zwei Männer engagiert, die seine Augen und Ohren auf den Korridoren und in den Gästezimmern waren. Die Barkeeper und einige Kellner waren ausgewechselt und durch Männer ersetzt worden, die in Cordles Diensten standen.

Sämtliche dieser Listen liefen im Büro von Judy Wilder zusammen, die wiederum die Entscheidung traf, welcher

Gast in welchem Zimmer einquartiert wurde und bei wem die *Apparatur* zum Einsatz kommen sollte. In Fällen von politischer Brisanz oder wenn es um das Intimleben eines Parlamentariers ging, bat man Charlie Saunders persönlich, die Maschine zu bedienen.

Heute stand so eine Überwachung an. Die Herzogin von Londonderry erwartete Besuch in der Erkersuite. Lady Edith gehörte zum Team der *Außenspieler* des Savoy, wie Kamarowski das nannte. Seit sich die Herzogin vor Jahren mit Paul Silverberg, einem frühen Sponsor Hitlers, getroffen und ihm Informationen über den damaligen britischen Premierminister zugespielt hatte, besaß Kamarowski ein Druckmittel, womit er Lady Edith von Zeit zu Zeit motivieren konnte, brisante Verabredungen zu treffen. Silverberg war als Jude bei Hitler inzwischen in Ungnade gefallen und in die Schweiz emigriert, wo er jedoch nicht müde wurde, den Gipfelsturm des Führers zu bewundern.

Heute Abend war Sir Oswald Mosley, der sechste Baronet of Ancoats, bei Lady Edith zu Gast. Gleich nachdem die Rezeption das Eintreffen des Baronet durchgegeben hatte, stieg Charlie Saunders in den Keller, setzte die Kopfhörer auf und stellte sich auf einen langen Arbeitsabend ein.

Sir Mosley war ein Mann von vierzig Jahren, der sich

eine liebenswürdig jungenhafte Ausstrahlung bewahrt hatte. Er trug das Haar in Wellen frisiert und ließ sich einen dunklen Schnäuzer stehen. Dieser freundliche Gentleman war die eine Seite Mosleys, man kannte ihn jedoch auch anders. Nach seinem Militärdienst war er zuerst für die Konservativen, später für die Labour Party ins Parlament gezogen. Inzwischen hatte Mosley seine eigene Partei gegründet, die er die *British Union of Fashists* nannte. Obwohl die BUF bei Wahlen nur wenige Stimmen gewann, sah Mosley den Faschismus als den einzig richtigen Weg für Großbritannien an. Er hatte eine Studienreise nach Italien gemacht, wo er Mussolini auf mehreren Großveranstaltungen begleitet hatte. Zurückgekehrt richtete er seine Partei streng antikommunistisch und populistisch aus. Vor seiner eigenen Anhängerschaft hielt er Reden in engen schwarzen Hosen und einem Gürtel mit auffälliger Schnalle. Seine Leibwache, die *Blackshirts,* nannte er faschistische Verteidigungseinheit. Mithilfe dieser Schlägertruppe organisierte Mosley gewalttätige Aufmärsche und Ausschreitungen, die sich gegen jüdische Gruppierungen in London richteten. Diese Aufmärsche hatten bereits Menschenleben gefordert.

Lady Edith hatte die Erkersuite gegen die Sonne abdunkeln lassen. Sie und Mosley setzten sich ins Zwielicht.

»Haben Sie den Leitartikel in der Daily Mail gelesen?«, fragte der Baronet. Er hatte Lady Ediths Einladung zu einer Tasse Tee abgelehnt, Mosley trank ausschließlich destilliertes Wasser, was dem Zimmerservice kurzfristig Kopfzerbrechen bereitet hatte. »Auch der *Mirror* schwenkt bereits mehr und mehr auf meine Linie ein.« Der Baronet saß zurückgelehnt auf der geblümten Chaiselongue, die Hände rechts und links auf den Sitz gebreitet.

»Was sind Ihre nächsten Pläne?«

»Die Zerschlagung des jüdischen Gettos in East London«, antwortete er lässig. »Dort haben sich jüdische Einwanderer mit den Kommunisten zusammengeschlossen. Es dürfte ein explosives Aufeinandertreffen werden.«

»Fürchten Sie das Eingreifen der Polizei denn nicht?«

»Ich fürchte weder das Judenpack noch die Metropolitan Police.«

»*Das Judenpack*«, hörte Charlie Saunders mehrere Stockwerke tiefer. Die nächste Frage der Herzogin entging ihm, da er die Schellackplatte wechseln musste. Währenddessen entstand jedesmal eine Kluft von mehreren Sekunden, die in den Aufzeichnungen fehlte. Er platzierte die Nadel auf der neuen Platte, nahm Platz und schob den Kopfhörer zurecht.

»*Die jüdische Einwanderung ist ein Krebsgeschwür, das*

England befallen hat«, hörte er Mosley sagen. »*Im vergangenen Jahrhundert kamen die Juden scharenweise aus Russland zu uns, heute strömen sie aus dem Herzen Europas hierher. Wir müssen die Flut der Juden drastisch reduzieren. Dazu brauchen wir die Unterstützung Deutschlands.*«

»*Sind die Deutschen denn nicht ebenfalls daran interessiert, ihre Juden loszuwerden?*«, entgegnete Lady Edith.

»*Nicht unbedingt. Durch die massenhafte Abwanderung des jüdischen Kapitals entstehen dem Deutschen Reich Verluste in Milliardenhöhe. Hitler muss dieses Kapital in Deutschland halten. Was er mit den Juden selbst macht, ist eine andere Frage.*«

Um kein Wort zu verpassen, stützte Charlie die Ellbogen auf den Schreibtisch und presste die Kopfhörer mit beiden Händen an die Ohren.

»*Man muss ihnen die Fluchtwege abschneiden. Die meisten kommen über den Kanal. Dieses Nadelöhr muss man für Emigranten schließen. Leider weigert sich unsere Regierung, zu solchen Maßnahmen zu greifen. Außerdem gibt es Geschäftemacher, die reichen Juden zur Flucht verhelfen. Baron de Rothschild ist einer davon.*«

»*Ich dachte, Rothschild hilft den Juden zur Ausreise nach Palästina.*«

»*Palästina steht unter britischem Mandat.*« Mosley zuckte die Schultern. »*Das Problem wird also nur verlagert. Über kurz oder lang wird die Mischpoke auch in England an die Tür klopfen. Die Judenfrage ist nur radikal zu lösen.*«

»*Wären Sie bereit, sich für so eine Lösung stark zu machen?*«, fragte die Herzogin.

Das Zusammentreffen der beiden beanspruchte einen Zeitraum, bei dem Charlie zehn Schellackplatten bespielen musste. Es war eines der ergiebigsten Gespräche, das er je aufgezeichnet hatte. Nachdem Mosley sich aus der Erkersuite verabschiedet hatte, beschriftete Charlie das Material. Diesmal wartete er nicht, bis Miss Rachel die Aufnahmen transkribiert hatte, sondern machte sich, die Plattenschachteln unterm Arm, direkt auf den Weg zu Mrs Wilder. Ein zufriedenes Lächeln spielte in Charlies Gesicht.

27

Liebe am Nachmittag

Weil Max' Feldbett für eine Affäre untauglich war, weil sie beide in Violets Hotelwohnung ebenfalls nicht zusammen sein konnten, ohne dass ständig das Telefon geklingelt hätte, weil Max' eheliches Haus sich für ein Rendezvous von vornherein ausschloss, entschlossen sie sich zu einer ungewöhnlichen Maßnahme. Max mietete ein Zimmer im Savoy.

Am frühen Nachmittag checkte er wie ein gewöhnlicher Hotelgast ein, erklärte dem Hausdiener, dass er kein Gepäck dabeihätte, und ließ sich vom Liftboy nicht in den zweiten Stock fahren, sondern ging zu Fuß. Er öffnete die

Zimmertür mit dem Schlüssel, dessen Anhänger deshalb so schwer war, weil der Hotelgast nicht vergessen sollte, ihn bei der Abreise wieder abzugeben. Max ging ins Bad und machte sich frisch. Kurz darauf klopfte es leise an seine Tür.

Eine Hotelliebe, dachte Violet, während sie bei ihm lag und den Nachmittag einem frühen Abend weichen sah, der deutlich machte, dass die Tage bereits kürzer wurden. Liebe am Nachmittag, dachte sie, die verbotene Liebe zu einem verheirateten Mann. In der Traumwelt, durch die Violet manchmal streifte, wenn sich das Savoy ihr nicht gerade überstülpte wie ein Krake, sah sie sich selbst in einem hübschen Haus, das voller Leben war, doch anders als das umtriebige, künstliche Leben des Savoy, das einen Luxus vorgaukelte, den der Alltag nicht besaß. Violet wollte Alltag, sie wollte Kinder und einen Mann, den sie vor aller Welt begrüßen, umarmen, lieben konnte.

Sie liebte Max, liebte ihn von ganzem Herzen, sie hatte ihn vielleicht immer schon geliebt und immer schon verstanden, wie gut sie zueinander passten. Doch damals vor vier Jahren hatte sie den rechten Zeitpunkt verpasst. Max hatte ihr seine Liebe offen dargelegt, sie aber hatte geglaubt, ihn nicht lieben zu dürfen, weil er ihr Boss war.

Wie lächerlich kamen ihr solche Überlegungen heute vor. Es war die falsche Zeit, es war ein anderes Leben gewesen, dachte sie, während sie eng an Max geschmiegt in dem Hotelbett lag und verrückterweise Einnahmen daraus bezog, dass Max ihr Gast war. Hätte es John nicht gegeben und hätte Violet das Savoy nicht geerbt, wären sie und Max dann glücklich geworden? Wäre er der Mann, der in jenem erträumten Haus mit ihr leben würde und den die Kinder Papa riefen?

Irgendwann hatte Max eine andere kennengelernt, seine Frau Susan, die sich zu ihm bekannte und mit ihm ein Haus teilte. Violet war zu spät gekommen. Liebe am Nachmittag, dachte sie. Vielleicht ist es das Beste, was ich zustande bringe.

Sie richtete sich auf. »Hast du das schon öfter gemacht?« Violet nahm von dem Teegebäck, das im Savoy stets bereitstand.

»Seit ich verheiratet bin, meinst du?« Ein Glas Scotch stand auf Max' nackter Brust. »Zweimal, um genau zu sein.«

»Mit Frauen von der BBC?«

»Ich lerne ja kaum jemanden kennen, der nicht mit meinem Job zu tun hat.«

»Du hattest Affären mit deinen Angestellten, mit Frauen,

die dir untergeben sind?« Wieso provozierte sie ihn, was wollte sie damit erreichen?

»Während wir uns geliebt haben, waren sie nicht meine Untergebenen.« Sein Atem hob das Scotchglas. Violet spürte, dass er nicht gerne über diese Dinge sprach. »Und du, wie war das bei dir?«

»Als John noch lebte, habe ich ihn nicht betrogen. Und seit seinem … Seit er nicht mehr ist, hatte ich keine Gelegenheit dazu.« Sie wischte Krümel von der Decke.

Max überlegte einen Augenblick. »Die Einsamkeit in der Menge«, sagte er schließlich.

»Was meinst du damit?«

»Man sollte glauben, eine Frau wie du hätte viele Gelegenheiten, großartige Männer kennenzulernen. In deinem Haus geben sie sich die Klinke in die Hand.«

Sie betrachtete den Mann mit den markanten Zügen, dem Haar, das sich ein wenig lichtete, den roten Abdrücken an der Nase, wo sonst die Brille saß. »Die Einsamkeit in der Menge, oh ja, die kenne ich nur zu gut.«

Sie küssten einander. Aus dem Nebenzimmer waren die Obertöne eines Gesprächs zu hören. Eine Frauenstimme erzählte etwas, eine Männerstimme brummte manchmal dazwischen.

Max schmunzelte. »Ich hätte nicht gedacht, dass das Savoy so hellhörig ist.«

»Du hast eines der billigeren Zimmer gemietet.«

»Billig?« Er lachte knurrend. »Da möchte ich nicht wissen, was ein Zimmer mit Themseblick kostet.«

Violet strampelte die Decke von den Beinen. »Weiß Susan von deinen Affären?«

Er antwortete nicht gleich. »Wahrscheinlich weiß sie es.«

»Ist sie denn nicht eifersüchtig?«

»Ich glaube, eher erleichtert.«

»Was? Wieso?«

»Sie liebt einen anderen.«

»Was? Wen?«

»Das ist eine lange Geschichte.«

»Komm schon.« Sie schubste ihn an der Schulter.

»Vorsicht.« Im letzten Moment hielt er das Glas fest, trank es aus und erzählte.

Violet schmiegte sich in seinen Arm. »Magst du mich, Max?«

Aus dem Augenwinkel sah er sie an. »Musst du da fragen?« Er streichelte sie. »Mehr als je zuvor.«

»Glaubst du, dass wir all die Jahre verloren haben?«

»Nein.«

»Wieso nicht?«

»Ich glaube …« Sein Blick wurde müde. »Wir hätten uns wahrscheinlich bald getrennt, Vi.«

»Weshalb?«

»Weil du damals noch nicht wusstest, wo du hingehörst.«

»Weiß ich es jetzt?« Sie ließ den Kopf an seine Schulter sinken. »Weiß ich es jetzt?«

»Das hier ist unser Jetzt.« Er zog sie an sich. »Dieses Jetzt gehört uns, uns ganz allein.«

»Das gefällt mir.« Ihre Glieder wurden weich. »Es ist schön und traurig zugleich.«

Mit der freien Hand schenkte Max sich Scotch ein. »Willst du mir nicht endlich erzählen, was du vorhast?«

»Also gut. Allerdings ist es ein ziemlich ausgefallenes Vorhaben. Du darfst mich nicht auslachen.«

»Ich habe dich noch nie ausgelacht, Vi, kein einziges Mal.«

»Das stimmt«, erwiderte sie erstaunt. »Du hast mich niemals ausgelacht, Max.«

Violet schob das Kissen in ihren Rücken und schilderte ihren Plan. Rasch wurde es dunkel. Als Max aufstand und sich ankleidete, schlug es acht.

»Schade um das schöne Zimmer.« Er zog die Hosenträger hoch. »Ich meine, wo es doch schon bezahlt ist.«

»Warum bleibst du nicht noch ein bisschen?«

»Es geht nicht.«

Sie sah ihm beim Binden der Schnürsenkel zu. Mit einem Mal vergaß Violet, dass ihre Liebe nur eine Nachmittagsaffäre war, alles fühlte sich gut und richtig an. Ihr wurde ganz behaglich zumute dabei. Zu dumm nur, dass sie sich vom Zimmerservice nichts bringen lassen konnte. Da hätte der Kellner aber Augen gemacht, wenn ihm die Chefin des Savoy in Unterwäsche die Tür zu Zimmer 228 öffnen würde.

»Was gibt es zu lachen?«, fragte Max, während er in sein Sakko schlüpfte.

»Ach, nichts.«

Er beugte sich zu ihr und küsste sie. »Dann bis Freitag«, sagte er zärtlich.

»Ja, bis Freitag.« Als er in die Tür trat, löschte Violet die Nachttischlampe.

»Gehst du denn noch nicht?«

»Etwas später. Ich will mir den Himmel noch ein bisschen ansehen, bevor er ganz dunkel ist.«

Er kam zurück und küsste sie noch einmal. »Ich hab dich lieb, Vi.«

»Und ich dich.« Sie hielt Max einen Moment länger fest. Nachdem er die Tür geschlossen hatte, fühlte sie sich einsamer als sonst.

28

Larry

»Es war nicht die schwierigste Rolle meines Lebens, aber mit großer Wahrscheinlichkeit die unsympathischste.«

Der junge Schauspieler und Violet hatten sich im Regent's Park getroffen und schlenderten durch den *London Zoo*, den ersten zoologischen Garten der Welt, der diese Bezeichnung seit 1828 führen durfte. Sie hatten sich das neue Pinguinbecken angesehen und waren bei den Gorillas gewesen. Violet wollte sich auf die Suche nach dem Bärenhaus machen, wo der Schwarzbär *Winnie* zu hohen Jahren gekommen war. Als Kind hatte sie die Geschichte von *Winnie Puuh* geliebt, die von diesem Bären inspiriert worden war.

Nebeneinander liefen sie an den Nashörnern vorbei, die in der Sonne dösten. »Danke, Larry. Ich kann nicht glauben, dass du das wirklich für mich getan hast.«

»Es hat mir Spaß gemacht.« Er hakte sie unter. »Immer im Training bleiben, das hält einen Schauspieler beweglich.«

»Als ob du sonst keine Gelegenheit hättest, im Training zu bleiben. Ich habe deinen Romeo gesehen«, sagte sie, um nicht gleich mit der Tür ins Haus zu fallen. »Es ist ein völlig neuer Shakespeare, den du spielst.«

»Die Kritiker sind anderer Meinung. Sie schreiben, ich hample auf der Bühne herum wie ein wildgewordener Turnlehrer.«

»Weil sie gewohnt sind, Romeo nur so zu sehen, wie Gielgud ihn spielt.«

»Vielleicht. Aber ich tue ihnen den Gefallen nicht, den Text zu deklamieren, als ob ich ein Operettensänger wäre.« Neben ihm brüllte ein Gibbonaffe. »Oder so wie dieser Bursche hier.«

Violet fühlte sich fast ein wenig eingeschüchtert. Sie und Larry Olivier waren seit Jahren Freunde. Seit ihrer ersten Begegnung hatte seine Karriere unglaublich an Fahrt aufgenommen. Ein Theaterstar war er längst, mittlerweile drehte er auch Kinofilme und wie es hieß, war Hollywood auf ihn aufmerksam geworden. Violet lief also mit einem Mann durch den Zoo, den man in London kannte. Trotzdem drehte sich niemand nach ihm um, er hatte noch kein einziges Autogramm geben müssen. Das war das Besondere an Larry, privat wirkte er unscheinbar, nur ein schmächtiger junger Mann mit dunklem Haar, kaum größer als Violet. Erst wenn er auf die Bühne kam, trat das Wunder ein. Larry brauchte die Verwandlung in eine andere Person, um Glanz auszustrahlen. Dieses Wunder war ihm auch gestern wieder gelungen. Laurence Olivier hatte einen Auftritt im Hotel Savoy hingelegt.

An der Mauer zum Bärenzwinger blieb er stehen. »Willst du nicht wissen, wie die Sache ausgegangen ist?«

»Natürlich«, antwortete sie, brennend vor Neugier.

»Ich fürchte, du hattest recht. In deinem Hotel ist etwas faul, Vi, oberfaul sogar. Ich hatte den Eindruck, dass jedes Wort, das ich sage, mitgehört wird, und zwar nicht nur von Lady Edith.«

»*Mitgehört*?«

»Ich kam da reingeschneit, verstehst du«, begann er zu erzählen. »In die Suite dieser Herzogin, und hatte mir die schlimmste faschistische Attitüde zurechtgelegt, die du dir vorstellen kannst. Ich schwadronierte so großtuerisch, als ob ich Mussolini persönlich wäre. Trotzdem schien

304

Lady Edith mein Verhalten nicht unangenehm oder peinlich zu sein. Allein die Fragen, die sie mir gestellt hat, klangen, als ob irgendjemand ihr diese Fragen vorgegeben hätte. Sie wollte alles über Oswald Mosley wissen, seine Pläne, seine Absichten, seine Träume. Es kam mir vor …« Impulsiv schlug Larry auf die Brüstung. »Jetzt weiß ich es. Ich weiß, was mir nicht geheuer war, Vi. Ihr Verhalten war absolut *unbritisch*. Von wem sollte man wohl typisch britisches Verhalten eher erwarten als von einer Herzogin? Du kennst uns, Vi. Du weißt, was es bedeutet, Engländer zu sein. In jeder Lage wollen wir korrekt erscheinen und werden zugleich erstickt von unserer Angst, irgendetwas Falsches zu sagen oder zu fragen: *»Wie geht es Ihrer Frau?«*, und die Antwort zu bekommen: *»Sie ist heute Morgen in unserem Haus verbrannt.«* Wir leben in ständiger Furcht vor der geringsten Peinlichkeit. Aber nichts davon konnte ich bei der Herzogin entdecken. Sie hat sich den Nazi-Mist, den ich ihr aufgetischt habe, mit dem größten Interesse angehört.«

»Wie kommst du auf die Idee, dass jemand euer Gespräch mitgehört haben könnte? Vor allem von wo?«

»Schwer zu sagen, aber es gab sonderbare Momente während dieses Nachmittags. Manchmal ist Lady Edith aufgestanden und ging in einen anderen Teil des Zimmers, als ob sie mich dazu bringen wollte, lauter zu sprechen.«

Violet blickte zu den Bären in den Graben hinunter. Die meisten dösten in der warmen Mittagsluft, nur ein einziger machte sich die Mühe, einen frischen Birkenzweig zu entblättern und zu fressen. »Ich hatte ziemliche Angst, dass man dich erkennen könnte, Larry«, sagte sie.

Er lächelte sein berühmtes Lächeln, das die schmale Oberlippe zur Geltung brachte. »Was das betrifft, hatte ich keine Bedenken. Erstens sieht mir Mosley bedauerlicherweise wirklich ähnlich, zweitens haben die meisten Menschen die Angewohnheit, das zu glauben, was sie glauben wollen. Nachdem mich die Rezeption bei Lady Edith als Oswald Mosley angekündigt hatte, machte sich niemand die Mühe, das zu überprüfen. Die restliche Täuschung habe ich mit einer falschen Nase und einem geklebten Bärtchen bewerkstelligt. Als ich vor meinem *Auftritt* in den Spiegel schaute, hätte ich mich fast selbst für Mosley gehalten.«

Violet erkundigte sich bei einem Wärter nach Winnie, dem Bären, und erfuhr, dass er vor zwei Jahren gestorben war. Zu zweit verließen sie den Zoo und schlenderten den Boardwalk südwärts in Richtung Open Air Theatre.

»Aber weshalb glaubst du, wollte Lady Edith dich – oder vielmehr Mosley aushorchen?«

»Ich weiß es nicht, ehrlich, Vi.« Ein paar Schritte ging er schweigend. »Wahrscheinlich steckt die Herzogin gar nicht selbst dahinter. Möglicherweise sind meine faschistischen Glaubenssätze und der ganze völkische Schwachsinn andernorts auf wache Ohren gestoßen.«

»Andernorts, bei wem?«

»Das musst du selbst herausfinden, Vi. Hast du denn keine Ahnung, wer das sein könnte?«

»Eine Ahnung habe ich allerdings. Aber ich weiß nicht, wie ich meinen Verdacht beweisen soll.«

»Warum holst du denn nicht Scotland Yard zu Hilfe?«

»Die vom Yard sind derzeit nicht besonders gut auf mich zu sprechen«, antwortete sie zögernd.

»Wegen der Geschichte mit der Japanerin?«

Sie nickte.

»Kann ich dir irgendwie dabei helfen?«

»Nein, Larry, danke. Was du gestern getan hast, war schon Hilfe genug. Es war … einmalig.«

Das kleine Freilichttheater tauchte zwischen den Bäumen auf.

»Kommst du Freitag zu unserem Empfang?«, fragte sie.

»Ich habe leider Vorstellung, aber hinterher tauche ich bestimmt auf. Dann erzählst du mir, wie es gelaufen ist.«

»Wann fährst du nach Amerika?«

»In zwei Wochen. Zu Probeaufnahmen mit Greta Garbo. Stell dir das vor. Ich sterbe vor Angst.«

»Mit *der* Garbo?«

»Ich, der kleine englische Komödiant, soll den Liebhaber der göttlichen Garbo spielen.« Er zeigte auf das Bühnenbild, das durch die Bäume schimmerte. »Ich möchte noch ein paar Kollegen von früher begrüßen. Kommst du mit?«

»Nein, danke, Larry, ich muss zurück. Ich halte dir die Daumen.«

»Wofür?«

»Für alles. Auch für die Garbo.«

29

Vabanque

Die Garbo, dachte Violet, die mondäne Welt, das Geflimmer, das Getuschel, die Unwahrheit und der Größenwahn, Geldreichtum und geistige Armut, geistiger Hochmut und Ausverkauf der Gefühle. All das würde sie heute in Reinkultur erleben, grell angestrahlt durch Fotoblitze, vervielfältigt durch tausend Stimmen, tausend Menschen, die jeder auf seine Art *»Ich, Ich, Ich!«* rufen würden. *»Schaut mich an! Bewundert mich! Hebt mich auf ein Piedestal, ich will ewig leben.«*

Violet hatte das Zimmermädchen weggeschickt. Dabei hätte sie eigentlich eine Zofe gut gebrauchen können, das

Ballkleid war aufwendig und umständlich anzuziehen. Doch sie hatte schon jetzt, am frühen Abend, genug von all den Menschen, die wie die Wiesel um sie herumhuschten. Maître Antoine, der Modeschöpfer, war hier gewesen und hatte persönlich letzte Hand an Violets Modellkleid gelegt, mitternachtsblau, hinten so raffiniert geschnitten wie vorne, bodenlang. Es würde schwierig sein, darin zu tanzen, doch sie fürchtete, zum Tanzen würde sie ohnehin kaum Gelegenheit finden. Violets Chefkoch war erschienen und hatte über die verdorbenen Gambas räsonniert, die erst im letzten Moment geliefert worden seien, weshalb Ersatz nicht mehr rechtzeitig eintreffen würde. Schließlich war der Coiffeur mit Violets Haar hart ins Gericht gegangen, hatte gezupft, geschlungen und gewunden. Eine Stunde lang hatte sie die Folter ertragen, war mit dem Ergebnis aber nur mäßig zufrieden. Der Friseur hatte aus Violet eine gefällige Frau gemacht, die sich mit dem Leben im Kreis der oberen Zehntausend arrangiert hatte, eine Frau, die *dazugehörte*. Genau das war Violets Achillesferse. Wenn sie erst einmal zu diesen Leuten zählen würde, wäre ihr Leben in Freiheit vorbei. Kaum war der Stylist gegangen, griff Violet mit wilder Geste in die Frisur und machte etwas daraus, das mehr zu ihrem Kopf passte.

Dem eintretenden Visagisten trug sie auf, dezente Arbeit zu leisten. »Natürlich, Miss Mason, nur ein winziger Hauch«, lautete seine Antwort. Das Ergebnis war das Gegenteil geworden. Ihre Lippen schimmerten scharlachrot, die Brauen waren geschwungene Pfeile, ihre Wimpern fühlten sich an, als ob sie die Länge von Streichhölzern hätten. Violet Mason, die heute Nacht alles aus dem Weg räumen wollte, was in ihrem Hotel nicht stimmte, war hinter Make-up, Lidstrich und Lippenstift verschwunden. Sie nahm sich vor, diese Maske für ihren Zweck zu nützen. Solange sie das Aussehen einer verwöhnten reichen Frau trug, würde man die streitbare Violet dahinter nicht erkennen.

Endlich war der Letzte gegangen, die Tür hatte sich geschlossen. Sie war allein. Es blieb noch genügend Zeit, bevor sie ins Kleid schlüpfen und in die hohen Schuhe steigen musste. In Unterwäsche setzte sich Violet aufs Bett, zog den kleinen Tisch heran und begann, ihre Hühnersuppe zu löffeln. Sie hatte sich eine klare Brühe bestellt, um eine Grundlage zu haben. Während des Balls würde ihr die Zeit zum Essen fehlen. Sie brauchte Kraft, sie brauchte Gelassenheit. Alles konnte noch scheitern. Als sie den Löffel in die Suppe tauchte, bemerkte sie ihr Zittern. Hell schlug der Löffel gegen den Tellerrand.

Noch eine knappe Stunde, bevor der Zirkus losginge. Violet dachte an Max. Wie der Held aus einem Freibeuterfilm war er in ihrem Leben wieder aufgetaucht, ein wahrer Retter in der Not. Und nun hatte sie ein Verhältnis mit ihm angefangen. Susan, seine Ehefrau, war Hofdame im Buckingham Palace. Max kannte man als engagierten Chefredakteur der BBC. Die beiden waren ein beliebtes Paar in London. Violet dagegen hatte man wegen der unschönen Angelegenheit mit Ayumi stigmatisiert, sie galt als *beschädigte Ware*. Es würde ihrem Renommee zusätzlich schaden, wenn in London das Gerücht umging, dass sie einer Hofdame Seiner Majestät den Mann wegschnappte. Wäre es nicht besser gewesen, Larry Olivier zu bitten, Violet auf den Ball zu begleiten? Er war ebenfalls verheiratet, doch seine Affäre mit Vivien Leigh war längst Stadtgespräch. Nein, dachte Violet, Max war der Richtige für heute Nacht. Er wusste, was auf dem Spiel stand.

Die Suppe tat ihr gut, ein warmer Magen fühlte sich behaglich an. Sie stand auf und trat vor den Spiegel.

»Max wird heute mein Tischherr sein«, sagte sie zu ihrem geschminkten Gegenüber. »Auf Max ist Verlass.«

Kamarowski begrüßte Emil Lilienthal so herzlich wie einen alten Jugendfreund.

»Mein Wohltäter!«, rief der Wiener quer durch die Lobby.

Beide waren im Frack, Lilienthal trug das Franz-Joseph-Kreuz zweiter Klasse, mit dem er im Krieg ausgezeichnet worden war.

»Emil!« Kamarowski schüttelte dem anderen beide Hände.

»Gut siehst du aus, Viktor.«

»Lass dich anschauen. Das Kaiserkreuz? Emil, dann warst du also ein Held?«

Lilienthal nickte bescheiden. »Ich hole es zu bestimmten Anlässen hervor und erfreue mich daran.«

»Warst du an der Westfront?«

»Nein, ich habe in den Karpaten gedient. Leutnant beim vierzehnten Kaiserjägerregiment. Und du?«

»Ich war überall und nirgends«, antwortete Kamarowski ausweichend, hakte Lilienthal unter und steuerte mit ihm zur Ledergarnitur. »Meine Bank hat mir mitgeteilt, dass deine Transaktion erfolgreich abgeschlossen wurde.«

»Das ist richtig. Vielen, vielen Dank dafür, Viktor«, antwortete Lilienthal mit großer Wärme. »Was ich zum Leben brauche, habe ich nun in London. Auch meine Frau ist mit dieser Regelung zufrieden. Ihr bleibt immerhin die Villa und das Jagdhaus am Völser Weiher.«

»So sind alle glücklich«, lachte Kamarowski.

»Nicht alle.« Nachdenklich zwirbelte Lilienthal das schüttere Haar an seiner Stirn. »Die Zeiten sind schlecht, Viktor. Viele Juden in Wien machen sich Sorgen.«

»Das sollten sie auch«, erwiderte Kamarowski nüchtern.

Ängstlich suchte Lilienthal im Gesicht des Freundes. »Was weißt du? Kommt es zum Anschluss? Wird Hitler einmarschieren?«

»Bis jetzt wartet er noch auf eine Einladung aus der Hofburg. Er will nicht als Eroberer auftreten. Wien soll den Führer bitten, Österreich ins Reich zu holen.«

»Darauf kann er lange warten«, gab Lilienthal zurück. »Schuschnigg wird sich niemals darauf einlassen.«

»Ich fürchte, dann wird Schuschnigg nicht mehr lange österreichischer Kanzler sein.«

Lilienthal fasste sich ein Herz. »Du hast mir geholfen, mein persönliches Unheil abzuwenden, Viktor. Du hast meine Existenz gerettet. Aber es gibt Tausende, viele Tausende Juden in Wien, die schon jetzt mit Repressalien der Nazis zu kämpfen haben. Wenn Hitler erst einmal da ist …«

»Ich helfe, wo ich kann«, ging Kamarowski dazwischen. »Aber meine Bedingungen sind bekannt.«

»Dreißig Prozent.« Lilienthal nickte. »Das ist viel, aber es ist auch fair. Doch was sollen jene Juden tun, die sich diesen Luxus nicht leisten können? Dreißig Prozent von nichts ist nichts. Würdest du solchen Leuten auch helfen?«

»Nein«, antwortete Kamarowski mit vollendeter Freundlichkeit. »Ich bin Geschäftsmann, und es ist meine Angewohnheit, Geschäfte mit allen Seiten zu machen. Ich bin weder die Heilsarmee noch der Völkerbund noch das Rote Kreuz. Ich bin ein Mann, der sich so wie jeder durch diese schwierige Zeit lavieren muss.«

Lilienthal legte die Hand auf Kamarowskis Unterarm. »Dann kann ich meinen Freunden also keine Hoffnung machen?«

»Schluss mit diesem schwermütigen Thema«, lächelte Viktor. »Wie hast du dich eingelebt, mein Guter? Wo liegt deine neue Wohnung?«

»In Marylebone, unweit des Hyde Parks. Sie ist nicht besonders groß, aber die Gegend erinnert mich an die Wiener Josefstadt.«

In diesem Moment entdeckte Kamarowski Timothy Cordle, den Chefbutler, der die Lobby betrat und in einiger Entfernung stehen blieb. »Entschuldigst du mich einen Augenblick, Emil? Wir sehen uns ja heute bestimmt noch.«

Lilienthal verabschiedete sich. Kamarowski sah ihm nach. Der reizende Wiener wirkte gedrückt. Viktor konnte ihm nicht helfen. Sein Einfluss reichte vom Deutschen Reich bis in die Sowjetunion, von Großbritannien bis nach Übersee. Er verhandelte mit dem Westen, den Mittelmächten und dem Osten. Es gab allerdings einen Menschenschlag, mit dem Viktor niemals in Verhandlung trat, das waren die Mittellosen. Er hatte früh erkannt, dass es in der kommenden Zeit nur wenige Sieger geben würde, und die Verlierer waren die notwendige Kehrseite der Medaille. Wer sich mit den Verlierern einließ, verwandelte sich selbst in einen.

Kamarowski war überzeugt, dass er zu den wenigen gehörte, die vorhersahen, was die Zukunft bringen würde. Dabei war der kommende Krieg nicht das Schlimmste. Der Krieg machte die Menschen dankbarer und aufnahmebereiter. Sorgen bereitete Viktor, dass er nicht sagen konnte, wer zuletzt als Sieger hervorgehen würde. Er zögerte daher, sich ganz in den Dienst der Nazis zu stellen. Die Deutschen hielten die meisten Trümpfe in der Hand, Entschlossenheit, technische Überlegenheit und den Mut, zum Äußersten zu gehen, andererseits war Hitler ein unberechenbarer Charakter. Kein Mensch konnte eine solch gottähnliche Verehrung ertragen, ohne Schaden an Leib und Seele zu nehmen. Die Engländer dagegen waren durch jahrhundertelange Regentschaft ermattet, sie waren des Herrschens müde. Und Amerika war noch nicht so weit, sich in das Kräftespiel der Gewalten einzumischen. So wie sich die Lage darstellte, musste Kamarowski seine Karten auf mehrere Spiele gleichzeitig verteilen.

Er winkte Tim Cordle zu sich, der unauffällig durch die große Halle näher kam. Viktor lächelte. Er sah das Savoy als Sinnbild jenes breit gefächerten Vabanque-Spiels an, das er angezettelt hatte. Dieses Hotel war der glänzende Mittelpunkt des royalen London, es war Anziehungspunkt für die Bedeutenden der Erde und solche, die es werden wollten. Deshalb gedachte Viktor Kamarowski, aus dem Savoy jenes Gold zu gewinnen, das den wahren Reichtum der Zukunft darstellte, Wissen und Information. Derjenige, der etwas als Erster wusste, machte in Wirtschaft und Politik den Stich. Wer mit wem einen Pakt schloss, wer auf welches Pferd setzte, wer sich eine Blöße gab oder mit der falschen Gespielin ins Bett ging – die Möglichkeiten des Spieles waren Legion. Wer sie erkannte und nützte, konnte Geschäfte mit den Verfolgern genauso machen wie mit den Verfolgten. Wem die Nazis missfielen, der belieferte deren Gegner. Wem die Gegner vertrauten, der konnte die Nazis wiederum in deren Pläne einweihen. Es war ein riesiges, allumfassendes, gewinnbringendes, seligmachendes Schlaraffenland, bestehend aus abgehörten Gesprächen, erlauschten Bemerkungen und aufgezeichneten Informationen.

Lächelnd stand Kamarowski inmitten der Lobby, die seine zukünftige Kampfarena sein sollte. Geduldig hatte er alles Nötige unternommen, um seine Vision wahr werden zu lassen. Es hatte ihn Jahre gekostet. Nun war das Savoy zu dem Schauplatz geworden, der ihm vorgeschwebt hatte, ein Ort, wo die Wände im wahrsten Sinn des Wortes Ohren hatten. Heute Abend würden die einflussreichsten Persönlichkeiten des Königreiches hier erscheinen, außerdem Diplomaten aus den USA, Magnaten aus der osmanischen Welt, Künstler und Berühmtheiten. Politik und Wirtschaft, Geld und Geldgier gaben einander heute ein Stelldichein im Savoy. Die Zimmer und Suiten der voraussichtlichen Treffen waren bekannt, Charlie Saunders und seine Leute bereiteten sich an den Apparaturen im Keller auf eine lange Nacht vor.

Während Kamarowski Lilienthal im *Nightingale Room* verschwinden sah, wurde ihm klar, dass dies vielleicht der Höhepunkt seines Lebens war.

»Was gibt's?«, fragte er, als Tim Cordle an seine Seite trat.

»Wie ich erfahren habe, wird Miss Mason heute Abend Max Hammersmith auf den Ball mitbringen«, antwortete der Chefbutler.

»Wieso sagen Sie mir das erst jetzt?«

»Weil Miss Mason es bisher niemandem erzählt hat.«

»Woher wissen Sie es dann?«

»Weil sie gerade oben in ihrer Wohnung ist.«

»Ja, und?« Kamarowski deutete an, dass er keine Lust hatte, Cordle alles aus der Nase zu ziehen.

»Miss Mason führt offenbar ein Selbstgespräch, und wir waren in der Lage, mitzuhören. Mr Hammersmith wird heute ihr Begleiter sein.«

»Wahrscheinlich hat es nichts zu bedeuten«, antwortete Kamarowski nach einer Pause. »Andererseits wäre es von Vorteil, wenn man die Teilnahme von Mr Hammersmith ein wenig … verzögern könnte.« Er musterte Cordle. »Halten Sie das für möglich?«

»Ein glänzende Idee.« Der Chefbutler winkte einen Hausdiener zu sich.

Kamarowski verließ die Lobby und fuhr auf sein Zimmer. Er hatte Lust auf die Gesellschaft von Gemma Galloway. Ihre Kälte und Skrupellosigkeit würden ihm die nötige Ruhe verschaffen, die er für die heutige Nacht brauchte.

30

Jungfer im Grünen

Seit einer geschlagenen Stunde stand Violet auf dem oberen Absatz der Freitreppe. Ihre rechte Hand schmerzte von den zahllosen Handshakes, die sie absolviert hatte. Das Spalier des Who's who wollte kein Ende nehmen.

Emsige Reporter notierten, welche Persönlichkeiten in den großen Saal hinaufstrebten. Wer den Sommerball im Savoy verpasste, durfte sich gesellschaftlich getrost als Außenseiter bezeichnen. Der Lord Chancellor, der Lord Privy Seal, der Außenminister, der Kolonialminister, der Kriegsminister, der Luftfahrtminister, der Minister für die besonderen Belange Indiens, der Minister für die besonderen Belange Schottlands, die beiden Minister ohne Portfolio, der Lord of the Admiralty, der Handels-, der Erziehungs-, sogar der angeblich erkrankte Gesundheitsminister defilierten an Violet vorbei, sämtlich behangen mit ihren Damen, manche hatten ihre heiratsfähigen Töchter dabei. Winston Churchill erschien mit Gattin *Clemmie*. Der Marquess of Londonderry führte Lady Edith am Arm. Violet tauschte mit jedem die erforderlichen Höflichkeiten aus. Keines der floskelhaften Gespräche dauerte länger als zehn Sekunden, da die Schlange am Fuße der Treppe nicht abriss.

Man informierte Violet darüber, dass die königlichen Hoheiten eingetroffen waren. Die Kolonne der Normalsterblichen musste beiseitetreten und sich verneigen. Prinzessin Marina erschien mit ihrem Gatten Prinz George, Prinzessin Alice kam ohne Gemahl. Verspätet traf Prinz Albert, Duke of York, ein. Der Stotterer war trotz seiner Zurückhaltung, was öffentliche Auftritte betraf, zuletzt ins Gespräch gekommen, da er in der Thronfolge der Nächste wäre, falls sein Bruder die Warnungen der Regierung in den Wind schlagen und die Amerikanerin heiraten sollte. Es wäre also durchaus möglich, dass Violet in diesem Moment dem künftigen König Großbritanniens die Hand gab. Der Hofknicks gab ihr Gelegenheit, ein wenig Bewegung in die sonst steife Angelegenheit zu bringen.

»Königliche Hoheit, wir sind geehrt durch Ihren Besuch.«

»Schön, sehr schön«, antwortete Albert und entschuldigte seine Frau, die bei den Töchtern Elisabeth und Margaret geblieben war.

Judy Wilder und Viktor Kamarowski beobachteten die königliche Zeremonie vom Fuße der Treppe aus.

»Wären Sie jetzt gern an Violets Stelle?«, raunte er ihr zu.

»Um keinen Preis«, antwortete Judy. »Unsere kleine Violet und der Bruder des Königs«, sagte sie fast ein wenig gerührt.

»Es hat eben doch Vorteile, dass Miss Mason in Berlin nicht verbrannt ist.« Kamarowski schmunzelte. »Welche Suite haben Sie für die Hoheiten vorgesehen?«

»Die Royal Suite selbstverständlich.«

Die Prinzen und Prinzessinnen waren im Ballsaal verschwunden. Kamarowski reihte sich wieder ins Spalier ein und näherte sich Violet.

»Miss Mason.«

»Mr Kamarowski. Es tut gut, zwischendurch ein bekanntes Gesicht zu sehen.«

»Wie schmeichelhaft von Ihnen, dass Sie sich an mich erinnern.« Er beugte sich zum Kuss andeutungsweise über Violets Hand. »Wissen Sie noch, vor Jahren waren Sie so verwegen, mir die Ehre eines Tanzes zu geben. Ich nehme an, dass die Schar der Bewerber auf Ihrer Tanzkarte heute endlos ist, aber ich würde mich freuen …«

Sie unterbrach ihn lächelnd. »Sollte der Schnitt meines Kleides mir erlauben zu tanzen, wäre es mir eine Freude, lieber Mr Kamarowski.«

Hinter ihm drängte ein beleibter Wirtschaftsführer heran. Kamarowski überließ Violet ihrem Schicksal und trat in die Welt aus Glanz und Zauber, die fleißige Hände in den letzten Wochen erschaffen hatten. Das Leitmotiv des Blumenschmucks war die Sommerazalee. Es mengten sich Astern dazu, Malven und Mirabilis, auch Islandmohn und Jungfer im Grünen. Noch regierte der Sommer, und der Ball im Savoy gab diesem Gefühl heute Nacht bildhafte Kraft.

Max Hammersmith betrat die Lobby zur verabredeten Zeit. Das Defilee der Gäste war bereits abgeschlossen.

Gerade wollte er seinen leichten Mantel an der Garderobe abgeben, als ein Hausdiener, ein Tablett mit Getränken balancierend, Max' Weg kreuzte. Ob der Marmorboden glatt oder der Hausdiener überarbeitet war, ließ sich nicht feststellen. Jedenfalls verlor er dicht vor Max die Kontrolle über seine Last, und eine Mischung aus Tee, Kaffee und Aprikosenlikör ergoss sich über dessen Hemdbrust. Das Zerschellen des Geschirrs, die irritierten Gäste, die auf dem Weg zum Ballsaal zusammenfuhren, der herbeieilende Chefbutler, der zu einer Litanei von Entschuldigungen ansetzte, das passierte praktisch alles gleichzeitig.

Max verlor keine Zeit mit Ärger und Schuldzuweisungen, er hatte Violet versprochen, pünktlich am vereinbarten Treffpunkt zu sein. Er riss dem Hausdiener die Serviette vom Arm und wischte heißen Tee vom Frackrevers. Die Hose hatte es weniger schlimm getroffen, Hemdbrust und Weste waren jedoch nicht zu retten.

»Ich brauche frische Wäsche«, sagte er zum Chefbutler und unterbrach damit dessen Redefluss, wonach das Hotel selbstverständlich für den Schaden aufkommen werde.

»Bedauerlicherweise sind sämtliche Hemdbrüste und

steife Kragen anlässlich des Balles heute für das Personal im Einsatz«, entschuldigte sich Tim Cordle.

Max warf einen Blick auf die Uhr. Nach Hause zu fahren und sich umzuziehen, war ausgeschlossen, also blieb keine andere Wahl, als mit beflecktem Hemd zu erscheinen.

»So ein dummes Malheur«, hörte er hinter sich, drehte sich um und sah einen freundlich wirkenden Herren aus dem *Nightingale Room* treten. Um den Hals trug der Mann einen Orden, der nicht britischen Ursprungs war. »Was wollen Sie in dieser Lage denn jetzt anfangen, Sir?«

Max befürchtete, dass er mit jeder Erklärung noch mehr Zeit verlieren würde, außerdem wirkte sein Gegenüber beschwipst. »Mir wird schon etwas einfallen, danke.«

»Falls Sie ein frisches Hemd brauchen, damit könnte ich dienen«, erwiderte Emil Lilienthal.

»Tatsächlich?«

»Wir haben zwar nicht die gleiche Figur, aber ich denke, bei einem Oberhemd ist das nicht von Bedeutung«, lächelte Lilienthal.

»Ich danke Ihnen vielmals, Mister ...«

Es folgte eine kurze Vorstellung, danach bat Lilienthal Max zum Fahrstuhl, um ihm auf seinem Zimmer

Hemd und Kragen auszuhändigen. Schmallippig beobachtete der Chefbutler, wie die beiden in den Aufzug stiegen.

»Ich habe zwar eine Wohnung in London«, sagte Lilienthal. »Aber von Zeit zu Zeit gönne ich mir den Luxus für eine Nacht, in diesem wunderschönen Haus abzusteigen.«

»Darf ich fragen, weshalb Sie, wenn Sie nur eine Nacht hier logieren, zwei Frackhemden dabei haben?« Vor ihnen schloss sich das Scherengitter.

Lilienthal zwinkerte vergnügt. »Meine Frau ist schuld daran. Sie behauptet, ich bekleckere mich so leicht. Natürlich ist das nicht der wahre Grund. Ich bin in der Herrenkonfektionsbranche tätig. Da lernt man frühzeitig, auf jede Eventualität vorbereitet zu sein.«

»Und heute bin ich Ihre Eventualität«, lächelte Max. »Bitte richten Sie Ihrer Frau meinen herzlichen Dank aus.«

»Sie hat mich verlassen«, entgegnete Lilienthal ohne jeglichen Groll. »So, da sind wir schon.« Er ging voraus.

Womit Violet zuletzt gerechnet hätte, trat ein, Max ließ sie im Stich. Ihre Vorbereitungen waren auf die Minute genau geplant, jede Verzögerung brachte die Aktion ins

Wanken. Max war nicht gekommen. Während Violet Hände schüttelte und unbedeutende Gespräche führte, versuchte sie, sich ihre Unruhe nicht anmerken zu lassen. Wenn Max nicht rechtzeitig eintraf, verfehlte dieser Ball seinen Sinn. Um den Saal besser überblicken zu können, stellte Violet sich auf die Stufen zum Orchesterpodest. In ihrer Nähe führte Arturo Benedetti den Taktstock, die Musik war beschwingt und ziemlich laut.

Trotz der hohen Schuhe machte Violet fast einen Luftsprung, als sie Max endlich am hinteren Eingang entdeckte. Er bahnte sich einen Weg zwischen den Gästen, sie lief ihm entgegen.

»Ich bin zu spät, bitte verzeih«, sagte er atemlos.

»Was ist passiert?«, fragte sie, unterbrach sich aber gleich. »Nicht so wichtig, du wirst es mir später erzählen. Er wartet schon. Es ist höchste Zeit. Du triffst ihn in der Dorchester Suite.«

»Wo?«

»Die Dorchester Suite. Weißt du, wie man dorthin gelangt?«

»Nein.« Max bemühte sich, das übergroße Oberhemd tiefer in die Hose zu schieben.

»Ach, wie dumm.« Ungeduldig sah Violet sich nach

einem Hausdiener um. »Ich kann dich nicht hinbegleiten, denn ich muss ...«

»Verzeihen Sie, wenn ich unterbreche.« Viktor Kamarowski trat neben sie und machte eine Verbeugung. »Wenn ich nicht irre, spielt das Orchester gerade eine Rumba. Wäre das eventuell der richtige Zeitpunkt für unseren Tanz, Miss Mason?«

»Im Moment ist es etwas ungünstig.«

Viktor wandte sich zu Max. »Gestatten, Kamarowski.«

»Hammersmith«, antwortete Max, irritiert durch die förmliche Vorstellung des Unbekannten.

Während Violet einen Ausweg suchte, wie sie Max zur Dorchester Suite bringen lassen konnte, entdeckte sie plötzlich jemanden im Gewimmel des Saales, dessen Erscheinen ein Strahlen auf ihr Gesicht zauberte.

»Sind Sie es denn wirklich?«, rief sie und streckte beide Hände aus.

Ein alter Mann kam ihr entgegen. Sein Haar war schlohweiß, sein Frack saß wie angegossen. Mr Sykes verbeugte sich vor seiner Direktorin.

»Ich habe den Sommerball im Savoy viele Jahre lang betreut«, erwiderte er. »Und ich konnte es einfach nicht über mich bringen, heute Abend zu Hause zu bleiben.«

»Sie sind als *Gast* hier, lieber Mr Sykes?« Ohne Scheu

fasste Violet ihren langjährigen Chefbutler bei den Schultern. »Das freut mich, freut mich so sehr. Wie haben Sie sich hereingemogelt, durch die Küche?«

Entrüstet trat Sykes zurück. »Ich habe mir selbstverständlich ein Ticket gekauft.«

»Aber Anthony, das wäre doch nicht …«

»Einen Tisch oder einen Sitzplatz konnte ich mir natürlich nicht leisten«, räumte er ein. »Aber ich bin das lange Stehen ja berufsbedingt gewöhnt.«

»Wo haben Sie Ihren Hund heute Abend gelassen?«, fragte sie trotz der Eile.

»Bully? Bei meiner Nachbarin.«

»Mr Sykes, Sie könnten mir einen großen Gefallen tun. Erinnern Sie sich an Mr Hammersmith?«

»Natürlich. Guten Abend, Sir. Wie geht es Ihnen?«

Bevor Max antworten konnte, fuhr Violet fort. »Mr Hammersmith hat gleich eine Verabredung in der Dorchester Suite, weiß aber nicht, wie man dorthin kommt. Wären Sie vielleicht so nett …?«

»Es ist mir eine Freude, Miss Mason – Mr Hammersmith.«

Während Max an der Seite von Sykes auf den westlichen Ausgang zusteuerte, wandte Violet sich an Kamarowski.

»Sehen Sie, wir haben Glück.« Sie bot ihm ihren Arm. »Nun kommen wir doch noch zu unserer Rumba.« Am Arm von Viktor Kamarowski ließ sich Violet auf die Tanzfläche führen.

31

Ein Feind, so kühn erobert

»Guten Abend, Mr Urquardt«, sagte Max.

Er stand einem Mann gegenüber, der Londons Zeitungswelt gewohnheitsmäßig in Aufruhr versetzte. Gordon Urquardt, politischer Redakteur des Daily Herald, war für seine provokanten Leitartikel bekannt. Er hasste die Nazis und ließ keine Gelegenheit aus, sie für ihre dummdreiste Schamlosigkeit anzuprangern. Er warnte vor einer Annäherung Hitlers an Stalin, warnte vor den Japanern, er warnte vor der schlappen Gangart der britischen Regierung, der er Entschlusslosigkeit vorwarf. Unter Urquardts Führung war der Daily Herald, traditionell die Zeitung der Arbeiterklasse, mit täglich zwei Millionen Exemplaren zur auflagenstärksten Zeitung der Welt angewachsen. Urquardt war stets auffällig gekleidet, heute trug er eine rote Weste zum Abendanzug.

»Guten Abend, mein bester Hammersmith.«

Max bedankte sich bei Mr Sykes, der die Dorchester Suite darauf wieder verließ. Die Herren machten es sich in der Sitzgruppe bequem.

»Was gibt es Neues von Matisse?«, fragte Max.

»Die Erkrankung des geschätzten Malers soll schlimmer geworden sein«, antwortete Urquardt mit einem Schmunzeln über die ungewöhnliche Themenwahl zu Beginn des Gesprächs.

»Wie es heißt, besteht die Absicht, die Doppelausstellung von Matisse und Picasso nach London zu holen.« Max sprach langsam und prononciert, als ob er ein Interview geben würde.

»Ich schätze besonders Matisses Illustrationen zu James Joyce's *Ulysses*. Hatten Sie Gelegenheit, das Djagilew-Ballett zu sehen, bei dem Matisse Bühne und Kostüme entworfen hat?«

»Wann wurde das Djagilew-Ballett denn aufgeführt, Mr Urquardt?«

»Neunzehnhundertzweiundzwanzig.«

»Verzeihen Sie, aber neunzehnhundertzweiundzwanzig war ich noch zu jung, um ins Ballett zu gehen«, entgegnete Max.

Beide Herren lächelten einander zu, blieben im Tonfall aber seriös. Urquardt bediente sich bei den Lachsschnittchen, die in der Suite bereitstanden.

»Probieren Sie mal«, ermunterte er Max und reichte ihm einen Teller.

Max kostete. »Ausgezeichnet. Ich frage mich, woraus sie den Aufstrich machen.«

»Ich glaube, das sind Anchovis.« Urquardt fuhr sich mit der Zunge über die Lippe.

»*Das sind Anchovis*«, vernahm Charlie Saunders mehrere Stockwerke tiefer. Er schob den Kopfhörer zurück und gähnte. Dieses Gespräch drohte ziemlich langweilig zu werden. Obwohl ein wichtiger linker Zeitungsmann und der Chefredakteur der BBC in der Dorchester Suite beisammensaßen, war ihr Gespräch an Harmlosigkeit kaum zu unterbieten. Charlie hörte mit an, wie die beiden von der Malerei Matisses zur aktuellen *Romeo-und-Julia*-Inszenierung im Old Vic überwechselten und einander bestätigten, wie kurzweilig es sei, Laurence Olivier und John Gielgud abwechselnd in den Rollen von Romeo und Mercutio zu sehen.

»*Ich finde, Olivier ist der bessere Fechter*«, sagte Urquardt.

»*Mag sein, aber nichts reicht an Gielguds Sprache heran.*« Darauf kam Hammersmith auf die Börsenkrise zu sprechen. Während die Unterhaltung minutenlang so weiterplätscherte, lehnte sich Charlie zurück und schloss die Augen.

»Unser armer König«, sagte Max unvermittelt. Gleichzeitig machte er seinem Kollegen vom Daily Herald ein Zeichen. »Es ist eine üble, es ist eine nationale Schande, finde ich.«

»Eine nationale Schande wird es nur dann, wenn es öffentlich werden sollte«, widersprach ihm Urquardt.

Mehrere Stockwerke tiefer zuckte Charlie aus seiner bequemen Position empor, rückte den Kopfhörer zurecht und sperrte die Ohren auf.

»Hat die BBC vor, es zu bringen?«, fragte Urquardt.

»Hat der Daily Herald vor, die Nachricht zu drucken?«, konterte Max.

»Diese Entscheidung liegt nicht bei mir«, sagte Urquardt. »Mein Herausgeber trifft den Premierminister heute auf dem Ball. Sie wollen die gemeinsame Linie abstimmen.«

»Das ist interessant. Auch ich bin hier mit dem PM verabredet«, entgegnete Max.

»In der gleichen Angelegenheit?«

»Wenn die Sache stimmt, würde das die Monarchie aus den Angeln heben.«

»*Aus den Angeln heben*«, hörte Charlie Saunders. Mit fahrigen Fingern platzierte er eine Schellackplatte auf der Apparatur und setzte die Nadel in Gang.

»*Ist Mr Baldwin denn schon im Savoy eingetroffen?*« Max' Worte wurden in das weiche Material geritzt.

»*Ich glaube, noch nicht.*«

In der Dorchester Suite schien Mr Urquardt sich mehr und mehr über das Thema zu ereifern. »Was bildet sich diese schamlose Frau eigentlich ein? Es ist mir unbegreiflich, was Seine Majestät an dieser ausgezehrten Person nur findet.«

»Ihre Praktiken in der Horizontalen sollen angeblich außergewöhnlich sein«, erwiderte Max.

»Trotzdem kann sie dem britischen Monarchen, dem Herrscher über ein Weltreich, sie darf unserem König keine Hörner aufsetzen!«

Max zuckte die Schultern. »Andererseits könnte dieser neuerliche Skandal dem König endlich die Augen über den wahren Charakter seiner Konkubine öffnen«, gab er zu bedenken.

»Wäre er dieser Frau nicht derart verfallen, müssten

König Edwards Augen längst weit offen sein. Schon ihre erste Ehe mit dem amerikanischen Alkoholiker war eine Katastrophe. Darauf folgte ihre Affäre mit dem argentinischen Diplomaten, und zur gleichen Zeit hat sie es mit dem verheirateten Mr Simpson getrieben.« Urquardt legte eine kleine Pause ein, bevor er fragte: »Wer ist es diesmal?«

Im Keller drehte Charlie Saunders die Regler höher, um die Antwort besser verstehen zu können.

»*Dieser Mann soll Morphinist sein.*«

»*Was? Um Himmels willen!*«

»*Wir sind so gut wie sicher, dass es sich um einen Drogensüchtigen handelt, der in engem Verhältnis zum Hause Rothschild steht.*«

Als in der Dorchester Suite eine Pause der Betroffenheit entstand, erwog Charlie, die Schellackplatte zu wechseln, doch sie war erst zur Hälfte bespielt. Er nahm die Finger wieder von der Nadel, da Max Hammersmith dem Kollegen vom Daily Herald weitere unerfreuliche Details über den aktuellen Liebhaber von Mrs Wallis Simpson anvertraute.

»Hoffentlich besitzt der König endlich die Kraft, die Trennung von dieser Frau zu vollziehen«, schloss Max nach einer Weile.

Urquardt pflichtete ihm bei. »Erst dann wird er seinen Pflichten als Monarch voll und ganz nachkommen können.«

»Die Nation sollte ihm die Chance dazu geben. Daher wird die BBC darauf verzichten, die Angelegenheit in ihre Berichterstattung aufzunehmen.«

»Wenn ich meinem Herausgeber versichern kann, dass die BBC schweigt, wird auch der Daily Herald Stillschweigen wahren«, bot Urquardt an.

»Wir sind uns in diesem Punkt also einig?« Max stand auf.

»Sie haben mein Wort.«

»Geben Sie mir die Hand darauf.«

Der Handschlag folgte.

»Ich bin sicher, dass der Premierminister über unsere Einigung erleichtert sein wird.« Urquardt wandte sich zur Tür. »Wie finden Sie übrigens den Ball bisher?«

»Ich hatte noch keine Gelegenheit, mich zu amüsieren«, antwortete Max. »Tanzen Sie, bester Urquardt?«

»Ich bin doch nicht lebensmüde.« Plaudernd verließen die Journalisten die Dorchester Suite.

Kamarowski stand der Schweiß auf der Stirn. Er sehnte sich nach einem Glas Champagner, doch um nichts in der Welt hätte er die Minuten mit Violet verkürzen mögen. Genau betrachtet hielt er seinen Feind im Arm. Dieser Feind war schön, erhitzt und ahnungslos. Kamarowski ertappte sich bei der kühnen Phantasie, Violet nicht nur besiegen, sondern sie auch besitzen zu wollen. Wäre das nicht die Krone seines Triumphs, wenn er der jungen, unerfahrenen Frau zuerst die Herrschaft über ihr Hotel aus der Hand risse und sie dann auch noch dazu brachte, für ihn zu entflammen? Wäre je ein Gegner so kühn erobert worden? Wäre je ein Wild dem Jäger so vollständig zum Opfer gefallen? Die Frau, die glaubte, die Geschicke dieses Hauses zu lenken, hatte keine Ahnung, dass sie nicht von einem gewöhnlichen Hotelgast über das Parkett geführt wurde, sondern vom neuen König des Savoy. Gewandt wechselte Kamarowski die Tanzrichtung und führte Violet am Orchester vorbei. Am Rande der Tanzfläche drehten sich Gäste um, die sich fragten, wer der schwere Mann mit der kühnen Locke sei, die ihm tanzend in die Stirn fiel, der die Direktorin des Savoy so federleicht durch den Saal führte.

Vor Wochen hatte Kamarowski den Marquet de la Durbollière auf Violet angesetzt, damit dessen Verführungskünste sie von den Vorgängen im Hotel ablenken sollten. Wäre Durbollière in Berlin als Liebhaber überzeugender gewesen, hätte er Violet gewiss mit anderen Mitteln in der Reichshauptstadt halten können, als sie einzusperren. Inzwischen war der Marquet Vergangenheit, und Kamarowski selbst sprang in die Bresche. Im Rausch des Eins-Zwei-Drei, mit dem er Violet durch den Saal walzte, fühlte er plötzlich ein ungewöhnliches Gären in sich. Seine Jahre, sein gegerbtes Gesicht, sein Leibesumfang sollten ihn nicht daran hindern, der kühnste Eroberer und der verführerischste Romeo zu sein. Der Walzer steigerte sich, Kamarowski wirbelte Miss Mason im Kreis herum. In ihrer Nähe wichen die Tänzer verblüfft zur Seite und überließen dem kühnen Paar die Mitte.

Violet genoss den Tanz. Hätte sie sich nicht so wild im Kreis gedreht, wäre sie gewiss vor Nervosität zersprungen. Während Kamarowski linksherum und rechtsherum die beste Lücke zwischen den anderen Tanzenden fand, vermochte sie fast zu vergessen, was diesen Abend so ungewöhnlich machte. Wenn Larry Oliviers Verdacht zutraf, wenn Violets Plan aufging, wäre dieser Ball die Nacht der Nächte.

Sie bedankte sich bei ihrem schmissigen Partner und nahm dessen Einladung, noch ein Glas mit ihm zu trinken, gerne an. Nickend und grüßend schlenderte Violet am Arm von Viktor Kamarowski an die Bar, wo der Champagner schon bereitstand.

32

Judy

Seit ihrer Kindheit hatte es nicht einen Tag ihres Lebens gegeben, an dem Judy Wilder von irgendjemandem bewundert worden war. Damals, als ihr Vater noch gelebt hatte, war ihr Dasein ein wundervoller Spaziergang gewesen, eine Karussellfahrt, ein Versprechen, wonach das Gute und Schöne im Leben das Abstoßende überwiegen würde. Judys Mutter hatte auf dieser kindlichen Karussellfahrt nur eine Nebenrolle gespielt.

Man hatte das Vater-Tochter-Paar in den verwinkelten Gassen von Canterville gut gekannt, wo sie geboren worden war. Man grüßte den großen, ein wenig gebückt gehenden Andrew, wenn er in der Bäckerei einkaufte oder abends mit Judy im Pub erschien und ihr vorflunkerte, dass *Judy's Lemonade* nur ihr zu Ehren so benannt worden sei. Andrew war Judys größte und im Grunde einzige Liebesbeziehung. Denn irgendwann kam der Tag, an dem sie begriff, dass sie zwar intelligent und organisatorisch begabt war, aber nicht besonders hübsch. Sie erkannte es dann, wenn ihre Freundinnen zum Segeln nach Ramsgate eingeladen wurden, Judy aber nicht. Sie wurde Schulsprecherin auf dem Kent College. Wenn ihre Kameradinnen durch samtiges Haar oder lange Beine auffielen, waren es bei Judy ihre kluge Analyse und ihr schonungsloser Witz. Sie wurde von ihren Komilitonen bewundert, begehrt wurden andere. Wenn Judy sich im Spiegel ihres Studentenzimmers betrachtete, sah sie ein Mädchen mit eng stehenden Augen, dünnem Haar und schmalen Lippen.

An ihrem dreiundzwanzigsten Geburtstag starb Andrew nach kurzer Krankheit. Danach war die Einsamkeit jahrelang Judys Begleiter, die Trauer ihr Gefährte. Sie begriff, dass Andrew ihre große Liebe gewesen war, sein frühes Ende machte sie mit Mitte zwanzig zur Witwe.

Schließlich lernte Judy Henry Wilder kennen, den Sohn des berühmten Sir Laurence Wilder, des Königs vom Savoy. Henry war nicht dazu geboren, die Hoteldynastie weiterzuführen, er war kein Mann, zu dem man aufblickte, auch keiner, der Judys Begehren weckte. Henry stellte einen Mann dar, den Judy zu ihrem Kind machen konnte. Sie begriff bald, dass er der Aufgabe, in die Fußstapfen von Sir Laurence zu treten, nicht gewachsen sein würde. Auch Henry spürte, dass er jemanden wie Judy brauchte, um im Leben zu bestehen, und so war ihre Verbindung eine perfekte Symbiose. Obwohl sie in der Kathedrale von Canterbury getraut wurden, war die Hochzeit unspektakulär. Judy gab danach ihre beruflichen Pläne auf und widmete sich nur noch der Sorge um Henry, und damit der Sorge um das Savoy.

Als sie heute, vor Beginn des Balles, in die dunklen Strümpfe geschlüpft war, hatte sie wieder einmal bemerkt, dass ihre Oberschekel mit den Jahren breiter wurden. Barfuß sah sie wie eine Watschelente aus. Als kluge Frau war sie sich der Einfältigkeit dieser Regung bewusst, trotzdem verfluchte sie den Umstand gerade heute.

Im Augenblick stand Judy neben der Tanzfläche. Sie trug ein Kleid, für das der Couturier viel Mühe aufgewandt hatte, doch mit welchem Erfolg? Judy war immer noch die patente, verlässliche, kluge Judy Wilder, die emsigste Arbeitsbiene im Savoy, nur diesmal in einem hübscheren Kleid. Niemand forderte sie zum Tanz auf, kein

Mann warf ihr animierende Blicke zu. Ihr eigener Mann war wie immer zu Hause geblieben. Henry zelebrierte seine Angewohnheit, ein Stubenhocker zu sein, mittlerweile völlig ungeniert. »Ich würde dir nur zur Last fallen«, lautete seine häufig vorgetragene Ausrede, um seine Frau nicht begleiten zu müssen.

Judy hatte Viktor Kamarowski immer ein Gefühl der Bewunderung entgegengebracht. Dass es mehr als Bewunderung sein könnte, ahnte sie erst in diesen Minuten. Sie wusste von Kamarowskis häufigen Affären, seiner erotischen Affinität zu dem Flittchen, das sich Gemma Galloway nannte, Judy wusste, dass Kamarowski für sein Alter sexuell sehr aktiv war, während sie die Erotik vor Langem in die Vitrine der Nebensächlichkeiten gestellt hatte. Normalerweise gönnte sie Viktor seine Ausschweifungen, aber nicht heute, nicht mit dieser Frau, nicht mit *ihr!*

Judy schätzte Kamarowski, weil er sie stets als gleichgestellte Mitstreiterin behandelt hatte. Seit Jahren planten sie die große Veränderung im Savoy gemeinsam, heute Nacht standen sie kurz vor der Vollendung. Doch statt mit seiner Partnerin Judy darauf anzustoßen, statt ihr zu bestätigen, dass es ohne sie niemals gegangen wäre, statt ihr vielleicht das Gefühl zu geben, dass mit den Jahren eine schöne Nähe zwischen ihnen gewachsen war, vergnügte Viktor sich ausgerechnet mit der Frau, die dieses Unternehmen mehrmals in Gefahr gebracht hatte.

Judy kannte Kamarowski gut genug, um zu erkennen, dass er gerade einen lächerlichen Fruchtbarkeitstanz um Violet aufführte. Während die beiden tanzten, entging ihr nicht, wie geschickt er seine Hand auf Violets Rücken legte, wie tief er sein Tanzbein zwischen ihre Beine schob und Violets Hand im Silberhandschuh so geschmeidig hielt, als ob er ein Vögelchen über die Tanzfläche tragen würde. Versteinert und gedemütigt stand Judy da, während sie mit ansah, wie die schöne Violet, die ewige Rivalin, am Arm Viktor Kamarowskis ein Glas Champagner entgegennahm, mit ihrem Erzfeind anstieß und an seiner Seite lachend den Saal verließ.

33

Number 10

» *Wie dem Britenkönig Hörner aufgesetzt wurden!* «, schrieb die *Berliner Illustrirte Zeitung*, » *Moralischer Niedergang der englischen Monarchie!* «, titelte der italienische *Corriere della Sera*. » *Der Widersacher des Königs ein Morphinist?* «, griff der deutsche *Volksspiegel* die skandalöse Nachricht aus London auf.

Drei Schlagzeilen, ein Aufmacher. Violet schob die Artikel beiseite. Auf ihrem kleinen Schreibtisch lagen noch ein Dutzend weitere Zeitschriften, die per Eilboten ins Savoy geschickt worden waren. Worte, dachte sie, Worte schufen Vertrauen oder Argwohn, mit Worten ließen sich

347

Kriege anzetteln, Worte setzten die Massen in Bewegung. Doch am Ende blieben es immer nur Worte. In diesem besonderen Fall hatten die benutzten Worte mit der Wirklichkeit nichts zu tun. King Edward brauchte an der Treue seiner Geliebten Mrs Simpson nicht zu zweifeln. Ein Widersacher, der dem König Hörner aufsetzte, existierte nicht, er war frei erfunden worden. Keine einzige englische Zeitung druckte die Nachricht, die britischen Medien wussten gar nichts davon. Weder hatte der Herausgeber des *Daily Herald* mit dem Premierminister darüber gesprochen, noch wusste irgendjemand in der BBC Bescheid. Und doch schlachteten nur drei Tage nach dem Ball im Savoy mehrere Zeitungen im Deutschen Reich und in Italien die angeblich peinliche Angelegenheit als Titelstory aus.

Violet ließ sich nach hinten sinken. Sie lag in ihrem Bett, in ihrer Wohnung in der obersten Etage des Savoy. Es war Zeit, aufzustehen, doch sie gönnte sich noch ein paar Minuten, bevor sie der Wirklichkeit gegenübertreten wollte. Ihr Experiment hatte den unwiderlegbaren Beweis erbracht, dass die Räume des Savoy abgehört und Neuigkeiten aus mitgehörten Gesprächen ins Ausland verkauft wurden. Violets nächster Schritt sollte sein, Scotland Yard zu verständigen. Danach würden sich die Detectives auf die Suche nach der Apparatur begeben, mit der die illegalen Aufzeichnungen gemacht wurden. Oppenheim, der Hoteldetektiv, würde ihnen dabei helfen, kaum jemand kannte das Labyrinth des Hotels besser als er. Es gab allerdings noch einen Menschen, der wusste, welche Geheimnisse das Savoy beherbergte. Diesen Mann hatte Violet heute zu sich gebeten.

Ihre Gedanken schweiften in eine überraschende Richtung. In ihrer Vorstellung verließ sie das Hotel, durchquerte Chinatown, ließ den Oxford Circus hinter sich und gelangte auf den Portland Place, wo das BBC Building stand. Hier war früher Violets Heimat gewesen. Obwohl sie gerade heute Morgen einsehen musste, dass Journalismus manchmal die Wahrheit mit Füßen trat, sehnte sich Violet nach ihrer Zeit als Autorin, als Frau des Wortes zurück. Schreiben zu dürfen, in Geschichten, Reportagen zu leben, etwas erzählen zu können über die Welt, egal, ob es sich aus Fakten zusammensetzte oder Gefühle schilderte, die jeden bewegten, weil jeder Mensch diese Gefühle kannte, das war ein Privileg. Wieso hatte Violet dieses Privileg aufgegeben? Weshalb war ihr die verhängnisvolle Lebensweiche gestellt worden, ein Hotel zu führen, ein Hotel zu retten, sich ausschließlich mit diesem Hotel zu identifizieren? Warum war sie ihrer wahren Aufgabe nicht treu geblieben? Natürlich kannte sie die Gründe und wusste auch, dass es kein Zurück mehr gab. Aber ein wenig zu träumen sollte doch erlaubt sein, wenigstens am frühen Morgen, bevor man sich dem verfluchten Hotel wieder unterordnen musste.

»Bist du wach?«, hörte sie eine vertraute Stimme von draußen. Hatte Max geklopft?

»Komm nur herein«, antwortete sie.

»Bist du angezogen?« Er zeigte sich noch nicht.

»Als ob dir das nicht egal wäre.« Lächelnd richtete sie sich auf.

»Zieh dir besser etwas über«, kam es hinter verschlossener Tür. »Ich habe jemanden mitgebracht.«

»Wen?« Sie schlug die Decke zurück und sprang aus dem Bett. »Was soll das, Max?«

Violet lief ins Bad und warf den Morgenmantel über. »Du hast doch nicht etwa die Leute von Scotland Yard …?« Sie richtete ihr Haar.

»Keine Sorge.« Die Tür öffnete sich einen Spaltbreit.

»Wer ist es? Oppenheim?«

»Es ist jemand, der dich schon häufig nackt gesehen hat.« Mit breitem Grinsen stand Max in der Tür.

»Nackt? Ich weiß gar nicht …«

»Bitte verzeihen Sie, Miss Violet«, rief jemand hinter

Max. »Ich habe Mr Hammersmith verdeutlicht, dass ich es für ungehörig halte, zu Ihnen ins Schlafzimmer zu kommen. Aber er hat darauf bestanden.«

»Mr Sykes!« Erleichtert lief sie zur Tür und bat die beiden herein. »Kommen Sie, kommen Sie nur, ich habe allerdings nicht so früh mit Ihnen gerechnet.« Sie zog den alten Mann zu dem Fauteuil am Fenster. »Nehmen Sie Platz.« Violet lachte. »Wie oft haben Sie mich als Kind wohl gebadet, was meinen Sie?«

»Schwer zu sagen.« Er war ein wenig außer Atem. »Wenn keines der Zimmermädchen Zeit dafür hatte, bin ich in die Bresche gesprungen und habe Sie in die Wanne gesetzt.«

»Danke, dass Sie gleich gekommen sind, Mr Sykes.« Violet sammelte sich. »Max und ich haben eine Frage an Sie.«

Bevor Sykes etwas erwidern konnte, wandte sich Violet zum Radio, drehte es auf und suchte einen Sender mit Unterhaltungsmusik. *I don't want anything but you,* schmachtete eine hohe Frauenstimme.

»Was machen Sie denn da, Miss Violet?«

»Ich will nur sichergehen, dass uns niemand zuhört«, antwortete sie leise und zog den Schreibtischstuhl dicht vor ihn. Max stellte sich neben die beiden.

»Was wollten Sie mich fragen, Miss Mason?«

»Mr Sykes, wenn Sie etwas im Savoy verstecken müssten, etwas ziemlich Großes, das niemand zufällig im Hotel aufspüren dürfte, an welchem Ort würden Sie das tun?«

Er strich das weiße Haar an der Schläfe zurück. »In diesem Haus kann man nichts verstecken, Miss Mason.«

»Wieso nicht?«

»Weil die Hunderte Angestellten unseres Hotels ständig unterwegs sind, in allen Etagen, in den Kellern, auf dem Speicher. Jeder Raum im Savoy hat eine bestimmte Aufgabe.«

»Jeder Raum?«, ging Max dazwischen. »Ist das bei einem Gebäude dieser Größe überhaupt möglich?«

»Das Einzige, was mir einfallen würde, wäre der Speicher, vor allem die Bereiche unterhalb des Dachstuhles. Dort darf niemand hin. Wegen der Brandgefahr sind alle Türen versperrt.«

»Auf dem Speicher haben wir schon nachgesehen«, erklärte Max. »Wir haben aber nichts gefunden.«

»Im Heizungskeller und im Gemüsekeller waren wir auch schon«, vervollständigte Violet.

Sykes legte die Fingerspitzen aufeinander. »Sind Sie auch im Kutschenkeller gewesen?«

»Wir haben einen Keller für *Kutschen*?«, entgegnete sie überrascht.

»Er ist nicht mehr in Betrieb, seit 1912 der Anbau des Hotels fertiggestellt wurde«, erklärte Sykes. »Davor gelangten Herrschaften von Rang samt deren Equipage durch eine steile Abfahrt in den Keller und konnten das Hotel trockenen Fußes betreten. Aber seit wir unser berühmtes Vordach haben, wurde der Kutschenkeller überflüssig.«

»Können Sie uns diesen Keller zeigen?«

»Natürlich.« Plötzlich fiel Sykes noch etwas ein. »Haben Sie es schon in unserem früheren Wäschekeller versucht?«

»Der ist damals durch den Wasserrohrbruch doch unbrauchbar geworden«, erinnerte sich Violet.

»Stimmt leider. Wir mussten Hunderte Tischtücher, Laken und Kissenbezüge wegwerfen. Obwohl man den Keller trockenlegte, hat Ihr Großvater entschieden, dass dort nichts mehr aufbewahrt werden soll.«

»Und seit damals steht er leer?«

»Es ist schwierig, dort hinzugelangen, da der Fahrstuhl in diese Etage nicht mehr in Betrieb ist.«

Das Telefon klingelte. Violet und Max sahen einander an. Sie lief zum Schreibtisch.

»Entschuldigt bitte, ich mache es kurz.« Sie nahm ab.

»Keine Gespräche in den nächsten Minuten«, begann sie, verstummte und hörte zu. »Wer? – Kenne ich nicht.« Sie sah zu Max. »In meinem Büro? – Sagen Sie ihm, ich könnte ihn erst um die Mittagszeit empfangen.«

Zum zweiten Mal hörte Violet zu, was das Sekretariat ihr mitteilte. »Verstehe. In diesem Fall kommen wir natürlich.« Langsam legte sie den Hörer auf die Gabel.

Max und Mr Sykes warteten auf eine Erklärung.

»In meinem Büro sitzt ein Commander der Royal Navy, der mich dringend sprechen möchte.« Sie blickte an sich hinunter. »Und ich bin noch nicht einmal angezogen.«

⌒

»Hier entlang, Miss Mason.«

»Ich hätte gerne, dass Mr Hammersmith bei mir bleibt«, sagte Violet.

»Wie Sie wünschen.« Der junge Mann in der dunkelblauen Uniform, der den Rang eines Commanders bekleidete, verließ den Raum, um seinen Vorgesetzten zu benachrichtigen, dass der Besuch eingetroffen sei.

Violet und Max wurden von einem Butler gebeten, im Vestibül Platz zu nehmen, wo ein kräftiges Feuer brannte. Hatte man bis vor Kurzem gehofft, dass London noch einige schöne Tage erleben würde, sprach mittlerweile jeder schon vom Herbst. Tweedsakkos und Regenschirme wurden hervorgeholt, Mäntel und Hüte prägten das Straßenbild Londons.

Mr Sykes hatte keine Gelegenheit bekommen, seiner früheren Direktorin den Wäschekeller zu zeigen. In Violets Büro hatte jener junge Offizier im Auftrag der Admiralität auf sie gewartet, der sie aufforderte, ihn ohne Verzögerung zu begleiten. Eine Antwort, welche Angelegenheit so dringlich sei, dass man sie unangekündigt abholte, blieb der Commander ihr schuldig. Er war lediglich damit einverstanden, dass Max sie begleitete. Vor dem Hotel wartete kein offizieller Wagen, sondern ein gewöhnliches Taxi auf sie. Der Wagen nahm die Route durch die Henrietta Street, folgte der Bedford Street bis zum Chandos Place, bog in die William IV Street ein, folgte der Straße einige Hundert Yards südwärts, passierte Trafalgar Square, kam über Whitehall auf die Parliament Street, wo der Taxifahrer in eine Sackgasse abzweigte und vor einem dunkelgrauen Gebäude hielt. Die Eingangstür öffnete sich, der Commander bat die Gäste ins Innere.

Violet und Max saßen noch keine drei Minuten vor dem Feuer, als ein freundlicher Herr in mittleren Jahren auf sie zutrat. An den Aufschlägen seines Revers erkannte man einen Admiral zur See.

»Miss Mason, wie geht es Ihnen? Mein Name ist Sinclair. Ich danke Ihnen, dass Sie meiner Einladung so kurzfristig gefolgt sind.«

»Wenn ich gewusst hätte, wohin mich Ihre Einladung führt, hätte ich mich ein wenig zurechtgemacht.«

»Sie werden sehen, dass es bei uns recht familiär zugeht«, antwortete Sinclair. »Mr Hammersmith, wir kennen uns ja schon.«

»Woher kennst du einen Admiral?«, raunte Violet, während sie Sinclair folgten.

Ihr Weg endete in einem äußerst gemütlichen, äußerst britischen Living Room mit goldfarben gestreifter Tapete, einem mehrteiligen Spiegel über dem Kamin, geblümten Vorhängen und Sofas vom gleichen Stoff sowie einem Tabernakelschrank und zwei rotledernen Fauteuils. Auch hier brannte ein Feuer. Auf dem Couchtisch standen verschiedene Rauchwaren bereit. Der junge Commander von vorhin erwartete sie, außerdem ein zweiter Mann, der gebückt vor dem Offizier stand und sich Feuer geben ließ.

»Miss Mason, Mr Hammersmith, darf ich Ihnen unseren Premierminister vorstellen?«, sagte der Admiral.

Stanley Baldwin war ein blasser Herr in korrekter, etwas

altmodischer Kleidung. Er trug einen schwarzen Dreiteiler mit hochgeschlossener Krawatte zum Vatermörderkragen. Seine Zigarre wollte nicht gleich brennen, also zog er erst ein paarmal kräftig daran, bevor er Violet begrüßte.

»Nehmen Sie doch am Feuer Platz«, sagte der Premierminister. »Da haben Sie es bequemer.« Er selbst und Max setzten sich Violet gegenüber, während der Admiral und der Commander stehen blieben.

»Sir Sinclair haben Sie ja bereits kennengelernt«, fuhr Baldwin fort. »Er ist der Schöpfer einiger sehr effektiver Organisationen im Dienste Seiner Majestät, die sich mit der Beschaffung von Informationen beschäftigen. Mit anderen Worten, Sir Sinclair ist der Leiter unserer Geheimdienstabteilung.«

»Informationen?«, fragte Violet mit ungewohnt hauchiger Stimme. Obwohl die Atmosphäre in dem wohnlichen Raum durchaus entspannt wirkte, fühlte sie sich eingeschüchtert, sogar ängstlich.

»Auf diesen Punkt komme ich gleich«, erwiderte der Premierminister. »Der Admiral war es auch, der mich davon überzeugt hat, dass wir Sie mit unserem Vorschlag vertraut machen sollten.«

»Ich verstehe«, sagte Violet, obwohl das Gegenteil der Fall war.

»Ich nehme an, dass Sie über jenes Experiment Bescheid wissen, das vor drei Tagen in Ihrem Hotel stattgefunden hat«, fuhr Baldwin fort.

»Ein Experiment?«

»Ich könnte mir sogar vorstellen, dass Sie die Urheberin dieses Experiments gewesen sind, Miss Mason.« Stanley Baldwin war ein ernster Mensch, doch nun erlaubte er sich den Anflug eines Lächelns. »Es war ein kühnes und riskantes Unterfangen, das muss ich sagen, und das Ergebnis wird nicht von jedermann in Westminster gutgeheißen. Sie wissen, wovon ich spreche?«

»Ich glaube, ich weiß, was Sie meinen, Premierminister. Ich frage mich allerdings, woher Sie von meinem Experiment wissen können, Sir.«

»Ihre Frage ist berechtigt.« Baldwin warf einen Blick zum Admiral.

Sir Sinclair übernahm. »Unser geschätzter Mr Gordon Urquardt ist nicht nur ein außergewöhnlicher Analyst des politischen Geschehens in unserem Land, er ist auch ein treuer Diener der Krone und der Regierung Seiner Majestät.«

»Urquardt hat uns verraten?« Violet blickte unwillkürlich zu Max.

»Sehen Sie es nicht als Verrat an, Miss Mason.« Der

Admiral nahm vor dem Kamin Aufstellung. »In diesem besonderen Fall steckt ein außergewöhnlich brillanter Gedanke dahinter, und wir würden Sie, wenn Sie gestatten, gerne in diesen Gedanken einweihen.«

Violet straffte das Kreuz.

»In Ihrem Haus befindet sich eine gefährliche Apparatur, die in den falschen Händen zum Schaden des Vereinigten Königreichs eingesetzt werden könnte. Wie wir annehmen, sind Sie selbst erst vor Kurzem auf die Existenz dieser Einrichtung gestoßen.«

»Bis vor drei Tagen wusste ich nicht einmal, dass es Einrichtungen wie diese überhaupt gibt, und was sie zu leisten imstande sind.«

»Sie wären überrascht, Miss Mason, wie rasch sich die Technik in den letzten Jahren entwickelt hat. Es ist allerdings ungewöhnlich, gleich ein ganzes Haus, in dem täglich Hunderte Menschen ein- und ausgehen, mit dieser Apparatur auszustatten. Es ist, ich muss es leider zugeben, ein Meisterstück.«

»Können Sie mir sagen, wer dieses Meisterstück in mein Hotel gebracht hat?«, gab sie ungewollt heftig zurück.

»Daran arbeiten wir, Miss Mason«, antwortete Sinclair. »Unser Verdacht geht dahin, dass es innerhalb Ihres

Hotels Mitarbeiter geben muss, die von der Apparatur wissen und sie in Betrieb halten. Wir sind allerdings sicher, dass die Initiative, die Einrichtung im Savoy zu installieren, von außen stammt.«

»Aber woher?«

Die Herren warfen einander einen Blick zu, ehe der Leiter des Geheimdienstes weitersprach. »Kennen Sie einen gewissen Viktor Kamarowski, Miss Mason?«

»Natürlich. Er ist Stammgast im Savoy«, nickte sie. »Ich habe erst neulich mit ihm ...« Sie unterbrach sich.

»Sie haben miteinander getanzt und sich mit Mr Kamarowski unterhalten, nicht wahr?«

»Er ist ein ausgezeichneter Tänzer«, antwortete sie überrumpelt.

»Worüber haben Sie gesprochen?«

»Es war eine normale Unterhaltung, wie man sie auf einem Ball eben führt.«

»Wollen Sie bitte ein wenig spezifischer sein?«

»Wir sprachen über die Ehrengäste im Savoy und über das Hotel im Allgemeinen. Ich hatte den Eindurck, dass Mr Kamarowski ein wenig mit mir geflirtet hat.«

Sinclair durchmaß das Zimmer und blieb vor dem Fenster stehen. »Miss Mason, Scotland Yard hat mich darüber informiert, dass dort eine Anzeige von Ihnen vorliegt, wonach Sie in Berlin während der Olympischen Spiele entführt und einige Tage festgehalten worden sein sollen.«

»Das ist richtig«, antwortete sie mit Blick zu Max.

»Sie befanden sich während dieser Zeit angeblich in Lebensgefahr?«

Für einen Augenblick tauchte in Violet die Erinnerung an das brennende Zimmer wieder auf. »Auch das stimmt. Nur durch das Eingreifen von Mr Hammersmith ist es mir gelungen, meiner Gefangenschaft zu entfliehen und Berlin zu verlassen.«

Sinclair streckte die Hand aus, der Commander übergab ihm eine schlichte Mappe. »Sie haben außerdem angegeben, dass der Mann, der Sie entführt haben soll ...«

»Er hat mich tatsächlich entführt«, ging sie dazwischen.

»Natürlich. Dieser Mann ist der französische Staatsbürger ...« Er las den Namen ab. »Omar de la Durbollière.«

Verwundert warf Violet einen Blick auf die Akte, die offenbar ihren Fall enthielt. »Es war noch ein anderer Mann dabei, den ich aber nicht kannte.«

Sinclair musterte Violet mehrere Sekunden lang, bevor er weitersprach. »Würde es Sie überraschen, Miss Mason, wenn ich Ihnen mitteile, dass der Marquet de la Durbol-lière im Dienste von Viktor Kamarowski steht? Wir sind sicher, dass Durbollière sogar in Kamarowskis Auftrag gehandelt hat. Es war die Aufgabe des Franzosen, Sie aus London fortzulocken. Während Ihrer Abwesenheit sollten die nötigen Umbauten vonstattengehen, um jene Apparatur im Savoy zu installieren.«

Violet wollte nach dieser Neuigkeit entrüstet aufspringen, aber sie konnte nicht. Sie wollte antworten, sie wollte einwenden, dass ein Wasserrohrbruch die Renovierung des Savoy nötig gemacht hätte. Aber sie hörte nur, wie die Luft aus ihrem Mund entwich. Violet wehrte sich gegen die Erkenntnis, dass sie ein Spielball gewesen sein sollte, doch diese Gewissheit überrollte sie wie eine Lawine. Von Anfang an war alles, einfach alles nur eine Strategie von raffinierter Bosheit gewesen. Violet, die geglaubt hatte, sie könnte der Männerwelt in der britischen Gesellschaft die sensible Vernunft einer Frau gegenüberstellen, die der Regentschaft des Mannes zumindest innerhalb ihres Hauses getrotzt hatte, musste einsehen, dass sie während der ganzen Zeit gegängelt worden war. Nach Johns Tod hatte sie sich einsam und schuldbeladen gefühlt. Als in diesem Frühling Omar Durbollière wie ein Prinz aus dem Märchenland in ihr Leben geweht war, hatte sie die Gelegenheit beim Schopf ergriffen und war zu einer Reise mit ihm aufgebrochen. Wie grausam hatte sie sich in ihm getäuscht. Dass die Täuschung noch viel weiter ging, hätte sie niemals geglaubt. Omar selbst war nur ein Befehlsempfänger gewesen. Sein Befehl lautete, Violet in sich verliebt zu machen. Dabei galt keines seiner vorgespielten Gefühle ihrer Person, die ganze Charade hatte sich nur um das Hotel gedreht. Violet war Mittel zum Zweck gewesen, während der wahre Drahtzieher ihr die Kontrolle über das Savoy entzogen hatte. In Violets Abwesenheit hatte ihr Gegner seine Leute in Stellung gebracht und das schönste Hotel Londons in eine Abhörstation verwandelt. Der Vorgang war so unerhört, so einmalig, dass Violet stocksteif in dem Sessel saß und ins Kaminfeuer starrte.

Nicht nur das eigene Schicksal wurde ihr in diesen Sekunden bewusst, auch das Schicksal von jemandem, der seine Gesundheit und fast sein Leben eingebüßt hatte, zeichnete sich vor Violet ab. Ihr Großvater war den Schuldigen dieses Komplotts noch fürchterlicher auf den Leim gegangen. Mehrfach hatten sie versucht, Sir Laurence umzubringen, damit der Weg frei sein sollte für ihr kriminelles Unterfangen. Larry hatte ihnen jedoch einen Strich durch die Rechnung gemacht, indem er nicht seinen schwachen Sohn, sondern seine uneheliche Enkelin als neue Herrin des Savoy festsetzte. Durch diese Entscheidung hatte Sir Laurence den Mechanismus erst in Gang gesetzt, der den Betrug an Violet notwendig machte. Ahnungslos war sie in die Falle getappt, deren Köder nichts anderes gewesen war als ihre Sehnsucht nach Liebe und Geborgenheit. Grauenhaft, dachte sie, während sie vor dem Kamin in Downing Street saß, ruchlos, dachte sie, beschämend.

Die Herren rund um Violet wunderten sich über ihr langes Schweigen. Schließlich ergriff Sir Sinclair wieder das Wort.

»Sie sagten, dass Mr Kamarowski an jenem Abend mit Ihnen geflirtet hat, Miss Mason. War Ihnen das unangenehm?«

Violet nahm alle Kraft zusammen, um die Fragen des Admirals nüchtern zu beantworten. »Nein, auf dem Ball … war es mir nicht unangenehm. Im Übrigen ist es wohl gänzlich harmlos gewesen. Warum sollte Kamarowski so etwas tun?«

»Darauf komme ich gleich«, sagte Sinclair. »Was mich interessiert: Hat Mr Kamarowski Ihnen eine neuerliche Verabredung vorgeschlagen?«

»Tatsächlich hat er das getan. Es geschah aus reiner Höflichkeit, nehme ich an. Bestimmt hat er es mittlerweile vergessen.«

»Das glaube ich nicht«, entgegnete der Admiral. »Was schlug Kamarowski Ihnen vor? Wollte er zusammen einen Tee nehmen oder hat er Sie zum Dinner gebeten?«

»Er wollte mit mir zu Abend essen. Aber was soll das heißen? Ich meine, was beabsichtigen Sie mit diesen Fragen? Ich bitte Sie höflich, mir nichts mehr zu verschweigen. Nicht das Geringste. Es geht schließlich um mein Haus, um mein Hotel.«

Der Premierminister war währenddessen aufgestanden und hatte seine erloschene Zigarre neu entzündet. »Miss Mason, wir möchten, dass Sie die Verabredung mit Viktor Kamarowski wahrnehmen«, sagte er, eingehüllt in eine kleine Rauchwolke.

»Aber warum? Wenn Ihr Verdacht stimmt, weshalb sollte ich diesem Menschen jemals wieder unter die Augen treten?«

»Das, Miss Mason, würden wir Ihnen im Folgenden gerne erklären«, antwortete Stanley Baldwin.

34

Für England

»Es ist falsch, Großvater. Es ist unlauter.« Violet saß am Bett von Sir Laurence. Sie sprach zu seinem rechten Auge, das Violet wachsam musterte. »Zugleich ist es ein Plan, der die Geister, die in unserem Hotel Einzug gehalten haben, bannen könnte. Aber ist es nicht falsch, Bosheit mit Bosheit zu bekämpfen, Großvater? Sollte es nicht eine andere, eine ehrliche Methode geben?«

Während Violets Gedanken wie Weberschiffchen hin- und herflitzten, fuhr sie sich angespannt durch ihr Haar. »Die Aufgabe unseres Hotels ist es, dass die Menschen sich hier amüsieren und erholen sollen. Von hier aus wollen sie London erkunden. Sie bezahlen viel Geld für dieses Privileg, und es ist unsere Aufgabe, sie bestens zu bedienen und exquisit zu bewirten. Was hinter verschlossenen Zimmertüren geschieht, geht nur unsere Gäste etwas an. Es ist verabscheuungswürdig, wenn wir uns als Horcher hinter der Wand verstecken und die Gespräche von rechtschaffenen Leuten belauschen.«

Violet suchte eine Antwort im Auge des Großvaters.

»Ich habe Sir Sinclair gesagt, dass ich diese Anlage nicht in meinem Haus haben will. Ich habe um die Hilfe von Scotland Yard gebeten. Das war richtig, nicht wahr? Ich weiß, dass du an meiner Stelle nicht anders gehandelt hättest. Im Savoy hat ein verbrecherischer Vertrauensbruch stattgefunden. Ist es nicht der einzige Weg, darauf zu reagieren, indem man die Polizei bittet, die Verbrecher unschädlich zu machen? Doch das scheint weder die Absicht von Admiral Sinclair zu sein noch das Bestreben des Premierministers. Kannst du dir das vorstellen, Großvater? Im Übrigen bin ich sicher, dass diese Herren mich nur deshalb nach Downing Street geholt haben, um mich einzuschüchtern. Der Premierminister hätte bei diesem Gespräch gar nicht anwesend zu sein brauchen. Es war die Strategie der Gentlemen mit ihren besorgten Gesichtern und den Respekt einflößenden Uniformen, mich zu überzeugen, nein, manipulieren wollen sie mich. Sie hoffen, dass ich Kamarowski treffen werde. Natürlich fragte ich, warum sie den Mann nicht sofort verhaften. Keiner von ihnen hat mir darauf eine klare Antwort gegeben. Brauchen Sie Kamarowski etwa für ihre Zwecke? Wenn ja, wie sollte ich ihnen dabei helfen können? Ich hatte tausend Fragen, Großvater, und ich glaube, Max ging es genauso. Aber nachdem wir Number 10 verlassen hatten, bestand sein ganzer Rat darin, dass ich die Sache erst mal überschlafen soll. Max war verändert, ernüchtert, ich habe zum ersten Mal gesehen, dass er vor etwas Angst hatte. Diese Sache macht ihm genauso große Angst wie mir, Großvater.«

Unruhig stand Violet auf und lief ein paar Schritte. Im Hintergrund hob Trudy den Kopf, in der Hoffnung, dass es schon Zeit für den Abendspaziergang sei.

»Ich brauche das nicht zu überschlafen, Großvater. Dieser Plan ist absurd, er ist falsch, und ich will damit nichts zu tun haben.«

Violet lief in die Dunkelheit, die in Larrys Schlafzimmer überall herrschte, außer rund um das Bett. Trudy folgte ihr, sprang an Violets Beinen hoch, endgültig davon überzeugt, dass es gleich nach draußen gehen sollte. Sie streichelte den kleinen struppigen Hund und sah zu Larry hinüber.

»Ich habe Berlin gesehen, Großvater. Ich habe Hitler gesehen, seine Aufmärsche, die ganze vorgeführte Glorie und den gefährlichen Schein, den dieses Regime um sich erschafft. Und ich habe Mr Baldwin gesehen, unseren Premierminister, einen rechtschaffenen Mann durch und durch. Ein Mann, dem der Größenwahn des deutschen Führers ein geradezu körperliches Unbehagen bereitet. Ich habe seine traurigen Worte gehört über die schwere Aufgabe, vor der England steht. Ich habe verstanden, als er davon sprach, dass ein neuerlicher Krieg nicht ausgeschlossen sei, und begriffen, worum es in diesem Fall geht, Großvater. Dann kam der Abschied. Weißt du, was Mr Baldwin zu mir sagte, als er mir die Hand gab?« Violet holte tief Luft. »*Ihre Regierung bittet Sie um Hilfe, Miss Mason. Ihr Land braucht Ihre Unterstützung.* Das waren seine exakten Worte. Was soll ich jetzt machen, Larry? Was soll ich denn nur tun?«

Sie sprang auf und floh förmlich ans Bett des Großvaters zurück. »Ich weiß, was richtig ist, Larry, ich ahne es zumindest, aber ich kann nicht sagen, ob ich die Richtige dafür bin. Hilf mir, Großvater. Willst du mir helfen?«

Violet nahm den Schreibblock und den festen Bleistift

vom Nachttisch. Früher war Larrys linke Hand noch von Leben erfüllt gewesen. Inzwischen hatte er schon lange nichts mehr geschrieben. Trotzdem schob sie den Stift sanft zwischen seine Finger und legte das Papier darunter.

»Ich bitte dich, Larry. Ich bitte dich von ganzem Herzen.«

35

Das Ende des Marquet

»*I Can Give You The Starlight*«, sang der Pianist im *Nightingale Room*. Vor ein paar Jahren war dieser Song in jedermanns Ohr gewesen. Tausendfach hatten sich die Noten verkauft, der sanftmütige Schlager war auf den Klavieren vieler Wohnzimmer gespielt worden. Wer ein Grammophon besaß, lauschte dem Schöpfer des Liedes, Ivo Novello, der es mit melancholischer Stimme vortrug.

Zu den Klängen dieser Melodie betrat ein Gentleman im Frack den *Nightingale Room*. Der Abend war bereits vorgerückt, die kleinen Tische und die Plätze an der Bar leerten sich allmählich. Mit unsicherem Blick vergewisserte er sich, dass niemand hier war, der ihn hätte erkennen können. Abgewandt von den Gästen rutschte er auf einen Hocker, die Augen auf seine Hände gerichtet. Früher hatte er viel Zeit auf ihre Pflege verwandt, in letzter Zeit war die Haut der Nagelbetten ausgefranst, man sah, dass er an den Fingerkuppen kaute.

Dieser Mann besaß die Mittel, in jede andere Stadt auf der Welt zu reisen, und doch war er seiner Sehnsucht gefolgt und nach London gekommen. Ein Mann wie er hätte überall neue Bekanntschaften schließen können, Männer wie Frauen empfanden seine Gesellschaft als Privileg und suchten seine Nähe. Aber zurzeit zog er die Einsamkeit vor.

Wohin er auch fuhr, fragte er sich, wieso ihm früher alles so viel schöner und leichter erschienen war. Stellte er nicht immer noch einen weltmännischen Kavalier dar, einen französischen Adelsspross, einen blonden Marokkaner mit den Augen eines Polarwolfs? In jener Zeit, die nun vergangen war, hatte er das Savoy im wehenden Mantel betreten, die Dienerschaft nahm ihm Hut und Gepäck ab, man eskortierte ihn zu seiner Lieblingssuite, wo er Verabredungen für den Abend traf. Er hatte die Theater besucht, sich mit Frauen umgeben, hatte Geschäfte abgeschlossen und war in der Überzeugung wieder abgereist, dass jeder ihn für sein reiches, elegantes, freies Leben beneidete.

Es kümmerte diesen Mann wenig, dass er auf britischem Boden polizeilich gesucht wurde. Durch einen guten Anwalt wären die Vorwürfe gegen ihn wahrscheinlich rasch zu entkräften gewesen. Ihn bedrückte vielmehr sein Gewissen. Nie wieder konnte er an diesen Ort kommen, ohne dass seine Tat ihn verfolgte. Dabei liebte er das Savoy, die spiegelnden Schwingtüren, die elegante Halle, das Themseufer vor der Tür, den Respekt der Angestellten, die Annehmlichkeit der Räume und vor allem den samtigen *Nightingale Room*. Früher hatte ihm jener Klavierspieler dort seine Lebensgeschichte erzählt, wonach er aus Brasilien stamme, ihn Hunger und Elend jedoch nach England getrieben hätten. Omar hatte dem Pianisten jedesmal ein fürstliches Trinkgeld gegeben. Heute musste er fürchten, von dem Mann erkannt zu werden.

In diesem Frühling hatte Omar einen ungewöhnlichen Auftrag bekommen. Seine Aufgabe war es gewesen, eine Frau zu beeindrucken und zu verführen. Omar war kein windiger Don Juan, kein verschlagener Halsabschneider, dennoch hatte er zugestimmt, weil man Viktor Kamarowski, dem mächtigen Unterhändler, der in ganz Europa seine Fäden zog, schwerlich etwas abschlagen durfte.

Omar war Kamarowski zu Diensten gewesen. Heute schämte er sich dafür. Heute Nacht kam er ins Savoy, um seine Schuld zu begleichen. Er mochte so nicht mehr leben, wollte nicht in dem Bewusstsein durch die Welt ziehen, dass ihm dieser Ort für immer verschlossen sein würde. Obwohl es Berlin gab, Paris und all die anderen wunderbaren Städte, war er gekommen, um vor Violet hinzutreten, ihr die Wahrheit zu sagen und seine Entschuldigung auszusprechen.

Violet Mason musste ihn hassen. Jemand, der das Vertrauen einer Frau so gewissenlos missbrauchte, war nichts anderes als hassenswert. Im Grunde durfte Omar ihr nie wieder unter die Augen treten. Und doch wollte er sich nicht damit begnügen, unerkannt in ihrem Haus zu sein und damit in ihrer Nähe. Er würde sie aufsuchen und mit ihr sprechen. Fast wünschte er sich, dass Violet Lust auf einen Drink im *Nightingale Room* haben könnte und sie einander hier zufällig begegnen würden. Er stellte sich vor, wie sie gleich durch diese Tür kommen und ihn an der Bar entdecken würde. Omar bestellte einen Tanqueray-Cocktail, den Drink, den er früher gern genommen hatte. Er brauchte Mut, um das zu tun, weshalb er nach London gereist war.

Der Barmixer jonglierte mit den Flaschen, goss Gin und

Grenadine, auch einen Schuss Angostura in ein hohes Glas und servierte dem späten Gast den Drink. Währenddessen wechselte der Mixer ein paar Worte mit dem Kellner. Der Kellner verließ unauffällig den *Nightingale Room* und lief in den Personaltrakt hinüber. Er fand es heikel, seinen Vorgesetzten, den Chefbutler, um diese Uhrzeit noch zu stören, doch die Sache verlangte es. Vorsichtig klopfte der Kellner an die Tür von Timothy Cordle und trat ein. Der Chefbutler lag auf der Ottomane und las ein Magazin.

»Was gibt es?«

»Verzeihen Sie, Mr Cordle, aber ...«

Er ließ das Blatt sinken. »Sagen Sie's schon.«

»Sie wollten benachrichtigt werden, Sir, sobald dieser Franzose das Haus betritt.«

Das Magazin landete auf dem Boden. »Durbollière?« Cordle richtete sich auf. »Durbollière ist hier?«

»Er nimmt gerade einen Drink im *Nightingale Room*, Sir.«

»Hat er ein Zimmer im Hotel genommen?«

»Ich glaube nicht. Er sitzt nur einfach an der Bar.«

Der Chefbutler schwang die Beine zu Boden. »Seit wann ist er da?« Der Kellner sagte es ihm. »Hat er sich nach jemandem erkundigt?«

»Er hat mit Frank, dem Mixer geredet.«

»Hat er nach Miss Mason gefragt?« Cordle sprang auf.

»Da müsste ich Frank fragen.«

»Nicht nötig.« Cordle schlüpfte in seinen Frack. »Du machst Folgendes: Sieh zu, dass Durbollière noch nicht aufbricht. Dass er im *Nightingale Room* bleibt.«

»Aber wie soll ich das denn anstellen?«, fragte der Kellner überfordert.

»Lass dir etwas einfallen. Beobachte, was er macht, ob er mit jemandem spricht. Ist Miss Mason im Haus?«

»Sie ist bereits vor einiger Zeit in ihr Apartment gefahren.«

»Geh schon. Tu, was ich dir sage.« Cordle trat vor den Spiegel, kämmte sein Haar, kontrollierte die Adjustierung und verließ seine Wohnung. Während der Kellner ins Erdgeschoss zurückkehrte, machte sich der Chefbutler auf den Weg in die Verwaltung. Trotz der späten Stunde war Judy Wilder noch in ihrem Büro.

Wie eine Krankheit fühlte es sich an, dachte Judy. Wie das Unbehagen, das einer Katastrophe vorausging, wie ein schwarzer Hohlraum in ihrer Brust. Seit Tagen litt sie unter diesem Zustand und konnte doch mit niemandem darüber sprechen. Henry, ihr Mann, hätte es als Hirngespinst abgetan, es war seine liebste Erklärung für alles,

was er nicht verstand. Natürlich hätte sie mit Kamarowski darüber sprechen können, doch er würde ihr Unbehagen als Schwäche deuten. Wenn sie ehrlich war, erkannte Judy in ihrem Zustand nichts anderes als Angst.
Es war jene unentrinnbare Angst, die den Grund für sich
selbst nicht kannte. Es war die Angst vor der Angst.

Von außen betrachtet schien alles unverändert. Das
Savoy präsentierte sich als Hotel, das an Glanz und Renommee nicht zu übertreffen war. Dank Judy und Kamarowski hatte es sich in ein anderes Savoy verwandelt, ein
Haus, das ein flüsterndes Geheimnis barg. Auch diese
Seite des Savoy schien unverändert zu sein. Der Betrieb
im Keller lief unter Charlie Saunders Führung reibungs-
los, das Geschäft florierte. Es gab keinen sichtbaren
Grund für Judys Unbehagen. Weshalb fühlte sie trotzdem
diese Angst, dass alles noch scheitern könnte. Weshalb
arbeitete sie jeden Tag bis tief in die Nacht? Weil sie ihre
Angst nicht abzuschütteln vermochte, dass etwas Unvor-
hersehbares geschehen würde.

Es klopfte an der Tür. Cordle trat ein. Er schilderte ihr,
was er erfahren hatte.

»Durbollière ist hier?«

Normalerweise wurden Judys Handlungen von Ruhe
und strategischer Weitsicht gelenkt, doch diesmal rea-

gierte sie hektisch, geradezu unwirsch auf die Neuigkeit. Sie benahm sich wie jemand, der gleich die Nerven verlieren würde. Und nichts war tödlicher, als vor seinen Untergebenen Nervosität zu zeigen.

Cordle entging Judys Unruhe keineswegs. »Mr Kamarowski hat uns klare Anweisungen gegeben, was zu geschehen hat, sobald der Marquet das Haus betritt«, sagte er. »Sollten wir uns nicht daran halten, Mrs Wilder?«

Sie legte beide Hände auf die Armlehnen des Bürostuhles. »Was meinen Sie damit?«

»Nun ja, Sie wissen schon.«

Judy schwieg.

»Ich könnte sogleich zwei meiner Leute anweisen, die Sache zu erledigen.«

Sie hatte den Impuls, aufzuspringen und ihn in seine Schranken zu weisen. Ein Butler hatte sich nicht als Ratgeber aufzuspielen. Er durfte die Schwelle, die ihn von seiner Vorgesetzten trennte, nicht überschreiten. Judy hätte ihn maßregeln müssen, doch ihr fehlte die Kraft und die Gelassenheit.

»Was soll ich veranlassen, Mrs Wilder?«, hakte Cordle nach.

Sie umklammerte die Lehnen aus Eichenholz. »Ich will das erst noch überdenken.«

Ungeduldig schüttelte er den Kopf. »Wenn Durbollière das Hotel verlässt, ist es zu spät«, wandte er ein. »Sollte ich vielleicht mit Mr Kamarowski sprechen?«

»Das erledige ich«, gab sie eisig zurück. »Reden Sie mit Ihren Leuten, Cordle, aber unternehmen Sie nichts ohne meine Zustimmung.« Judy konnte sich nicht erinnern, wann ihre Stimme je so unsicher geklungen hätte.

»Wie Sie wünschen. Meine Männer und ich werden uns rund um den *Nightingale Room* bereithalten.« Ohne Verbeugung verließ Cordle das Büro.

Judys Hände ließen die Armlehnen los. Sie wusste nicht, ob Kamarowski im Hotel war, ob er sich überhaupt in London aufhielt. Seine Suite war permanent reserviert, einerlei, ob er sie benutzte oder nicht. Judy griff zum Telefon. Nach dem dritten Klingeln wurde abgenommen.

»Was ist?«, sagte eine Frauenstimme.

Sein Flittchen war also auch im Hotel. Kamarowskis deutsche Nutte machte es sich hier bequem.

»Ist er da?«, fragte Judy schroff.

»Er rasiert sich gerade«, antwortete Gemma Galloway.

»Um Mitternacht?«

»Sein Bart sticht«, antwortete die andere salopp. »Ich habe ihm gesagt, er soll sich erst rasieren, bevor wir vögeln.«

Judy erinnerte sich an ihren Anfall von Eifersucht auf dem Ball. Wie hatte sie in Kamarowski jemand anderes sehen können, als er war? Ein brillanter Stratege, ein skrupelloser Geschäftemacher und ein primitives Tier, was Frauen betraf. Wie konnte sie befürchten, dass dieser Mann etwas für eine clevere Frau wie Violet empfand? Wieso hatte Judy sich nur einen Augenblick zu ihm hingezogen gefühlt? Kamarowski liebte das Ordinäre, er mochte es leicht und unkompliziert, er hatte es bei Frauen gern bequem. Dass Gemma Galloway das Bett mit ihm teilte, war die logische Konsequez daraus.

»Wie lange wird das dauern?«, fragte Judy.

»Ach … Moment, hier ist er schon.«

Judy hörte ein kurzes Gemurmel am anderen Ende. Es war nicht zu überhören, dass Kamarowski sie um diese Zeit nicht sprechen wollte. Schließlich kam er an den Apparat.

»So spät noch, meine Liebe? Was kann ich für Sie tun?«, sagte er mit rauchiger Stimme, die vermuten ließ, dass er schon einiges getrunken hatte.

»Für mich können Sie nichts tun, Viktor. Und doch muss etwas unternommen werden.«

»In welcher Angelegenheit?«

»Durbollière ist im Haus. Er sitzt im *Nightingale Room*.«

Ein Moment der Stille. »Seit wann?«

»Schon eine ganze Weile.«

»Ist Cordle unten?«

»Er passt auf. Und er hat seine Männer verständigt, um die Sache zu erledigen.«

»Zu *erledigen?*«, konterte Kamarowski, als wüsste er nicht, was Judy meinte.

»Es handelt sich um Ihre Anordnung, der Cordle folgen möchte.«

Ein kurzes Lachen. »Sie sprechen vom Marquet de la Durbollière, einem geschätzten Gast Ihres Hauses, liebe Judy.«

Für einen Moment fragte sie sich, ob auch Kamarowskis Suite abgehört wurde und er deshalb so vorsichtig formulierte. »Was schlagen Sie also vor?«

»Ganz einfach. Ich gehe hinunter und spreche mit dem Marquet.«

»Sie selbst wollen mit ihm reden?«, entgegnete sie verblüfft. »Hier im Hotel?«

»Durbollière und ich sind alte Bekannte. Was könnte harmloser sein? Das einzig Ärgerliche ist nur …«

»Ja?«

»Dass ich mich dafür noch einmal ankleiden muss.«
Kamarowski schien aufzustehen, er ächzte. »Die Sache
verlangt es wohl.«

»Die Sache verlangt es, Viktor.« Judy legte auf. Die
Angst war ihr nicht eine Sekunde von der Seite gewichen.

***

»Ich frage mich, ob früher wirklich alles schöner war«,
sagte Durbollière.

»Ist das so wichtig für Sie, Omar?«

Der Marquet betrachtete seine Hände, die ein Glas
Tanqueray hielten, es war bereits das dritte. »Jeder
Mensch hat das Recht, sein Leben nach eigenen Vorstel-
lungen zu gestalten.«

»Wollen Sie damit sagen, dass Sie wegen der unglück-
lichen Sache in Berlin Ihr Leben nicht mehr gestalten
können?«, erkundigte sich Kamarowski.

»Und doch ist es so. Vor den Vorfällen in Berlin durfte
ich mein Dasein als Spaziergang im Licht bezeichnen.«

Nachdenklich betrachtete Viktor Durbollières halb
volles Glas. »Ich fürchte, der Tanqueray macht Sie ein
bisschen sentimental, mein guter Omar.«

Durbollière zwang sich zu einem Lächeln. »Wenn der

Tanqueray mir helfen würde, könnte ich mein Problem getrost dem Alkohol anvertrauen. Aber leider ist es nicht so. Ich habe alle meine Prinzipien über den Haufen geworfen. Ich war bereit, den Tod einer Frau hinzunehmen.«

»Ihr Gewissen plagt Sie, ich verstehe. Warum haben Sie es dann getan? War es das Geld?«

»Natürlich nicht.«

»Was sonst?« Kamarowski musterte den Marquet, dem die Schwere, die der Gin erzeugte, ins Gesicht geschrieben stand. »Ich bin sicher, dass es früher auch schon Frauen gab, die aus unglücklicher Liebe zu Ihnen den Tod gesucht hätten.«

»Hören Sie auf, das sind Wortspielereien.«

»Wollen Sie mir weismachen, dass Sie Violet geliebt haben?«

Omar hob den Blick und sah zum Piansiten, der eine leise Melodie spielte. »Ich hätte lernen können, sie zu lieben.«

»Warum haben Sie es nicht getan?«, gab Kamarowski scharf zurück. »Genau das wäre Ihre Aufgabe gewesen. Sie hätten diese Frau glücklich machen sollen. Sie sollten Sie einige Zeit von London fernhalten. Kein Mensch hat von Ihnen verlangt, sie einzusperren. Sie sind an Ihrer

Aufgabe gescheitert, Omar. Weil Sie als Mann, als Liebhaber versagt haben, mussten Sie Violet in dem stockdunklen Keller festhalten.«

»Aber Sie haben mir doch befohlen …«, entgegnete Durbollière stammelnd.

»Ich habe nicht befohlen, dass Violet sterben sollte. Ich brauche Miss Mason hier in ihrem Hotel, verstehen Sie? Tot nützt sie mir nichts. Aber trotz Ihres Versagens in Berlin ist es mir gelungen, dass alles plangemäß weiterläuft. Das war nicht Ihr Verdienst. Sie hätten Violet in diesem Haus verbrennen lassen.«

In plötzlicher Verzweiflung wischte sich Durbollière über die Augen. »Bitte sagen Sie das nicht.«

Kamarowski machte eine wegwerfende Geste. »Bestimmt haben Sie sich diese Tatsache längst selbst eingestanden.«

»Es vergeht kein Tag, an dem ich nicht daran denke.«

»Dann hören Sie auf zu winseln. Kommen Sie mir nicht mit dem schwülstigen Zeug, wonach früher alles besser gewesen sei. Unser Leben ist nichts als die Summe unserer Entscheidungen. Und Sie haben die Entscheidung getroffen, Miss Mason eine Liebesgeschichte vorzuspielen, nicht mehr und nicht weniger. Leben Sie damit, Omar.«

»Das kann ich nicht.«

»Was wollen Sie damit sagen?«, fragte Viktor hellwach.

»Ich bin gekommen, um meine Schuld zu begleichen.« Kamarowski sah den eleganten Mann an seiner Seite an, der den Tanqueray in einem Zug austrank. »Was haben Sie vor?«

»Ich werde mit Miss Mason sprechen. Ich will mich bei ihr entschuldigen.«

Mit einem Wink schickte Kamarowski den Barmixer weg, der unauffällig am anderen Ende des Tresens Gläser polierte. »Sie können nicht mit Miss Mason sprechen, Omar. Und das wissen Sie.«

»Kann ich nicht?«, erwiderte Durbollière wie ein enttäuschtes Kind. »Und wenn ich es doch tue? Werden Sie mich dann töten?«

Kamarowski legte den Kopf schief. »Es wäre eine konsequente Lösung, finden Sie nicht auch?«

»Ich fürchte, da kann ich Ihnen nicht widersprechen.«

Kamarowski richtete den Blick zum Eingang, wo er die zwei Männer in den dunklen Anzügen längst bemerkt hatte. »Lassen Sie uns die Angelegenheit durchdenken«, sagte er versonnen. »Im Grunde gibt es nur zwei mögliche Szenarien. Beide erscheinen mir nicht besonders günstig für Sie. Es war eine unselige Idee, nach London zu kommen und eine noch unseligere, das Savoy aufzusuchen. Am verhängnisvollsten erscheint mir aber, dass Sie Miss Mason sprechen wollen. Die reizende Violet hat nämlich Scotland Yard auf Sie angesetzt, mein Bester. Sie werden steckbrieflich gesucht. Wenn man Sie verhaftet, wovon ich ausgehe, besteht die Gefahr, dass Sie die wahren Hintergründe aufdecken, was in Berlin wirklich geschehen ist. Meinen Sie nicht auch?«

Durbollière antwortete nicht.

»Diesen Fall möchte ich vermeiden, Omar. Das verstehen Sie doch.«

»Und das zweite Szenario?«, fragte Omar kaum hörbar.

»Sie kennen es bereits. Ich erspare Ihnen die Details.«

»Gibt es nicht vielleicht noch ein drittes Szenario?« Durbollière schob das leere Glas auf der Theke zurück. »Sie sind Geschäftsmann, Viktor. Was halten Sie davon, wenn ich Ihnen ein Geschäft anbiete?«

»Ich bin an Geld nicht interessiert.«

»Ein Geschäft unter Ehrenmännern.«

»Bitte weiter. Ich höre zu.«

»Ich gebe Ihnen mein Ehrenwort als Abkömmling einer Familie, deren Wurzeln mehrere Jahrhunderte zurückreichen«, sagte Omar mit Würde.

»Verstehe ich Sie richtig? Sie geben mir Ihr Wort, zu schweigen?« Ein Schmunzeln überflog Kamarowskis Züge. »Und weiter nichts?«

»In meinen Kreisen zählt das viel.«

»Sie geloben, nie mehr ins Savoy zurückzukehren?«

»So ist es.«

Die Blicke der beiden trafen sich.

»Sie machen es mir schwer, Omar«, seufzte Kamarowski. »Im Moment meinen Sie natürlich, was Sie sagen. Trotzdem halte ich es für wahrscheinlich, dass Sie Ihr Wort brechen werden.«

»Wieso glauben Sie das? Weil Sie mich für schwach halten?«

»Nein. Weil Sie ein Chamäleon sind, Omar, weil Sie sich Ihrer Umgebung perfekt anpassen. Diese Charaktereigenschaft hat mich zu Beginn an Ihnen fasziniert. Deshalb habe ich Sie für den Auftrag ausgesucht. Mittlerweile fürchte ich diese Eigenschaft aber an Ihnen.« Er sah auf die Uhr. »Es wird spät, wir müssen allmählich zum Ende kommen.« Er deutete auf Omars leeres Glas. »Ich denke, Sie haben genug. Sie sollten die Bar besser verlassen, mein Lieber.«

»Und dann?«, erwiderte Omar ohne Furcht.

»Was dann geschieht, entzieht sich meiner Kenntnis.«

Kamarowski stand auf. Während er auf die Schwingtür zuging, registrierte er, dass die Männer in den dunklen Anzügen auf ein Zeichen von ihm warteten. Im Halbschatten sah er Timothy Cordle. Seine Haltung hatte etwas Lauerndes.

Ohne stehen zu bleiben sprach Kamarowski die beiden Männer an. »Ist es nicht Zeit, schlafen zu gehen, meine Herren? Morgen wird ein anstrengender Tag.«

Da die Kerle ihn verständnislos anglotzten, lächelte er. »Gute Nacht, Gentlemen.« Er nickte auch Cordle freundlich zu und lief zum Fahrstuhl, wo einer der neuen Pagen ihm das Scherengitter öffnete.

Omar bezahlte seine Drinks, schob das restliche Bargeld in die Silberspange und verstaute sie. Er tupfte sich mit der Serviette über den Mund und machte sich auf den Weg nach draußen. Auch er hatte die Männer vorhin bemerkt. Da er ahnte, was nun geschehen würde, zog er es vor, wieder an die schönen Zeiten von früher zu denken. Er stellte sich vor, dass die beiden Angestellten ihm nun Hut und Mantel bringen und ihn zuvorkommend zum Ausgang begleiten würden. Wahrscheinlich würden sie der Hoffnung Ausdruck verleihen, dass Omar de la Durbollière das Savoy bald wieder beehren solle. Er würde sich mit Handschlag von Mr Cordle verabschieden und nicht den Fehler begehen, dem Chefbutler ein Trinkgeld zu geben. Er mochte dessen Effizienz und Eigeninitative.

Omar näherte sich den Männern an der Tür. »Gute Nacht, meine Herren.« Er schritt über die dunklen Marmorfliesen und hatte den Ausgang fast erreicht, als Timothy Cordle ihm in den Weg trat.

»Einen Augenblick bitte, Sir.«

Mit ausgestreckter Hand ging Omar auf den Chefbutler zu, während er die Männer hinter sich näher kommen hörte. »Ja, bester Cordle, was kann ich für Sie tun?«

36

Noch nicht jetzt

Sie erwachte in den Armen ihres Liebsten. Der Tag kam schneller, als Violet hoffte. Kein außergewöhnlicher Tag, nur ein normales Morgengrauen im September. Sie hörte die ersten Geräusche des erwachenden Hotels. Hausdiener liefen mit frühen Besorgungen über den Flur. Tommy, der Schuhputzer hatte die Schuhe vor den Türen gewiss längst eingesammelt. Um diese Zeit herrschte in der Küche Hochbetrieb. Man bereitete das Mittagessen vor, außerdem wollten manche Gäste schon um fünf Uhr morgens frühstücken. An der Rezeption übergab der Nachtportier die Geschäfte gerade an den Tagesrezeptionisten. Ein dafür zuständiger Valet führte die Hunde mancher Gäste zu ihrem ersten Spaziergang aus. Paulo, der Pianist, spielte im *Nightingale Room* seine letzte Melodie für jene Nachtschwärmer, die noch nicht bemerkten, dass der Tag anbrach.

Violet legte beide Hände unter den Nacken und wünschte sich, dass Paulo für sie *The Land of Might Have Been* spielen sollte. Es war ihr Lieblingslied. In jenem zauberischen Land der anderen Möglichkeiten hatte sich der Feind nicht in Violets Haus eingenistet. In diesem Land war das Savoy weiterhin eines der schönsten Hotels in London, wo Violet sich um das Wohl ihrer Gäste bemühte, und nichts weiter. Im *Land Of Might Have Been* musste sie den Feind in ihrem Haus nicht mit Mitteln bekämpfen, die sie verabscheute. Einflussreiche alte Männer hatten Violet überredet, dass es besser sei, den Feind nicht aufzuscheuchen und aus der Reserve zu locken. »Halte den Freund in deiner Nähe«, hatte Sir Sinclair gesagt. »Aber deinen Feind halte noch näher.«

Der einzige Feind, zu dem diese Männer rund um den Geheimdienstchef bisher Kontakt aufgenommen hatten, war der Bursche mit den großen Ohren. Charlie Saunders war diskret aus dem Hotel abgeholt und in ein Gebäude gebracht worden, das der Admiralität unterstand. Man wollte von ihm Einzelheiten über jene Einrichtung erfahren, die im Savoy installiert worden war. Charlie hatte zunächst geleugnet, doch den Männern um Sir Sinclair standen überzeugende Argumente zu Gebot, ihn zur Kooperation zu bewegen. Als man Charlie Saunders entließ, war er in einen neuen Mitarbeiter von Sir Sinclair verwandelt worden. Trotz seiner Admiralsstreifen hatte Sinclair, wie Violet mittlerweile wusste, mit der Seefahrt wenig zu tun. Er war vielmehr der Schöpfer jener Geheimabteilung, die Abwehrberichte von Überseestationen koordinierte. Ihm war die Gründung der Sektion für Industriespionage und Schmuggel zu verdanken, außerdem Sektion VIII, eine Funkkommunikationsorganisation, die Nachrichten, sofern sie verschlüsselt waren, dechiffrierte.

Der graue Lichtstreifen zwischen den Vorhängen verwandelte sich in ein zartes Blau. Bald war es Zeit, aufzustehen, dachte Violet, bald würde sich Max durch einen Seiteneingang aus dem Hotel schleichen, kurz zu Hause vorbeischauen und sich umziehen, bevor er in sein Büro in der BBC weiterfuhr. Seine Frau wusste mittlerweile, wohin Max nachts aufbrach, und auch zu wem. Susan war bereit, das labile Gleichgewicht verbotener Beziehungen aufrechtzuerhalten, solange die Fassade ihrer Ehe nicht beschädigt wurde.

Nun, da der Tag anbrach, war es vorbei mit dem *Land of Might Have Been*, Violet war sich dessen traurig bewusst. Sie war die Enkelin von Sir Laurence. Von ihm hatte sie Geschick, Durchhaltevermögen und den nötigen Trotz mitbekommen, der das Erbteil ihrer Familie war. Vor vielen Jahren, als Violet einmal von einem Baum gefallen war und sich die Stirn blutig geschlagen hatte, war sie zu Larry gelaufen und hatte gefragt, ob das Leben irgendwann nicht mehr so wehtun würde. »Nein«, sagte ihr Großvater. »Es wird immer weiter wehtun. Aber du lernst irgendwann, es nicht mehr so schwer zu nehmen. Das ist der Zauber, der dir hilft, zu leben.«

Violet wartete auf diesen Zauber immer noch, wie einfältig ihr Wunsch auch sein mochte. Wie sollte in einem Haus mit Hunderten Zimmern, zahllosen Menschen, die dienten und bedient wurden, wie sollte das Gewirr von Freude und Angst, Lachen und Bosheit, das Geschwätz der Eitelkeit, das Phantom der Selbstüberschätzung, wie sollten Neid, Sehnsucht, Hingabe und Verbohrtheit jemals verschwinden? Dieses Haus, ihr Haus war dazu da, das Leben als Ganzes zu spiegeln, eine Welt innerhalb der Welt zu sein. Und Violet war die Aufgabe zugefallen, diese Welt zusammenzuhalten. Sie war der Kapitän eines Schiffes bei stürmischem Wellengang. Darum musste sie jetzt aufstehen, duschen, das türkise Kostüm anziehen und dem Tag begegnen. Sie würde die Post durchsehen, erste Telefonate führen, den Floristen und den Klempner empfangen, der die Dachrinnen nach Taubennestern absuchen sollte. Bis dahin würde sie nichts als Kaffee und Toast zu sich nehmen. Schließlich kam der schwierigste Teil dieses Tages. Sie würde sich nach Trafalgar Square aufmachen, wo sie zum Lunch verabredet war. Gemäß dem Wunsch von Sir Sinclair sollte sie dort Viktor Kamarowski treffen. Violet musste ausgerechnet mit dem Mann zu Mittag essen, der ihr das alles angetan hatte. Aug in Auge mit dem Feind, dachte sie. In Kamarowskis Auftrag war ihr Großvater vergiftet worden, in Kamarowskis Auftrag hatte Durbollière gehandelt. In Kamarowskis Auftrag war das Savoy enthert worden. Es war vielleicht der schwerste Gang ihres Lebens.

»Für England«, flüsterte Violet. Vorsichtig schob sie die Beine unter der Decke hervor und wollte aufstehen, ohne Max zu wecken.

»Du bist schon wach?«, fragte er leise.

»Woran merkst du das?«

»Ich weiß immer, wenn du nachdenkst.«

»Du merkst, wenn ich *denke?*«

»Du wirst zappelig, wenn du nachdenkst.«

»Unsinn.«

»Es stimmt.« Er küsste sie. »Was raubt dir denn den Schlaf?«

»Ach, alles. Das Ganze.«

Er zog sie in seine Arme und streichelte ihren Rücken. »Es ist zu früh, um aufzustehen.«

»Aber ich muss doch …«

»Gar nichts«, brummte er. »Nichts musst du, außer bei mir zu bleiben.«

»Bei dir.« Sie drängte sich an ihn, weil sie daran glauben wollte. Sie spürte die Aufrichtigkeit von Max, seine Wärme, seine Leidenschaft. Vielleicht, eines Tages waren die Umstände dafür bereit, dass sie einander sehen konnten, wann sie wollten. Vielleicht würde Max sogar der Mann in dem hübschen Haus sein, zu dem die Kinder Papa sagten. Aber noch nicht heute. Max hatte, so wie jedesmal, ein Zimmer im Savoy gemietet und Violet in einem Bett geliebt, das definitv zu schmal war. Sie lachte leise.

»Was hast du?«

»Nichts. Ich musste gerade an unseren König denken.«

»An Edward, ausgerechnet? Was ist mit ihm?«

Sie schmiegte sich in die Kuhle zwischen Hals und Schulter und lauschte Max' Herzschlag. »Nicht so wichtig.«

Ging es dem König nicht ähnlich wie ihr? Er hatte sich in eine Frau verliebt, die er nicht haben konnte, solange er König blieb. Diese Frau war verheiratet, genau wie Max. Sie liebte den König, so wie Max Violet liebte. Doch die Regierung Seiner Majestät setzte den König unter Druck. Es war nach Recht und Gesetz ausgeschlossen, dass Britanniens Monarch eine verheiratete Bürgerliche zur Frau nehmen durfte. Seit den Zeiten Heinrichs VIII. war der englische König zugleich auch Oberhaupt der Staatskirche. Damals, im Jahr 1531, hatte König Heinrich versucht, vom Papst die Scheidung von Katharina aus Aragón zu erwirken. Nach dessen Weigerung hatte Heinrich sein Reich kurzerhand von der römisch-katholischen Mutterkirche abgespalten und seine eigene Kirche gegründet. Ein derart titanischer Akt war heutzutage undenkbar. Selbst ein König hatte sich an die Spielregeln zu halten. Entweder sein Königreich oder seine Liebe, dachte Violet. Romantischer und kitschiger hätte keine Geschichte sein können. Wahrscheinlich würde Edward sich am Ende doch der Vernunft und seinem Amte beugen. Wahrscheinlich würde er vor der offiziellen Krönung die Verbindung zu Mrs Simpson lösen und ein gerechter, angepasster und tieftrauriger König werden. So war es doch immer, dachte sie, niemand sprang über seinen Schatten, kein König, kein BBC-Redakteur und keine Hoteldirektorin. Wir alle passen uns an, dachte Violet, wir tun unsere Pflicht. Ich werde meine Pflicht gegenüber meinem Land erfüllen. Ich werde leisten, was der Tag von mir fordert. Aber noch nicht jetzt. Es war zu früh, um in das türkise Kostüm zu schlüpfen. Sie beschloss, noch ein bisschen im *Land of Might Have Been* zu bleiben, bei Max, der sie im Arm hielt. Später würde sie hinausgehen, später, noch nicht jetzt.

»Wann triffst du Kamarowski?«, fragte er leise.

»Zum Lunch.« Sie küsste ihn. »Ich weiß nicht, ob ich es kann.«

»Du kannst es«, sagte er zärtlich.

MAXIM WAHL

DAS
SAVOY
AUFBRUCH
EINER FAMILIE

ROMAN

Die Geschichte einer Londoner Hotel-Dynastie

atb

1

Revolution

Die Tür schwang auf. Poliertes Messing und geätztes Glas, dunkle Täfelung aus Mahagoni. Sir Laurence brauchte nicht stehenzubleiben, um die Flecken an den Messinggriffen zu registrieren, das musste heute noch behoben werden. Marmorverkleidete Säulen, halb schwarz, halb Elfenbein, die Goldblatt-Tapete war vor zwei Jahren erst erneuert worden. Über der getäfelten Treppe zog sich ein Fries mit jugendlichen Gottheiten.

Sir Laurence Wilder war der König dieses Palastes und wie so mancher König beschlich er sein Reich mitunter heimlich, ohne erkannt zu werden. Er registrierte, dass es dem Clerk, der die Schwingtür bediente, an Haltung fehlte und dem Butler neben dem Empfang an Aufmerksamkeit. Larrys Chefbutler hätte den Eintretenden längst bemerkt und mit unsichtbarem Wink einen Pagen zu ihm dirigieren müssen, der sich erkundigen würde, ob Zeitungen oder Zigaretten gewünscht seien, vielleicht Theaterkarten. Es gab noch überteuerte Tickets für das Sadler's Wells, wo Gielgud *Was ihr wollt* spielte. Doch Mr Sykes, sein dienstältester Butler, hatte den Herren im Leinenanzug mit der Sonnenbrille nicht bemerkt und unterhielt sich stattdessen mit Lady Edith, der Herzogin von Londonderry. Eine Frau mit kohlrabenschwarzem Haar, hängenden Schultern und traurigen veilchenblauen Augen. Larry hätte Lady Edith gern seine Aufwartung gemacht, zog es aber vor, unerkannt zu bleiben. Sein tief in die Stirn gezogener Strohhut und die schwarz getönte Brille machten ihn sozusagen unsichtbar. Jeder kannte Sir Laurence im dunklen Cutaway mit grauer Weste und elfenbeinfarbener Krawatte. Man bewunderte sein stahlgraues Haar, den täglich gestutzten Schnäuzer und die bernsteinfarbenen Augen, scheinbar stets ein wenig feucht, als ob er den Tränen nahe sei. Das kam von der lästigen Augenentzündung, er trug Tropfen zur Linderung in seiner Tasche. Obwohl diese Augen ihm den Anschein von Güte gaben, entging ihnen kein Detail, er war dafür berüchtigt, dass er aus fünfzig Yards Entfernung feststellen konnte, ob ein Bild schief hing.

Larry schlenderte weiter Richtung Treppe. Der Lüster über ihm war ein goldener Ring aus Licht und konkurrierte mit der glitzernden Sonne, die er bei seinem Spaziergang entlang des *Strand* genossen hatte. Wie albern die englischen Gentlemen mit ihren untergehängten Regenschirmen bei dem herrlichen Wetter ausgesehen hatten. Der Klang der Halle umfing Sir Laurence, kein eindeutiger Akkord, eher ein Anstimmen und Verklingen, das Gläserklirren eines früh bestellten Brandys, das Knautschen der Ledersessel, glänzend von Sattelfett, jenes Geheimmittel, das Larry während seiner Lehrzeit als Page selbst entdeckt hatte. Im Tearoom schwoll das Jazztrio an und ab, je nachdem, ob eilende Kellner die Schwingtür bedienten. Die Geigen aus dem Wintergarten hingen träge in der Luft, er nahm sich vor, das Salonorchester zu ermuntern, endlich das Programm zu wechseln. Niemand ertrug Wiener Kitsch im Frühling. Ein zartes Singen von den Seidenkleidern der Frauen, das Rascheln der Trenchcoats und Schals. Larry erreichte die Treppe.

Spätestens jetzt hätte ihn ein Page oder Hausdiener anhalten und sich höflich erkundigen müssen, was zu Diensten stehe. Niemand durfte einfach so ins Savoy hineinspazieren, der hier nichts zu suchen hatte. Das Savoy war ein Kosmos für sich, der jeden Tag seinen eigenen Sonnenauf- und Untergang erlebte. Hier arbeiteten, bedienten, genossen und vergnügten sich Menschen, die nicht nur aus der ganzen Welt kamen, sondern auch für die ganze Welt standen. Das irische Blumenmädchen, das ein Verhältnis mit dem dalmatinischen Baron hatte, der indische Zigarettenverkäufer und sein Scotch Terrier, die Witwe des amerikanischen Rinderzüchters, die österreichische Gouvernante, der sizilianische Tenor, der jüdische Unterhändler, der einarmige Captain der Royal Airforce, die englische Autorin französischer Liebesromane, der deutsche Diplomat und in Gottes Namen auch die Stenotypistin, die gegen ein Extrahonorar nachts in das Zimmer des Generaldirektors schlüpfte.

Sir Laurence kannte viele von ihnen persönlich, die meisten waren nicht zum ersten Mal hier. Das Savoy war ein Hotel, in das man wiederkam. Für den, der es sich leisten konnte, war es Zuhause. Lloyd George hatte seine Regierung hierher zum Lunch geladen, King

George liebte das Chocolate Chunk Shortbread, das im Tearoom gereicht wurde, und Theatergrößen galten erst als solche, wenn sich die Journalisten im gediegenen Clarence Room um sie scharten.

Während Sir Larry auf den Fahrstuhl wartete, drehte er sich noch einmal nach Lady Edith um. Sie war gewiss die schönste Frau, die dem Savoy derzeit die Ehre gab. Ihre Augen standen ein klein wenig zu weit auseinander, ihre Nase war um eine Winzigkeit zu kurz, ihr Mund hatte etwas knabenhaft Trotziges, aber gerade die Summe dieser Unvollkommenheiten verlieh der Duchess etwas Unwiderstehliches. Wenn Lady Edith im Haus war, durfte man damit rechnen, dass noch am selben Tag der Wagen des Premierministers vorfuhr. Meistens betrat Ramsey MacDonald das Savoy durch den Seiteneingang und ließ sich direkt zur Suite der Herzogin bringen. Mit dem Erkerblick auf die Themse galt die Zimmerflucht als die romantischste im ganzen Haus.

Der Fahrstuhl schwebte in die Lobby, der Liftboy öffnete, ohne Sir Laurence ins Gesicht zu blicken. So wurde es den Eleven antrainiert, der Gast sollte sich vom Personal unbeobachtet fühlen. Dieser Liftboy machte eine Ausnahme.

»Guten Morgen, Sir Laurence.« Sein Finger im weißen Handschuh schwebte über dem Armaturenbrett. »Fünfter, wie immer?«

Da er ohnehin erkannt worden war, nahm Larry die Sonnenbrille ab. Wie hieß der Junge noch mal, Emil oder Erich? Ein Deutscher, so viel wusste er, frech, hübsch, schlank. »Wie lange bist du schon bei uns?«

»Im Juli wird es ein Jahr, Sir.«

»Ein Jahr schon, ähm ...?«

»Otto, Sir.«

»Ich weiß.«

Korrekt drehte der Junge ihm den Rücken zu. 1931 war Otto ins Savoy gekommen, ein übles Jahr, alles in allem. Die Weltwirtschaftskrise hatte auch vor dem Hotel nicht Halt gemacht. Die Übernachtungen waren zurückgegangen, für die Zimmer ohne Themseblick hatte Laurence die Preise senken müssen. Obwohl die Staatsausgaben drastisch reduziert worden waren, kriegte die Regierung den Schlamassel nicht in den Griff. Man hatte die Renten und das Arbeitslosengeld gekürzt, gewalttätige Streiks waren die Folge gewesen. Nicht nur die Gewerkschaften, sogar die Royal Navy streikte. Der Premierminister, selbst ein Labour-Mann, hatte den Regierungsauftrag zurückgelegt und einen neuen zur Bildung einer nationalen Regierung unter Einbeziehung der Konservativen erhalten, woraufhin ihn seine eigene Partei hinausgeworfen hatte. Im Juli einunddreißig hatte die Bank of England den Goldstandard aufgeben müssen. Seitdem befand sich das Pfund im freien Fall und war abhängig von Angebot und Nachfrage der Devisenbörsen.

Larry musterte den Flakon mit Eau de Cologne in der Kabinenecke. Während der warmen Jahreszeit stand das erfrischende Parfum auf einer winzigen Konsole bereit, daneben Tücher mit dem Monogramm des Hauses. Gewohnheitsmäßig nahm er ein Tüchlein, bediente den Spender und tupfte sich Kölnischwasser in den Nacken.

»Der Flakon muss ausgetauscht werden«, sagte er zu Otto. »Er ist fast leer.«

»Ich werde Mrs Drake Bescheid sagen.« Der Page öffnete die Glastür und das Scherengitter. »Fünfter, Sir.«

»Wann warst du das letzte Mal zu Hause, Otto?«, fragte Larry beim Aussteigen.

»Das ist ewig her, Sir.«

»Woher stammst du?«

»Aus München.«

»Dort ist jetzt einiges los, mit eurem neuen Mann in München, nicht wahr?«

»Was soll denn los sein, Sir?«

Larry nickte dem Jungen zu, wanderte den Korridor hinunter und schloss die Tür zu seinen Privaträumen auf. Wohnen im Hotel, dachte er jedes Mal, wenn er hier eintrat. Wohnen im Hotel.

»Frühstück, Sir Laurence?« Dorothy Pyke marschierte an ihm vorbei. Wieso konnte diese Frau nicht gehen, wie Frauen gingen? Es klang, als ob die Royal Army die Wohnung besetzt hätte.

»Frühstück?« Er zog die Jacke aus. »Es ist halb eins.«

»Lunch also.« Dorothys Kostüm war tailliert und blau gestreift. Als Zugeständnis an den Frühling trug sie heute eine fliederfarbene Bluse.

»Nichts, danke, nur Tee.« In Hemdsärmeln setzte sich Sir Laurence an den Schreibtisch und öffnete die Unterschriftenmappe. »Sagen Sie Mrs Drake, die Messinggriffe an den Eingangstüren müssen poliert werden. Sie soll das Zinkmittel verwenden lassen, sonst sind die Flecken morgen wieder da.«

»Sie müssen mehr essen«, rief Dorothy von nebenan. »Sie sollten wirklich tun, was der Doktor sagt.«

»Der Doktor sagt auch, dass ich was am Herzen hätte. Beides ist Unsinn.« Lächelnd sang Larry vor sich hin: »*Kein Herz schlägt treuer als das deine.*«

Sein Arbeitszimmer ging nach Westen, der Salon auf den Innenhof. Laurence hatte kein Interesse an dem berühmten London-View des Savoy. Wer den genießen wollte, musste teuer dafür bezahlen.

»Sie dürfen das nicht auf die leichte Schulter nehmen.«

Larry blickte auf, da stand sie, Dorothy Pyke, die jüngste Assistentin, die das Savoy je gesehen hatte und die hübscheste. Hochgewachsen, das lange Haar streng nach hinten gescheitelt, verlor es sich am Hinterkopf in lustigen Locken. Bis auf die Lippen schminkte sie sich nicht. Mit der dampfenden Teetasse marschierte sie auf ihn zu.

»Schon fertig, der Tee?« Larry legte den Kopf schief. »Können Sie zaubern?«

»Mr Sykes hat Sie vorhin hereinkommen sehen und hier oben angerufen.«

»Sieh mal an, mein Chefbutler hat also doch Augen im Rücken.«

Dorothy machte kehrt, um die Post zu holen. Sir Laurence trank den ersten Schluck.

Bevor Violet Mason das BBC Building verließ, küsste sie Max Hammersmith leidenschaftlicher, als ihr lieb war. Er würde jetzt bald mit ihr schlafen wollen, genaugenommen hatte er schon seit der ersten Zärtlichkeit vor zwei Wochen mit ihr schlafen wollen. Für Violet gab es nichts Inspirierenderes, als für Max Hammersmith zu arbeiten. Niemand verstand sie besser als er. Max war bereit, ihre handwerkliche Unfertigkeit zu dulden, weil er Violets revolutionäre Art liebte, Storys zu erfinden. Die ganze BBC war eine Revolution, das Medium Radio war eine Revolution, und Max brauchte junge Köpfe, verrückte Kreative wie Violet, um die Revolution mit Futter zu versorgen. Wie jung das Medium war, erkannte man nicht zuletzt daran, dass der neue Stammsitz der BBC immer noch nicht fertig war. Man hatte das Gebäude auf dem Portland Place bereits eröffnet, obwohl überall noch gebaut wurde. Dieser Umstand gab Max Gelegenheit, Violet zu küssen.

Nach der Aufnahme in Studio B4 hatte sie sich von den Sprechern verabschiedet, Max begleitete sie zum Fahrstuhl. Bevor sie den Lift erreichten, schob er die Baustellenabsperrung beiseite und zog Violet in den Orchester-Saal, wo nackte Pfeiler und kalter Beton die Prognose zuließen, dass hier noch lange kein Orchester spielen würde. Max nahm die Brille ab, zog Violet in seinen Arm und küsste sie auf den Mund. Max war riesig und obwohl er sich tief hinunterbeugte, musste sie sich auf die Zehenspitzen stellen. Violet brannte lichterloh, weil sie für Max schreiben durfte. Kraftvolle, scharfzüngige Texte verlangte er, Tagespolitik, Dokumentationen, Hörspiele – den Sendungen, die Millionen Menschen täglich vor die Geräte lockten, waren keine Grenzen gesetzt. Aber Violet wollte ihren beruflichen Aufstieg nicht auf diese Weise erreichen. Sie wollte es Max nicht als Geliebte zurückzahlen müssen. Wenn sie einander während der Redaktionssitzungen Stichworte zuwarfen, fühlte sie sich ihm am nächsten. Niemand dachte, niemand sprach schneller als er, niemand durchschaute Zusammenhänge so schonungslos wie Max Hammersmith.

»Ich komme zu spät«, flüsterte sie ihm ins Ohr.

Ohne sie loszulassen, sah er auf die Uhr. »Nein, ich komme zu spät.« Seine Hände glitten über ihre Taille. »Sehen wir uns heute Abend?«

»Ich kann nicht.«

»Was machst du denn an jedem verdammten Abend jedes verdammten Tages?«, knurrte er zärtlich.

»Nur eine Woche noch.«

»Du verzettelst dich, Vi.« Er strich über ihr Haar. »Wie sagte meine Tante Rachel, eine kluge Frau: Man kann nicht mit einem Hintern auf zwei Pferden reiten.«

»Aber sie brauchen mich dort.«

»Wozu? Es ist Shakespeare. Wollen sie, dass du Shakespeare umschreibst?« Als sie nicht antwortete, hob Max ihr Gesicht zu sich. »Ich fange an zu glauben, dass du etwas mit einem dieser nichtsnutzigen Schauspieler hast.«

Sie lächelte. Was für eine absurde Vorstellung. Sie hatte nichts mit einem Schauspieler, das war nicht ihr Problem. »Ich muss jetzt wirklich.« Behutsam zog sie sich zurück.

»Ich auch.« Er ließ sie los.

Sie spürte, er sagte es, um nicht wie ein verliebter Idiot dazustehen. »Dann bis morgen.«

»Ja, bis morgen.«

Max brachte sie zum Aufzug, wartete aber nicht, bis sich die Tür öffnete, sondern schlenderte den Korridor hinunter. Er ist enttäuscht, dachte sie, ich bin nicht ehrlich zu ihm. Spätestens nächste Woche muss ich ihm reinen Wein einschenken.

Violet verließ das Broadcasting House durch den Haupteingang. Die Underground am Regent's Park war ihr zu weit zum Laufen, also winkte sie ein Taxi heran. Eine Bequemlichkeit wie diese entsprach nicht ihrer Gehaltsklasse, ersparte ihr aber eine Standpauke von Gielgud. John Gielgud, der leuchtendste Stern auf Londons Bühnen, verabscheute Unpünktlichkeit. Er verabscheute auch das neu gebaute *Sadler's Wells Theatre*, weil er fand, der Zuschauerraum sehe aus wie eine abgefressene Hochzeitstorte, und die Akustik sei erbärmlich. Trotzdem spielte Gielgud dort Shakespeare.

»Zum Theater am Arlington Way«, rief Violet dem Fahrer zu.

»Am Arlington Way gibt es kein Theater«, antwortete der Mann, ohne sich in Bewegung zu setzen.

»Glauben Sie mir, da steht ein brandneues.«

Alles neu, dachte sie, während der schwarze FX3 stockend anfuhr. Überall ist alles neu, und ich bin die Frau der ersten Stunde. Ich bin genau wie London, konservativ und fortschrittlich zugleich. Konservativ erzogen, mit konventionellen Werten vollgepumpt, die ich gerade über Bord werfe. Das ist gefährlich – vor allem aber ist es herrlich.

»Umfahren Sie Kingscross«, rief sie dem Fahrer zu. »Dort kommt man um diese Zeit schlecht durch. Nehmen Sie die Argyle Street, danach zweimal nach rechts, dann sehen Sie es schon.«

Murrend bog der Mann an der nächsten Kreuzung ab. Trotz der Abkürzung kam Violet zu spät. Sie würde Gielguds Zorn nicht entgehen.